Collection du Bibliophile Parisien

Montmartre
et ses Chansons

POÈTES et CHANSONNIERS

PAR

Léon de BERCY

Orné de 5 portraits charges
par C. LÉANDRE

PARIS
H. DARAGON, Libraire
10, Rue Notre-Dame-de-Lorette, 10

1902

MONTMARTRE ET SES CHANSONS

POÈTES ET CHANSONNIERS

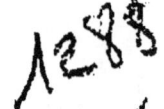

IL A ÉTÉ TIRÉ

Trois cent soixante-quinze exemplaires numérotés, dont :

10 exemplaires sur papier du Japon (A à J).
5 exemplaires sur papier de Chine (K à O).
10 exemplaires sur papier de Hollande (P à Z).

(Tous ces exemplaires ont une double suite des gravures.)

350 exemplaires sur papier vergé (1 à 350).

N°

LÉON DE BERCY

Collection *du* Bibliophile Parisien

MONTMARTRE
ET SES CHANSONS

POÈTES ET CHANSONNIERS

PAR

Léon DE BERCY

Orné de 5 portraits-charges par C. Léandre.

PARIS
H. DARAGON, LIBRAIRE
10, RUE NOTRE-DAME-DE-LORETTE

1902

A ÉMILE GOUDEAU,

*qui me fournit il y a vingt ans
l'orgueilleuse joie de lire, im-
primés, mes premiers vers,*

JE DÉDIE CE LIVRE.

L. B.

AU LECTEUR

Ce livre n'est point un ouvrage de littérature (« Oh!
r! » s'écrieront les bons confrères); il n'est que la
union de compendieuses notes bio-bibliographiques,
dossiers — pourrais-je dire — mêlés d'anecdotes sur
us ceux, batteurs des tréteaux montmartrois, qui y
t embouché la trompette de Bellone ou les pipeaux
Tityre, pincé la lyre d'Apollon ou de Sapho, ou fait
aquer le fouet cinglant de la Satire, clamant, chan-
nt, susurrant, grinçant, sifflant et riant pour la plus
ande gloire de la Butte Sacrée, « cerveau du monde,
ef-lieu de la Joie et capitale de l'Esprit ». Mû par le
ul désir de fournir au lecteur du Bibliophile Parisien
e série de fiches de renseignements littéraires et
tistiques sur les rimeurs dont le talent a concouru à
blir la renommée de la chanson de Montmartre,
uteur, en rédigeant ces pages, n'a eu d'autre souci
e celui de l'exactitude.

Si quelques appréciations touchant les uns et les
res sont, de-ci, de-là, venues au bout de sa plume,
t en toute sincérité qu'il les en a laissées s'échapper,
suadé d'ailleurs que le nombre de ses amis n'en
rait être diminué.

L. B.

Montmartre et ses Chansons

POÈTES & CHANSONNIERS

ÉCLOSION

Vers la fin de l'année 1881, Salis, ayant ouvert, boulevard Rochechouart, son cabaret du Chat-Noir, les Hydropathes, bande joyeuse de poètes et d'artistes, que présidait Émile Goudeau, s'en vint du Quartier-Latin à Montmartre et s'abattit sur le cabaret nouveau-né. Elle y institua — c'était fatal! — des réunions hebdomadaires où chacun débitait ses vers ou chantait sa musique, atténuant ainsi des doux parfums des fleurs du Rêve l'âcre senteur des pétuns et des cervoises. D'intimes qu'elles étaient au début, ces réunions devinrent bientôt publiques : le premier cabaret chantant était créé, donnant asile à tous les talents naissants et livrant accès à l'églogue, à l'élégie, à la romance, à la parodie et au flonflon, indifféremment.

Mais ce concert ne fut réglementé que plus tard, lorsque le Chat-Noir eut transporté ses pénates rue de Laval. Alors les poètes et chansonniers furent appointés; leur apparition en public devint une profession. C'est de ces professionnels de la rime que je vais m'occuper, laissant pour une autre étude les « évadés », dont la majeure partie est devenue célèbre et a atteint le pinacle.

Avant d'ouvrir la galerie chansonnière, je considère comme un devoir d'adresser un souvenir ému à ceux morts — croit-on — le couplet aux lèvres, tombés à leur « champ d'honneur », ce champ qu'ils ensemencèrent de leur verve, de leur esprit ou de leur génie, pour que la foule y pût moissonner l'oubli des douleurs, le rire et la joie.

LES DISPARUS

MAC-NAB. — Créateur du genre « en bois » (tout en lui était en bois : l'allure, le geste, la voix), Mac-Nab ne trouva pas tout de suite sa voie. Au Chat-Noir, où il était venu à la suite de Goudeau, il disait des poèmes dont l'esprit s'inspirait surtout de Beaudelaire et d'Edgar Poë... et n'obtenait que des succès très relatifs.

Goudeau lui demandant un jour s'il n'avait pas dans son sac quelque chose d'un genre différent, d'une note moins macabre, Mac-Nab confessa qu'il avait composé des chansons-réclames pour une fabrique d'appareils de chauffage et pour un pédicure célèbre. Il fut prié de les dire et fut tout étonné de l'hilarité provoquée par ses *Poêles mobiles* et sa *Pommade Galopeau.* Il abandonna dès lors le genre triste et composa l'*Expulsion des Princes*, le *Bal à l'Hôtel de Ville*, le *Métingue du Métropolitain*, la *Ballade des Derrières froids*, et plusieurs autres pièces d'une fantaisie et d'un humour vraiment originaux, qu'il a réunies en un petit volume, *Poèmes mobiles*, édité chez Vanier.

Mac-Nab s'éteignit à l'hôpital de Lariboisière dans sa vingt-neuvième année. La veille de sa mort, il avait reçu du ministre de l'Instruction Publique les palmes d'officier d'Académie.

ALBERT TINCHANT. — Poète délicat et pianiste habile, Albert Tinchant fut longtemps accompagnateur du Chat-Noir. C'est lui qui fournit à Delmet les premières poésies que celui-ci mit en musique. Comme Mac-Nab, il mourut jeune et emporta avec lui les regrets sincères de tous ceux qui l'avaient connu. Voici un sonnet de cet aimable aède :

MESSE DE MINUIT

La nef d'or se remplit de fleurs et de clarté
Sous la voûte gothique aux folles ciselures ;
L'encens monte au concert des voix jeunes et pures
Et d'un nuage bleu couvre l'autel sculpté.

Les femmes, admirant la divine beauté,
Vont aux pieds du Seigneur déposer leurs parures ;
Quelques hommes perdus dans ce flot de murmures
Rêvent tout bas d'azur et d'immortalité.

Or, tandis que votre âme au ciel s'envole encore,
Voulez-vous que tous deux, sur le clavier sonore,
Au retour, nous chantions quelque noël pieux ?

Puis, selon la coutume, en votre cheminée
Placez votre soulier si mignon, car je veux
Y mettre avec mon cœur la bague d'hyménée.

HECTOR GANIER. — Un bon et brave garçon qui se fit une spécialité de rajeunir et d'arranger les vieilles chansons de province ; traita également l'actualité politique. Il prit la direction artistique de plusieurs caveaux montmartrois, humbles satellites du Chat-Noir. Il obtint un grand succès avec quelques-unes de ses productions, dont les *Frères de Cîteaux*. Quand il mourut, en 1888, il était directeur du caveau de la Gauloise. Je donne de lui ces couplets :

POUR UNE BELLE

A gente damoiselle
Toujours suis à rêver :
Quand l'étoile étincelle,
Le jour, dès mon lever.
Ah ! pour une belle
Qu'il fait bon rêver !

Mais la farouche belle
Ne veut pas me chérir ;
Pour fléchir la cruelle
Que lui faut-il offrir ?
  Ah ! pour une belle
  Qu'il fait bon souffrir !

Je donnerais pour elle
Mon pigeon messager,
Avec ma tourterelle,
Et mon chien de berger.
  Ah ! pour une belle
  Qu'il fait bon gager !

Pour un doux regard d'elle
Je deviendrais martyr,
Sans que jamais mon zèle
Puisse se ralentir.
  Ah ! pour une belle
  Qu'il fait bon pâtir !

Pour un sourire d'elle
Je me ferais damner,
Dût la joie éternelle
De moi se détourner.
  Ah ! pour une belle
  Qu'il fait bon donner !

Sur sa lèvre jumelle
Si j'arrive à quérir
Un brûlant baiser d'elle,
Je consens à périr.
  Ah ! pour une belle
  Qu'il fait bon mourir !

A la Sainte-Chapelle
Je veux m'agenouiller :
« Sainte Vierge immortelle,
« Daigne la conseiller ! »
  Ah ! pour une belle
  Qu'il fait bon prier !

HECTOR SOMBRE. — Henri Lecorps-Delarivière, dit Hector Sombre, décédé en janvier 1894, était un poète et un chansonnier de talent, mais versant parfois dans la basse trivialité pour complaire à la clientèle ordinaire des caveaux où il fréquentait. Aussi son nom évoque-t-il moins le souvenir de ses poésies délicates que celui de son *Raccroc,* brutale peinture dont voici quelques traits :

On peut voir sur les boul'exter'
Un caboulot, ignoble bouge,
Qui n'a besoin, pour avoir l'air
D'un bordel, que du vitrail rouge.
C'est le rendez-vous des putains,
Qu'une gifle marque à la joue
Et qui s'en vont par les chemins
Harponner du pain dans la boue...
. . . .
Enfin la nuit tombe; il est temps
D'aller faire ton étalage
De chair tarée aux dégoûtants.
Fille, sois prête au raccolage !...
. . . .
« — Veux-tu vingt ronds ? j'ai pas de r'gret !
« — Ah ! les temps sont durs, pas moins d'trente !
« — Hein ! t'as donc pas vu ton portrait ?
« A la morgue, pour figurante,
    « Pas sûr qu'on voudrait de toi ! »
. . . .
L'homme, derrière sa conquête,
Peu fier, à quelques pas s'en va,
N'osant trop relever la tête...
Par un escalier casse-cou,
On arrive à l'étroite chambre
Délabrée, infecte, noire, où
Semble avoir habité Décembre.
. . . .
C'est là le dégoûtant boudoir
Où la salope de barrière
Entraîne avec orgueil ce soir
Le miché qui la suit derrière.
. . . .

Le raccolé dit : « — Tu m'embêtes
« Avec tes trucs ; c'est pas tout ça !
« Veux-tu vingt ronds ?... Non ! tu t'entêtes.
« Eh bien, bonsoir ! — Écoute donc ! »
Reprend la rouleuse en détresse,
« Donne et surtout ne sois pas long ;
« Car pour vingt ronds, c'est pas la presse !!! »

Sombre était un joyeux camarade, plein d'esprit, bon vivant, bâti en athlète et qui semblait destiné à fournir une très longue carrière.

RENÉ PONSARD. — Le doyen d'âge des chansonniers, surnommé le père la Cayorne. C'est lui l'auteur de ce refrain qui fut célèbre il y a une vingtaine d'années :

C'est sur la Butte,
Butte
Montmartr'que l'on fait
La culbute,
Bute,
Et boit le vin clairet ;
C'est là qu'soirs et matins
Plus d'un minois coquet
Vient jeter son bonnet
Par-dessus les moulins.

Il a écrit une quantité de petits poèmes badins et rimé des vers argotiques où la gouaillerie se mêlait parfois à la douce pitié. Il mourut sur la Butte, qu'il n'avait jamais quittée et où un comité se forma dernièrement dans le but de lui ériger un monument.

JULES JOUY. — Le roi des chansonniers ! Comme André Gill, son ami, il mourut fou. Nous le conduisîmes au Père-Lachaise par une belle matinée du printemps de 1897, et Xavier Privas prononça sur la tombe ouverte, en quelques mots émus, l'éloge funèbre qui dit le regret unanime de tout ce que Montmartre comptait alors de chansonniers et de poètes. La presse tout entière rendit hommage au talent merveilleux du défunt, qui s'était fait tout seul, avec un courage et une persévérance indomptables.

Jouy avait exactement quarante-deux ans quand il mourut. Il avait débuté au *Tintamarre*, et lorsque, en 1883, le *Cri du Peuple* fut rétabli par Jules Vallès, celui-ci le chargea de la chanson « au jour le jour ».

« Il y fut incomparable, — je cite Séverine, — d'une ampleur de talent extraordinaire, d'une âme comme neuve, toute vibrante et ingénue.

« Ce sceptique, cet impassible, fit pleurer comme il avait fait rire, et frissonner de pitié les belles madames, et frémir de passion les vilains plébéiens. Tyrtée cocasse, aux jambes en manches de veste, à l'éternel mégot, à l'éternel pépin...

« Louchon comme il l'était, il avait un œil sur le Champ de Navets et l'autre sur le champ de bataille. »

Il faudrait dix pages de ce livre pour énumérer les succès — dont plusieurs furent des triomphes — que remporta Jules Jouy tant dans la satire et la parodie que dans les chansons tragiques et macabres et que dans la romance. Car ce fécond et génial chansonnier était aussi heureusement doué pour un genre que pour l'autre. Ses chansons de café-concert, dont plusieurs sont encore actuellement interprétées, sont, comme ses chansons de journal ou de cabaret, d'une facture impeccable. Valbel dans *Les Chansonniers et les Cabarets artistiques* (Dentu, 1895) et Adolphe Brisson dans *Un Coin du Parnasse* (Fasquelle, 1898) racontent sur Jouy des anecdotes intéressantes.

Après avoir présidé les goguettes du Chat-Noir et chanté aux soirées quotidiennes du théâtre de la rue de Laval, Jouy fonda le concert des Décadents et le Chien-Noir. Il a laissé en librairie les *Chansons de l'Année*, *Chansons de Bataille* (Flammarion), la *Muse à Bébé* et la *Chanson des Joujoux* (Heugel) ; le reste de l'œuvre est dispersé chez les éditeurs de musique de café-concert.

Pour donner un exemple des rimes de Jules Jouy, je cite ce sonnet peu connu :

COQUELIN CADET

Cheveux gaîment taillés et qu'un coup de vent fouette
Nez en l'air, adorant la nue avec ferveur ;
Œil naïf, effaré, comiquement rêveur,
Qui semble suivre, au ciel, le vol d'une alouette,

Saluez, bons bourgeois ; c'est l'ami Pirouette :
Vif croquis d'un talent de fantasque saveur ;
Eau-forte d'un jet large, osé, dont le graveur
Sur le *convenu* plat culbute et pirouette.

Qu'il cisèle l'esprit, geigne le *Hareng saur,*
Vive sa gaîté franche au juvénile essor !
Hilare comme un Fou, grave comme un problème,

Hanlon ganté de frais, ô clown en habit noir !
J'aime le rire anglais peint sur ta face, blême
Comme une lune ovale au faîte d'un manoir.

Jouy a fait représenter au Chat-Noir le *Rêve de Zola*, avec dessins de Dépaquit, et plusieurs revues à l'Eldorado et à la Scala.

ANDHRÉ JOYEUX. — André Lesage, dit Joyeux, s'est suicidé dans un accès de fièvre chaude le 4 septembre 1899. Il était alors directeur du cabaret de l'Ane-Rouge, qu'il avait acquis en 1898, et n'avait pas encore accompli sa trentième année. Il avait été présenté une dizaine d'années auparavant à Rodolphe Salis par notre regretté camarade Adrien Désamy, aimable poète qui fournit longtemps à l'*Illustration* des vers qui commentaient les dessins de ce journal. Absent pendant trois ans pour remplir ses devoirs militaires, Joyeux revint à Montmartre en 1894, entra à l'Ane-Rouge, avec Gabriel Salis, retourna au Chat-Noir et succéda ensuite à Marcel Legay dans la direction des Noctambules.

Il composait des chansons d'actualité et des parodies dont quelques-unes étaient fort réussies. C'était un charmant camarade, qui ne prêta jamais à la médisance.

CHARLES DE SIVRY. — Aussi modeste et simple qu'il était sincère et bon, notre regretté ami Charles de Sivry présentait un aspect humble et réservé. Tout en lui était petit : sa taille, ses membres, ses extrémités, sa voix ; tout, sauf les yeux, la moustache et le talent.

Dans des mémoires qu'il intitulait *Souvenirs sans regrets* et dont la publication dans les *Quat'-z-Arts* est demeurée inachevée, il raconte ainsi comment il fit la connaissance de Paul Verlaine :

« On se réunissait, en ces temps-là, tous les dimanches à l'atelier-salon de la bonne statuaire, Mme Léon Bertaux. Des vers, de la musique et de fructueuses causeries.

« Cette année-là, elle annonça à tous ses fidèles amis que son dimanche d'adieux serait à quinzaine.

« Nous nous concertâmes donc entre tous les familiers de l'hospitalière maison pour donner à cette soirée d'adieux un éclat particulier. Les musiciens préparèrent leurs plus brillants soli ; les poètes, leurs vers les plus inédits, et moi, je décidai qu'un orchestre recruté parmi mes camarades *bonæ voluntatis* ferait danser tout le monde avant souper.

« L'idée de ce tapage musical enthousiasma Edmond Lepelletier, un des fervents des dimanches, tout frais émoulu de l'École de droit.

« — Alors, me dit-il, si tu as un orchestre, nous allons faire une opérette.

« — Voilà. Deux personnages. Je la jouerai avec un de mes amis.

« — C'est fait.

« — Tu connais ma voix. N'écris pas quelque chose de trop difficile pour moi. L'autre, tu ne le connais pas : c'est un poète qui a une très jolie voix de ténor ; tu peux lui confier les côtés lyriques. Ma sœur s'occupera de lui faire étudier son rôle : envoie vite la partition, tu auras le livret demain.

« Le lendemain, je reçus le livret. Cela était intitulé : *Le Banquiste,* parade à deux personnages, et la pièce se terminait par une chanson : *Le Rhinocéros en mal d'enfant*, ou *Le Naturaliste dans l'embarras.*

« Un matin, Mme Bertaux fut fort étonnée de voir s'arrêter devant la grille de son hôtel une voiture à bras contenant des instruments.

« Un homme entra, silencieux, chargé de cymbales, de tambours de basque, de triangles, et d'une majestueuse contrebasse.

« Et puis il s'en alla, toujours aphone, laissant ma carte.

« Le soir, on répétait généralement, et je vis enfin le *ténor* promis par Lepelletier.

« Hirsute et farouche, avec des yeux de japonais exilé, le ténor s'avança sur les tréteaux de la scène improvisée. Un mac-farlane, un cache-nez à carreaux blancs et noirs, un chapeau mou, tel était son costume.

« — Voilà mon ami, dit Lepelletier ; il sera le tien dans dix minutes. Il s'appelle Paul Verlaine. »

La publication de ces mémoires faillit attirer à leur auteur une affaire avec le capitaine Ducrot à propos d'une appréciation portée sur la conduite du général du même nom pendant le siège de Paris. Charles de Sivry arrangea les choses en publiant, quelques jours après, la note suivante :

« Des amis communs m'ayant rapporté que le capitaine Ducrot, neveu du général Ducrot, s'était ému d'une phrase écrite sur un ton de badinage dans un de mes feuilletons, je lui ai écrit spontanément :

« Capitaine, vous avez pour la mémoire du général Ducrot des « sentiments de piété filiale. Je les ai froissés involontairement. « Je le regrette. Et pour vous le mieux prouver, je supprimerai « de mes mémoires, lorsqu'ils paraîtront en volume, ce malen- « contreux passage. »

Sivry débuta comme chef d'orchestre du bal Robert ; à l'Exposition de 1867, il dirigea une troupe de musiciens hongrois à la brasserie Fanta. Après une série d'avatars, dont l'énumération ici serait trop longue, il entra aux Délassements-Comiques ; conduisit plusieurs orchestres, entre autres celui de la Nouvelle-Bastille en 1889, et celui de la Vieille-Amérique en 1890 ; entra au Chat-Noir à la place devenue vacante par le décès d'Albert Tinchant ; fit de nombreuses tournées avec Salis, plus tard avec Théodore Botrel, dont il était l'accompagnateur attitré, et tint le piano-orgue aux soirées des Quat'-z-Arts, où il resta jusqu'au jour où la maladie le força à s'aliter.

Charles de Sivry a composé la musique de plusieurs pièces : *Istar*, *Rédemption*, le *Cœur de Sita*, *Agamemnon* ; d'un ballet, l'*Absinthe*, joué pendant quatre mois aux Folies-Bergère de Rouen ; fait la mélodie de *Roland*, pièce d'ombres de Georges d'Esparbès, jouée au Chat-Noir ; donné aux fêtes du Palais de l'Industrie la *Légende d'Hiram*, et collaboré avec presque tous les poètes-chansonniers de Montmartre pour la musique.

De Sivry est mort à la fin de 1899, à l'âge de cinquante et un ans, emportant les regrets sincères de tous ceux qui l'avaient approché.

GASTA. — De son véritable nom Gaston Galempois. Mort fou à l'asile de Vaucluse en septembre 1900. Encore tout jeune homme, Gasta se produisit au caveau des Roches-Noires en compagnie de Joyeux et de Jean Varney. Il fut de la fondation du Casino des Concierges, dont il s'absenta quelque temps pour prendre la gérance du sous-sol de la Ville-Japonaise ; puis, revenu à Montmartre, il suivit Maxime Lisbonne au Jockey-Club de Montmartre et au Ministère des Contributions Indirectes. En 1900, on le chargea des représentations montmartroises à la Grande Roue de Paris. C'est là qu'il fut frappé par le terrible mal qui devait l'emporter quelques semaines plus tard, à l'âge de trente ans.

Chansonnier adroit et fécond, Gasta s'appliquait spécialement à peindre les mœurs du monde interlope. Il choisissait ses types dans les lieux de plaisir ou les « maisons de société » et les flagellait avec cruauté, recourant sans vergogne au mot cru, à l'expression ordurière. Il était sans pitié pour les tares et ridiculisait parfois le malheur avec une inconscience qui, pour l'observateur, était l'indice certain de sa fin misérable. Voici un échantillon du talent de Gasta :

PREMIÈRE COMMUNION

C'était la premièr' communion
De la fille de la patronne.
Le soir, brillante réception
Au bordel. Près de la matronne,
Les filles, viande pas fraîche,
Les macq'reaux mangeant et buvant,
Et la sous-maîtress'l'air revêche,
Trouvant le dîner embêtant.
L'ingénu' présidant la fête,
Regardait de ses yeux vicieux
Un vieux cochon qui, d'un air bête,
Avait des gestes malicieux.
Pourquoi? C'est le propriétaire
De cette pâl' virginité.
Aujourd'hui, il doit satisfaire
Son sal' besoin en liberté.
Au fait, cette gosse est un' femme.
Ne vient-ell'pas de communier?
Dès à présent c'est une dame,
Personne ne peut le nier!
Les verr's s'emplissent de champagne;
Les femm's goual'nt de sales refrains;
Bref, c'est un pays de Cocagne,
Vrai' république de putains.
Enfin, la patronne se lève
Et débite ce boniment :
« — Ma fille, au travail je crève!
Remplac' ta mère, mon enfant :
Que vas-tu faire? Tu es jeune !
Ta sœur, ton frère à leur façon
S'occup'nt! Un r'mèd' contre le jeûne
Est d'savoir gagner du pognon.
Allons ! ne fais pas la bégueule !
Sois franche, vite réponds-moi !

2

T'es gironde! T'as un'bell'gueule!
Que feras-tu de tes dix doigts? »
La goss' prenant un air candide,
Se lève et répond lentement :
« J'suis assez bath, j'ai pas un' ride,
Eh ben! j'mass'rai : c'est amusant!
J'vous l'jure, au turbin j'suis pas flegme!
J'perds mon innocence aujourd'hui;
La préfectur' m'donn'ra un' brème;
Voilà c'que j'veux gagner c'te nuit! »
La macqu'rell' dit : — « T'es bien gentille,
C'est tout c'que j'attendais de toi;
Le vieux est là, monte avec moi! »
.... Et la mère embrassa sa fille....

GASTON SÉCOT. — C'est au commencement de l'automne dernier que nous conduisîmes Gaston Sécot au four crématoire du Père-Lachaise. Il venait d'atteindre sa quarante-quatrième année.

Jules-Gaston Costé, dit Sécot, était Parisien. Après avoir passé sa licence en droit, il avait choisi la carrière administrative et était entré dans un ministère. Il utilisait les loisirs que lui laissait la vie de bureau en rimant des couplets, qu'il eut un jour l'idée de venir chanter à Montmartre, sous un pseudonyme. Il commença d'abord par l'Ane-Rouge en octobre 1892; quatre mois après, il fit l'ouverture des Quat'-z-Arts, entra en octobre 1893 au Chat-Noir, où il resta un an, passa au Chien-Noir, puis au Tréteau-de-Tabarin (1896-1898), tout en continuant à chanter chez Trombert. A la suite d'une pique avec celui-ci, il quitta les Quat'-z-Arts et alla fonder, avec quelques camarades dissidents, le Cabaret-des-Arts. Dénoncé, comme auteur de chansons antigouvernementales, auprès du ministre dont il dépendait, on lui signifia l'interdiction formelle de se produire dorénavant en public. Néanmoins, peu de temps après, sur les instances du député Antide Boyer, la défense fut levée à condition que Sécot « ne ferait plus parler de lui ».

Sécot a écrit un grand nombre de fantaisies et de petites satires, au nombre desquelles je mentionnerai : *Ma première Pucelle*, le *Pétomane*, l'*Enquête sur la Marine*, *Visite de Charité*, *Couplets sur les Chansonniers de Montmartre*, *Monsieur Bérenger*, les *Cadeaux russes*, les *Impôts français*, la *Recherche de l'Inconnu*, etc. Il a également composé une série de chansons tintamarresques sur l'*Histoire de France* et quelques gracieuses romances du genre de celle-ci, que Marie Krysinska a très joliment mise en musique :

DOUX REPROCHES

Vraiment, marquis, vous êtes exigeant !
Hier au soir, moi qu'on dit si hautaine,
Je vous laissai, d'un air fort indulgent,
Baiser ma main plus haut que la mitaine.
Je croyais bien cependant vous donner
De ma tendresse un véritable gage ;
Marquis, marquis, vous allez nous damner !
    Que voulez-vous donc davantage ?

Puis aujourd'hui, sans doute imprudemment,
J'ai supporté vos aveux pleins de fièvre ;
Il me souvient même qu'en un moment
Votre moustache a caressé ma lèvre :
Ce baiser-là n'était pas sans douceur ;
Mon pauvre cœur est à vous sans partage ;
Mais, par pitié, modérez votre ardeur !
    Que voulez-vous donc davantage ?

Eh quoi ! marquis ? Est-il déjà fini,
Le rêve d'or par nous rêvé naguère ?
Oiseau volage, êtes-vous las du nid,
Témoin discret de ma faveur dernière.
Faut-il si tôt fermer notre roman ?
Moi qui, charmée à la première page,
Vous murmurais, malgré mon trouble grand :
    « Voulez-vous encor davantage ? »

Marcel LEGAY

Quatre ans avant que le premier cabaret-chantant vînt s'installer à Montmartre, un chansonnier-compositeur interprétait lui-même ses œuvres en public, au pied de la Butte qu'allaient bientôt doublement mais si diversement illustrer l'Art et la Foi.

Chaque soir, au coin des boulevards Ornano et Rochechouart, depuis l'heure de la remontée des travailleurs jusque vers la mi-nuit, un barde au « bouc » noir de chasseur à pied et à la crinière absalonnienne, très heureusement servi par un organe aux notes claires et puissantes, — à travers l'envolée de quoi se discernait pour le connaisseur le sceau du travail et de l'étude et qui s'imprégnaient déjà d'un sentiment artistique peu banal, — lançait, devant une assemblée où dominaient les petites ouvrières avides de mélodie, des refrains que promptement populariseraient les mille et mille jolies bouches des jeunes et charmantes auditrices.

Adossé à deux chevrons verticaux supportant à deux mètres au-dessus du sol une paire de « punch » de pétrole dont les flammes s'enflaient et se couchaient sous les caprices de la brise, un harmonium soutenait de ses accords la voix chaude et vibrante qui s'élevait parmi les frondaisons, tour à tour caressante, suppliante et preneuse :

Et je disais alors à ma belle au cœur tendre :
« Demain, sous les bosquets, loin des regards jaloux,
« Quand sonnera minuit, seul, j'irai vous attendre.
« N'allez pas oublier l'heure du rendez-vous ! »

— Demandez l'*Heure du Rendez-Vous* ! de Marcel Legay !... Demandez ! Paroles et musique, dix centimes.

À Léon de Bercy
ton vieux frère — marcel legay
Juin 1901

MARCEL LEGAY

Et les formats s'enlevaient. Et le public reprenait en chœur :

« N'allez pas oublier l'heure du rendez-vous ! »

Et c'était charmant, ce *tutti* de voix fraîches presque encore enfantines de nos mignonnes Montmartroises se mariant au « creux » sonore de Marcel Legay !

Beaucoup s'étonneront qui ignoraient ces débuts du compositeur de *Toute la Gamme* (1), des *Chansons Rouges* (2), des *Rondes du Valet de Carreau* (3), des *Chansons Cruelles* (4), des *Chansons de Cœur* (5), des *Chansons fragiles* (6), des *Ritournelles* (7), et de tant d'autres choses charmantes où pullulent les chefs-d'œuvre. « Marcel Legay chanteur de rue ! Marcel Legay camelot, vendant sa musique en plein vent ! » s'exclameront-ils. — Eh ! ma foi, oui. Et je ne sache pas que Legay en ait jamais rougi. Au contraire.

Aussi bien, n'est-il pas superflu d'ébaucher ici l'exposé des premières luttes qu'il eut à soutenir contre le sort avant de parvenir à la juste célébrité dont il jouit aujourd'hui.

Legay (Arthur-Marcel) naquit le 8 novembre 1851 à Ruit, arrondissement de Béthune, d'une famille de porions qui le destinait à l'état de tonnelier. Quand se déclara la guerre franco-allemande, il s'enrôla au 20e chasseurs à pied et termina son service militaire au 43e régiment d'infanterie comme clarinettiste.

A sa libération, il fut, grâce au « piston » de son ancien chef de musique, admis au Conservatoire de Lille dans la classe de Boulanger, qu'il quitta avec un engagement pour

(1) Brandus, édit. 1886.

(2) Sur des poèmes de Maurice Boukay. Flammarion, édit. 1897.

(3) Marpon et Flammarion, édit. 1887.

(4) Poésies d'André Barde, préface de Jean Richepin. Ollendorff, édit. 1895.

(5) Poésies d'Emile Antoine. Ollendorff, édit. 1896.

(6) Chansons de Paul Romilly. Flammarion, édit. 1898.

(7) Vingt mélodies sur des paroles de Claude Moselle. Baudoux, édit. 1900.

le théâtre du Havre, où il se produisit dans la *Favorite*. Mais sa mauvaise vue l'obligea à abandonner la scène théâtrale. En 1876, avec environ deux mille francs d'économies, il vint à Paris, où il rêvait de rencontrer facilement succès, gloire et fortune, mais où il ne rencontra tout d'abord qu'un ancien camarade de régiment domicilié à Villejuif, qui s'offrit à loger notre baryton et son petit magot.

Legay, n'y voyant pas malice, accepta d'enthousiasme et, dès le lendemain, délesté de son numéraire, que la prudente administration du copin allait rapidement aliéner, il partit à la conquête de la capitale, arrêtant d'avance son programme : chanter le soir dans un café-concert et travailler le jour à la composition de chansons qu'il ferait interpréter par ses futurs camarades de planches. Il alla frapper successivement à la porte de presque toutes les directions.

« — Quel genre chantez-vous? lui demandait-on.

« — L'opéra. »

On le regardait alors comme un phénomène. Qu'est-ce que l'opéra venait faire au beuglant? Et on l'éconduisait.

Cependant, le « père » Renard, qui dirigeait l'Eldorado, — alors communément réputé Académie du café-concert, — consentit à lui laisser donner audition. Ce fut une nouvelle déception. Enfin, le compositeur Byrec, qui exploitait, rue Biot, le Concert-Européen, l'engage pour chanter à l'œil pendant trois mois le répertoire d'opéra. Au cours de cet engagement, Byrec, qui espérait avoir en son nouveau pensionnaire un interprète de ses productions, lui demande de se mettre à la chanson de café-concert. Surpris et presque froissé, Legay refuse. Le soir même, de la salle, un quidam le siffle; mais le public proteste et la musique de Méhul, de Mozart, de Verdi, de Gounod, de Massenet et de Saint-Saëns retentit huit jours encore à la rampe du concert batignollais.

En même temps et aux mêmes conditions, Legay se produit sur la scène de l'Harmonie, brasserie-concert située faubourg Saint-Martin et « où le service était fait par des *dames* », pour la plus grande joie d'un public en majeure partie composé de garçons bouchers.

Il utilise ses heures de loisir à écrire des bluettes qu'il met en musique ; mais le placement n'en est guère facile : la fortune continue à se montrer rebelle. Pourtant, le compositeur Goudesonne, qui tenait le concert de la Ruche (boulevard Saint-Martin et rue de Bondy, en bordure de la place du Château-d'Eau), vient raviver l'espoir du jeune chansonnier en lui faisant une place dans sa troupe, aux appointements de cent francs par mois. Simultanément, Legay se fait entendre dans les « caveaux » et dans les sociétés lyriques et aussi au Chalet, beuglant de bruyante mémoire, qui s'élevait sur un terrain bordé aujourd'hui par le boulevard Saint-Michel, la rue Auguste-Comte et l'avenue de l'Observatoire.

C'est à cette époque qu'il compose l'*Heure du Rendez-Vous, Pour un baiser de femme* et le *Moulin de la Galette* sur des vers de Gérault-Richard, qu'il interprète le soir en plein air, boulevard Rochechouart, Place-Clichy, à la Ferme-Saint-Lazare, Place-Saint-Pierre et, les jours de marchés suburbains, hors barrières, aux portes de Paris. Il édite lui-même la première de ces chansons avec trente francs que lui prête son garçon d'hôtel — car il a renoncé au trop lointain Villejuif et transporté ses pénates à Montmartre, où ses mélodies deviennent vite populaires ; car on l'y entend de tous côtés : à la brasserie de la Nation, rue de la Nation — où la police fait un soir irruption, en quête de l'introuvable Walder, l'assassin présumé du pharmacien de la place Beauvau ; — chaussée Clignancourt, dans un café-chantant établi près de l'entrée de la rue d'Orsel ; rue Ramey, au concert de la Jeune-France, devenu depuis 1891 le café Oriental ; au Moulin-de-la-Galette, où il chante, au milieu de l'orchestre qui l'accompagne, sa polka du *Moulin de la Galette*, dont « cavaliers » et danseuses reprennent en chœur l'entraînant refrain.

Le succès donne alors à Legay l'idée de fonder, en com-

pagnie de son collaborateur Gérault-Richard, une maison
d'édition de musique. A cet effet, ils louent à bail une
boutique au coin de la rue de Rocroy et du boulevard de
Magenta; mais comme ils oublient fréquemment d'en
ouvrir les volets, les camelots s'y cassent le nez et le
magasin reste vide de clientèle. Toutefois, la maison, qui
prend pour enseigne « Aux auteurs réunis », a son utilité :
elle abrite, la nuit, quelques camarades peu fortunés, dont
le pauvre Jules Jouy, qui élit domicile sur le comptoir.
L'entreprise vit six mois, au bout desquels le propriétaire
se fait tirer l'oreille pour la résiliation du bail. Mais tout
finit par s'arranger, et Legay transfère le fonds en sa
chambre de la rue Bervic et donne ses répétitions au
cabaret des Assassins, rue des Saules, où affluent les
chanteurs ambulants, désireux de mettre à profit le
triomphe remporté chaque soir au XIXᵉ Siècle par le
chanteur Debailleul, avec la sentimentale bluette :

C'était avec Ninon...
Si je vous dis son nom,
N'allez pas le redire!
Nous n'avions que vingt ans.
Dans nos cœurs le printemps
Avait mis le délire :
Au grand livre d'amour,
Sans oublier un jour,
Tous deux nous aimions lire.
Si je m'en souviens bien,
Alors nous n'avions rien
Dans notre tirelire;
Mais j'avais, en retour,
Pour Ninon tant d'amour
Qu'en lui donnant mon âme,
Je lui disais bien bas :
« Que ne ferait-on pas...
« Que ne ferait-on pas
« Pour un baiser de femme? »

Le 28 février 1879, Robert Planquette et Goudesonne
lui servant de parrains, Legay se présente à la Société

des Auteurs, Compositeurs et Éditeurs de musique, qui l'accueille et lui verse bientôt le montant assez rondelet de ses droits.

La guigne est enfin amenée à résipiscence. Notre musicien a le pied à l'étrier ! Un succès encore et il enfourchera résolument Pégase pour franchir avec assurance les étapes qui jalonnent la route tortueuse de la renommée, au bout de quoi l'attendent la gloire... et la fortune !...

« — Pourquoi ne vas-tu pas voir Jean-Baptiste Clément ? lui dit un jour le chanteur Viala.

« — D'abord parce que je ne le connais pas, et...

« — Bah ! va le voir quand même et demande-lui qu'il t'autorise à mettre de la musique sur le *Semeur*.

« — Le *Semeur* ?

« — Oui. C'est tout à fait dans ta note. Personne n'en a rien pu faire encore ; mais toi, j'en suis certain, tu en feras quelque chose d'épatant ;... je te « créerai » ça à l'Eldorado.., Ça te va ?

« — Ça me va. »

Et, le lendemain, Legay sonnait chez J.-B. Clément retour d'exil, qui le reçut plutôt fraîchement et l'adressa à Louis Capet, régisseur du concert de l'Eldorado, lequel lui fit confier par Renard, le directeur, la poésie du chansonnier révolutionnaire.

La musique en fut bientôt faite — comme dit la chanson ; — et quelle musique !

> Tradéri déra, lonla !
> Je sème du blé.
> Qui le mangera,
> Lonla ?
> Qui le mangera ?
> Ah !

Le public des fauteuils ne trouva pas la chose de son goût, mais les spectateurs des galeries firent une ovation à Viala avant même qu'il eût terminé ; et le *Semeur* valut à l'artiste le renouvellement de son engagement.

La partie était gagnée pour Legay ; il venait de « trouver

sa note » : il était désormais célèbre... Sur la présentation
du poète Adelphe Froger, les Hydropathes l'admirent
comme citoyen de leur république d'arts et de lettres.
Avec eux, il revint à Montmartre et fut ainsi un des premiers ouvriers de la célébrité du Chat-Noir. Il appartenait
alors au concert du XIXᵉ Siècle, où se faisait entendre Aristide Bruant, qu'il entraîna un soir sur la Butte et dont il
prépara ainsi, inconsciemment, l'orientation vers le
succès et la fortune. En mon souvenir chante encore la
musique qu'avait composée Legay sous la fable de La Fontaine *La Cigale et la Fourmi*, et celle du *Semeur* — dont
les notes puissantes firent plus de deux mille fois trem-
bler la verrière du cabaret — et aussi celle de *Vive la
Terre !* sur des couplets de Gérault-Richard.

A l'époque du transfert rue de Laval, il quitte Salis,
dont il se vante de n'avoir jamais été le commensal sans
payer son écot, tel un client ; et va fonder rue des
Abbesses, au coin de la rue Ménessier, le cabaret de la
Franche-Lippée, dont il fait décorer les vitres par le
peintre Marius Etienne et où, pendant quelques mois, les
poètes et chansonniers bohèmes — entre autres Hector
Sombre, René Esse et Léon Mayot — sont hébergés
moyennant une chanson ou une pièce de vers ; puis il
retourne au « Quartier » et fait les beaux soirs du Caveau-
Latin, où Lucien Hubert, le député actuel des Ardennes,
disait des vers. Ce Caveau occupait l'emplacement acquis il
y a quelques années par la Compagnie des chemins de fer
d'Orléans pour l'établissement de la gare du Luxembourg.

En 1891, aux soirées de la *Plume*, dont il est un des assidus, Legay fait la rencontre de Maxime Guy, secrétaire du
concert de l'Eldorado ; celui-ci le présente à Brigliano, qui
l'engage à de jolis appointements. Et là, il chante la
musique qu'il a écrite sur *La Petite qui tousse*, de Jean
Richepin ; *Trois Jours de Vendange*, d'Alphonse Daudet ; le
Cochon, de Charles Monselet ; *Odelette au Sommeil*, d'Emile
Goudeau ; *Libations*, de Paul Marrot ; *J'ai quatre plumes à
mon Chapeau*, de George Auriol ; l'*Ecole Buissonnière*, de

Durocher, et *Si tu le voulais*, de Gérault-Richard ; et la jeunesse des Ecoles, dont il est le favori, vient l'y acclamer.

Un soir que j'assistais à la représentation de l'Eldorado, un philistin grincheux qui occupait le fauteuil contigu au mien se permet de critiquer à haute voix les cheveux, la redingote, les gestes, la voix et la musique de Legay. L'impatience me gagne : je veux imposer silence à cet épicier qui me répond, rouge de colère : « Je ne viens pas au concert pour entendre de ces c...ries-là !... Et puis, si vous n'êtes pas content, vous pouvez sortir ! »

« — Sortez vous-même, lui dis-je agacé, puisque le spectacle vous déplaît ; moi, je reste. »

Et furieux, j'administre au monsieur une bourrade qui l'envoie... dans les bras d'un garçon. On le « sort » ; et je me rasseois, sans plus...

En 1893, Legay chante au Divan-Japonais ; l'année suivante, il est avec Jouy aux Décadents ; il y crée la *Muse Verte*, fantaisie lyrique en six tableaux, poème de Léon Durocher, avec, comme partenaire muet, Mlle Lovely, qui symbolisait la Muse. Il entre bientôt aux Quat'-z-Arts et chante en même temps au Concert-Parisien et à la Gaîté-Montparnasse. Peu après, il prend la direction du cabaret des Noctambules, 7, rue Champollion, et y fait défiler tous ses camarades de Montmartre. En 1898, nous le retrouvons à Trianon, où M. Chauvin le paye à raison de 1,800 francs par mois. En 1899, il publie ses *Proses en Musique*, qui ne furent données qu'une seule fois en public, à la salle Charras, et dont je reproduis ci-après le programme *in extenso* :

Mlle Janvier (de l'Opéra)	*a.* Braves Gens (*Verset sacré*, p. 404)............... Jean Richepin. Verset sacré. *b.* Le Merle (*Le Rappel*, 1888). Charles Frémine. Aubade. *c.* Coucher du Soleil (*Contes en prose*, p. 8)........ François Coppée. Mélodie.

Mlle Baldo	*a.* L'Ère nouvelle............ Louise Michel. MAGNIFICAT RÉVOLUTIONNAIRE.
	b. Un Rêve sur le Divin (*Figaro*, août 1888)....... Juliette Adam. GRAND AIR.
L. Melchissédec (de l'Opéra)	*a.* Mort de Gervaise (*Assommoir*, p. 368)......... Emile Zola. ARIOSO.
	b. Mort de Jésus (*Vie de Jésus*, p. 241)............... Ernest Renan. AGONISATION.
Vergnet (de l'Opéra)	*a.* Madame Phaëton (*Roman*, p. 95)............... Clovis Hugues. CHANT RUSTIQUE.
	b. Mireille (*Chant II*, p. 73). Frédéric Mistral. ROMANCE.
Fournets (Opéra-Com.)	*a.* Babel (*Figaro*, 14 juillet 1888)............... Ignotus.
	b. Le Vieux Clocher (*Village perdu*) .... Paul Marrot. PLAIN-CHANT.
Camille Perrier	*a.* Epilogue (*Tartarin sur les Alpes*) .... Alphonse Daudet.
	b. Lettre de Victor Hugo à Ch. Monselet (*Mes Souvenirs*). Ch. Monselet.
L. Melchissédec et C. Perrier	*c.* Le Gendarme et le Vagabond (*Le Horla*, p. 340). G. de Maupassant. DUO.
M. X...	*a.* Roméo et Juliette (*La Gueuse parfumée*)...... Paul Arène. MÉLODIE.
	b. Le Froc (*Roman*, p. 69)... Emile Goudeau. PRIÈRE.

N'étant pas musicien, je ne puis analyser ici cette curieuse tentative de Marcel Legay ; mais je me rappelle l'émotion que fit naître l'exécution de sa musique et la

spontanéité que mit l'auditoire tout entier à bisser Melchissédec sur cette phrase de la *Vie de Jésus* : « Il ne vit
que l'ingratitude des hommes ; il se repentit peut-être de
souffrir pour une race vile, et il s'écria : « Mon Dieu, mon
« Dieu, pourquoi m'as-tu abandonné ? »

La critique rendit compte avec éloges de cet essai hardi
dont elle encouragea l'auteur ; mais Legay — je ne sais
pourquoi — ne le voulut point renouveler....

Sur l'invitation de M. Taffin, propriétaire du cabaret
Al'Tartaine, Marcel Legay, quelques mois avant l'Exposition de 1900, transforme cet établissement, qu'il baptise
« L'Alouette », et où il choisit comme collaborateurs
Mᴵˡᵉ Irma Perrot, Yon Lug, Léon Durocher, Paul Daubry,
Gaston Couté, le baryton Harry Weber et le compositeur
Jacotot. Mais il est là comme dépaysé et ne tarde pas à
retourner aux Quat'-z-Arts. Après l'Exposition, où il se
produisit pendant quelque temps au Vieux-Paris, il monte,
rue Cujas, le cabaret du Grillon, qu'il dirige encore actuellement.

L'œuvre de Legay actuellement en librairie comporte :
Toute la Gamme, Brandus, éditeur, 1886 ; *Les Rondes du
Valet de Carreau*, Flammarion, 1887 ; *Chansons Cruelles et
Chansons Douces*, poésies d'André Barde, Ollendorff, 1895 ;
Chansons de Cœur, avec Emile Antoine, Ollendorff, 1896 ;
Chansons Rouges, avec Maurice Boukay, Flammarion, 1897 ;
Chansons Fragiles, avec Paul Romilly, Flammarion, 1898 ;
Ritournelles, avec Claude Moselle, Baudoux, 1900. Il a en
outre en préparation deux volumes avec Serge Basset,
Claude Moselle, et un troisième avec moi, sous ce titre :
Chansons de Plein Air.

Enfin, il vient de composer la musique d'une épopée en
ombres de Georges d'Esparbès, que vient de monter le
Petit-Théâtre.

Presque toutes les scènes de café-concert et les trem-
plins de cabaret de Paris ont vu passer Marcel Legay ; et
la province a eu maintes fois l'occasion de l'applaudir :
Nancy, Dijon, Bordeaux, Tours, Berck-sur-Mer, le Tréport,

Besançon, Dôle, Gray, Lons-le-Saulnier, Montélimar, Luxeuil et Quiberon virent leurs tréteaux illustrés par la longue redingote et la demi-crinière du compositeur « chauve-chevelu », ainsi que l'appelait Jules Jouy.

Malgré la cinquantaine, Legay psalmodie, pleure ou crie ses chansons avec le même emballement, la même foi et le même sentiment d'art qu'il y a vingt ans. Sa voix, qu'il va « chercher dans le ventre », vibre toujours avec autant d'intensité ; il la souligne de gestes qui n'appartiennent qu'à lui et qui l'aident à faire passer dans sa diction un peu de son cerveau et de ses nerfs, et beaucoup de son âme. En dépit de l'étrangeté qu'il offre à l'oreille et au regard lorsqu'on le voit et l'entend pour la première fois, on ne peut se défendre de l'émotion qu'il vous communique ; on reste l'haleine suspendue ; on applaudit presque malgré soi ; et l'on se dit en fin de compte : « Voilà un rude artiste ! » Et c'est aussi l'avis de la direction des Beaux-Arts, qui lui fit décerner, il y a quelques années déjà, les palmes d'officier de l'Instruction Publique.

Émile GOUDEAU

Qui ne connaît l'auteur des *Voyages d'A'Kempis*, le parfait poète des *Fleurs de Bitume* et des *Poèmes ironiques*, le fondateur et inamovible président des Hydropathes, l'intéressant chroniqueur de *Dix ans de Bohème*, le romancier puissant de la *Graine humaine*, le paradoxal fantaisiste, le savant helléniste, lettré délicat, disert, éloquent, persuasif, touchant et élégant — le pur artiste, en un mot — qu'est Emile Goudeau ? Et n'est-ce point de ma part un « pléonasme » que d'oser le présenter ici ?

Dans le dernier numéro de l'*Hydropathe* (22 décembre 1899), il expose ainsi lui-même, sous la signature Hégé, sa généalogie :

« Le premier Hydropathe dont il soit fait mention remonte à l'âge de la pierre éclatée. Il n'avait pas de nom, selon l'usage de ces êtres primitifs ; mais tout porte à croire que la syllabe Go, qui signifiait Dieu, ou Chef, ou Maître, lui fut appliquée. D'ailleurs, à l'âge du bronze, on retrouve un certain Go qui devait descendre de ce premier Hydropathe.

« Une foule de commentateurs qui s'acharnent à déchiffrer les pierres runiques et les monolithes de l'Arrière-Egypte assurent que ce Go, que les Phéniciens, en leur alphabet, écrivaient par gamma-oméga, était le même que Io, la Vache Sacrée, et que Iod, qui est la première lettre du nom de Iaveh.

« Ainsi Go (*Gé-ô* ou gamma-oméga), de même que Io ou Iod, aurait signifié la Divinité, soit mâle, soit femelle, et le premier Hydropathe, si l'on en juge d'après ces savants, devait être hermaphrodite et divin.

« Vint ensuite une génération, durant la préhistoire, une peuplade qui, allant vers le Nord, reconnut pour chef un Hydropathe Scalde, qui s'appelait Ud ou plutôt Vd, d'où le nom des Védas mythologiques.

« Il y eut là, ce semble, deux familles d'Hydropathes, sorties du premier Hydropathe hermaphrodite des temps de la pierre éclatée et de l'âge de bronze : les Go et les Vd.

« Et de même que les Angles et les Saxons finirent par former un peuple agréablement connu dans l'univers sous le titre d'Anglo-Saxon, de même, par une sorte de fusion assez fréquemment observée dans le domaine historique, les Hydropathes cosobrins, ou cousins, si vous voulez, les Go et les Vd ou Ud fusionnèrent en une race qui, dès le temps des Grecs et des Romains, s'appela les Ioûd ou Govd, d'où le nom de Goth est sorti. Et aussi le mot God, qui signifie Dieu en anglais et qui rappelle le Iod des vieux Iavhistes.

« Il y a là un mélange singulier de doctrines indo-européennes et sémitiques qui troublent l'observateur superficiel. Mais que celui-ci daigne un instant considérer que toutes les religions et toutes les races se tiennent à l'origine, comme l'indique le si lointain symbole de la fraternité de Sem, Cham et Japhet.

« Donc, nous eûmes, à partir de Charlemagne, les Hydropathes Govd, appelés aussi Goud.

« Survint le moyen âge, — car tout survient à qui sait attendre, et les archéologues et archivistes sont de patientes gens qui savent attendre. — Donc, le moyen âge étant survenu, voilà qu'une branche cadette, plus féminisée que l'aînée et dirigée par une femme appelée Eav, ou Eaü (ce qui rappelle Eve ou Eva, car tous les symboles se tiennent) s'éloigna du tronc principal de l'Hydropathie, laquelle, dès lors, sembla dégénérer et tomber dans l'oubli.

« Où trouve-t-on trace des Hydropathes sous Henri IV ou sous Louis XIV, sous la Révolution et sous l'Empire ? Il n'en est pas une, excepté dans quelques récits de la Bohème, écrits en vieux tchèque-tziganique et à peu près indéchiffrables.

« Mais voici qu'au début de ce siècle, on trouve une famille hydropathique dans les cavernes du Périgord. Cette famille ayant soudé les diverses branches hydropathiques, les masculinistes comme les femellistes, s'appela, sur les registres devenus obligatoires de l'état civil, les Govd-Eav, d'où, par ignorance sans doute ou malveillance, les officiers municipaux firent Goud-Eau et, par corruption, Goudeau... »

Donc, Émile Goudeau naquit à Périgueux, en Périgord vers le milieu du siècle dernier.

En ce qui concerne ses débuts, si le lecteur en a la

coupable ignorance, je l'enverrai à la Bibliothèque Nationale s'esjouir deux heures durant à la lecture de *Dix ans
de Bohème.* Qu'il me suffise de dire ici que le président
des Hydropathes fut l'instigateur du mouvement littéraire
montmartrois, le bras droit de Rodolphe Salis et l'âme
du premier Chat-Noir. C'est lui qui sut amener et grouper
à Montmartre cette phalange de poètes dont s'honorent
aujourd'hui le Théâtre et les Lettres. Et si Rodolphe Salis
a fourni l'écrin, Goudeau fut celui qui choisit pour le
garnir les étincelants joyaux dont l'éclat se projeta et se
projette encore en rayons de gloire autour de la Butte
Sacrée.

Après vingt ans, il est resté fidèle à Montmartre. Car,
après l'avoir applaudi à l'Hostellerie-du-Lyon-d'Or et à
la Roulotte, nous l'avons vu organiser avec Willette les
fêtes de la Vachalcade, le bal du Déficit et rédiger en
chef le journal *les Quat'-z-Arts.*

En mémoire de la joie et de l'exquise sensation d'art
que j'ai toujours éprouvées à la lecture ou à l'audition
des œuvres de Goudeau, je donne ici les vers qu'il nous
récita à la dernière réunion des Hydropathes :

L'IMPOSSIBLE RÊVE

Pauvres êtres humains, pauvre foule éphémère !
Prisonniers évadés du ventre de la mère,
Conceptions des nuits, naissances des hasards,
Jeunes greffes, bourgeons d'hier, ô milliards
D'individus — parfois femelle, parfois homme —
Projetés au soleil sans savoir quoi ni comme...
Néants qui du Néant reprenez le chemin...
Parasite de la Terre, vieux genre humain
Attaché pour toujours à la terrestre fange,
O fantastique roi des Bêtes, qui fais l'Ange...
A boucler tes désirs, résigne-toi, petit !
Au niveau du repas borne ton appétit...
Quelques milles en l'air, et voilà ton couvercle.
Lorsque tu veux marcher, tu voyages en cercle.
Fermé partout, là-haut, là-bas, plus loin, toujours,
Quels que soient tes espoirs, tes luttes, tes amours,

Les crampes de ton cœur, les rêves de ton ventre,
Une force t'attire à jamais vers le centre
Du globe ridicule où nous sommes liés,
Énergique prison qui nous tient par les pieds.

Oh ! s'échapper !... Rêver qu'on flotte dans l'espace,
Que la terre au-dessous de nos ailes s'efface ;
Toute une nuit, dans l'ombre épaisse du sommeil,
Songer que l'on a pu coudoyer des soleils...
Puis, à l'aube, reprendre avec horreur sa tâche.
Sentir qu'un invisible argousin vous rattache
A de mesquins labeurs, à des plaisirs mesquins...
Monnayer les soleils du rêve en vils sequins...
Tenter de ressaisir à pleins poings la Chimère
Qui s'évade laissant une ironie amère :
Pour retrouver les grands précipices des Cieux,
Aller plonger ses yeux, amantes, dans vos yeux;
Pour avoir un semblant de pétillement d'astres,
Guetter l'or à travers des milliers de désastres,
Travailler, s'empoigner, lutter, suer du sang,
Aimer, jouer, jouir, salir du papier blanc,
Accumuler richesse, honneurs, génie et gloire,
Puis — comme le vin pur ressemble au soleil — boire...
Et faire tout cela sans avoir jamais pu,
Sinon par impuissance, être jamais repu.

Ah ! plutôt que lutter contre la Force immense,
Plutôt que de lancer nos désirs en démence
Vers les clartés d'En-Haut, pleines d'obscurités,
Puits d'où ne tombe pas sur nous la Vérité,
Plutôt que d'assaillir le dieu des Nébuleuses,
Roi du Chaos et des Étoiles fabuleuses,
Subissons les arrêts de ce despote dur :
Couchons-nous, et dormons sur notre lit obscur !
Laissons l'odieux Ciel insondable ! Qu'on ferme
L'espace fou qui n'a commencement ni terme !
Dormons ! et, repliant les bras, courbant le dos,
Que nous n'aimions plus rien, sinon le grand repos...

Plus d'inconnu ! plus d'infini ! plus d'hirondelles !...
Bondir, pour retomber brisés ?... Coupons nos ailes.

Victor MEUSY

Se fait appeler Victor parce qu'il se prénomme Louis-Eugène et afin qu'on ne le prenne pas pour son homonyme Georges Meusy, qui fut de son vivant rédacteur à l'*Intransigeant* et avec lequel on le confondit pourtant au moment où celui-ci décéda. Horace Valbel raconte (1) le fait en ces termes :

« Je me souviens, dit-il, que, étant à Nice en 1891, je parcourais un jour le *Figaro*, qui publiait une chanson de Victor Meusy; or, tout à coup, j'interrompis ma lecture, et tout ému, le cœur gros, je fis part aux camarades avec lesquels je me trouvais de la mort de notre ami Meusy, dont le *Figaro* publiait, en tête de la chanson, un article nécrologique des plus émouvants.

« Nous fûmes très tristes toute la journée; au dîner même, nous levâmes nos verres à la mémoire de notre regretté camarade. Et, le lendemain, nous apprenions que la notice biographique était le résultat d'une erreur et que le mort ne s'appelait pas Victor, mais Georges Meusy, l'un des meilleurs, des plus aimés rédacteurs de l'*Intransigeant*. »

Victor Meusy est né à Paris, rue Jacob, en 1856. Avant de se produire comme chansonnier, il était employé principal à la Compagnie des chemins de fer de l'Est. C'est en 1882, au Chat-Noir, qui ne comptait que quelques mois d'existence, que Meusy présenta au public ses premières chansons, au nombre desquelles figure ce blasphématoire cantique : *O Sacré-Cœur de Jésus !* qui devint si rapidement populaire, que tout Montmartre chanta pendant plus de

---

(1) Les Chansonniers et les Cabarets artistiques de Paris, 1895. E. Dentu, édit., p. 160.

quinze ans et dont les échos se répercutent encore actuellement aux angles de la basilique du « Vœu national » :

> Sur la Butte,
> En butte
> Aux luttes
> Des élus et des damnés,
> Les séraphins étonnés
> Chant'nt en soufflant dans leurs flûtes :
> « O Sacré-Cœur de Jésus !
> « Doux Jésus,
> « Qui donc t'a fichu là-d'ssus ? »

Il composa ensuite les *Halles*, la *Carotte*, la *Promise*, le *Fromage*, les *Conseillers municipaux*, le *Papillon qui passe*, *Un triste Individu*, *Y a des Malades dans la Maison*, autant de succès qui durent encore ; les *Choux*, l'*Impôt sur la Noblesse*, *Sur les Fortifs*, *Ballade des Gas Montmartrois*, la *Chambre*, le *Vieux Prunier*, les *Sottes*, les *Assassins* — pour chanter au vieux cabaret de la Butte, où les camarades du Chat-Noir allaient une fois par semaine manger la soupe aux choux — et cent autres que je ne puis citer faute de place.

Pris du désir d'élargir son cadre et de prendre contact avec le public des grands établissements, il quitte Salis en 1890, se fait engager à la Scala, à l'Eden-Concert, au Divan-Japonais et au Concert-d'Orient et chante dans les quatre établissements tous les soirs. La même année, il débute aux Ambassadeurs. En 1895, il fonde le cabaret du Chien-Noir, au Nouveau-Cirque, avec Jules Jouy, Armand Masson, Marcel Lefèvre, Paul Delmet, Jacques Ferny, Vincent Hyspa, auxquels se joignent Mlle S. Dariel, Théodore Botrel, puis Eugène Lemercier et quelques autres. Du 29 septembre 1897 au 10 mars 1898, il dirige à Trianon la troupe des chansonniers, où figurent Legay, Lemercier, Delmet, Hyspa, Bonnaud, Oble, André Barde, Jules Moy, Gondoin, Poncin, et que Mlles Laurence Deschamps et

Violette Dechaume agrémentent de leur talent et de leur sourire.

Il fit, en outre, partie de presque toutes les tournées qu'accomplirent les chansonniers du Chat-Noir avec ou sans Rodolphe Salis. Dans une prochaine étude sur les cabarets et les théâtricules, j'aurai à m'occuper de ces tournées qui, pour la grande joie des populations, firent tinter aux quatre coins de la France, et même ailleurs, les grelots de la folie montmartroise.

Comme auteur dramatique, Meusy a fait représenter *Garden-Party* au Nouveau-Cirque en 1891 ; l'année suivante, il a donné en collaboration avec Hennequin un acte d'opérette : *Les Cousins de Nanette*, et en 1901 *Vers l'Étoile*, musique de Bonnamy. Depuis dix ans, il a fourni tant à Paris qu'à la province une vingtaine de revues : en 1892, *Bordeaux-Express*, deux actes en collaboration avec Laroche ; en 1893, *Bordeaux-Chicago*, deux actes, et le *Tour de Dijon*, deux actes également ; en 1894, les *Records de l'Année*, deux actes, les *Rouenneries de l'Année*, trois actes, en collaboration avec Morel, aux Folies-Bergère de Rouen, et un acte pour les Escholiers : la *Revue de Machin;* en 1898, *Chauffeur, à Bobino!* pour le théâtre Bobino; *Paris Smart*, pour le Théâtre-d'Application, et pour Bordeaux, avec Laroche, *Elles en veulent!* et *Ah! povre, il est midi;* en 1899, pour Bordeaux encore et avec la même collaboration, les *Bouffonneries de l'Année;* la *Revue chez la Portière*, avec Disle, pour le Tréteau-de-Tabarin, et *Paris à la Mode de Quand*, avec G. Nanteuil, pour la Bodinière ; en 1900, pour le concert de l'Époque, *1900, tout le monde descend!* en collaboration avec Lebreton; pour le théâtre des Capucines, *Dansons la Capucine*, avec Nanteuil, et pour Saint-Etienne, *Eh ben! j'suis coquet!* avec Barbier; enfin, en 1901, *Paris roulant*, pour la tournée Baret, et *Paris-Bohème*, pour le Palais des Beaux-Arts, de Monte-Carlo. De plus, il a en cartons les *Paradis*, ballet; trois pièces en un acte : *Les Hyènes, Brigands d'Amour, La Reine des Blanchisseuses;* et une en trois actes : *Le Système...* et j'en oublie!

En 1887, à la suite de divergences au sujet de l'anarchiste Clément Duval, les rédacteurs du *Cri du Peuple*, à l'exception de Paul Alexis, quittèrent leur directrice et fondèrent un journal dissident. Afin de combler le vide occasionné par le départ de Jules Jouy, Séverine chargea Philibert Roger, son nouveau secrétaire de rédaction, de lui découvrir un chansonnier capable d'écrire chaque jour quatre ou cinq couplets d'actualité. Robert Yve-Plessis, alors secrétaire de Félix Pyat, Eugène Lemercier, Edmond Char et moi briguâmes le poste vacant. On nous accepta tous les quatre, mais on décida que pour l'« œil » du journal, et afin d'embêter Jules Guesde, il n'y aurait pour nous quatre qu'une seule signature, un pseudonyme bien révolutionnaire : *Carmagnole*. Le *Cri du Peuple* fut donc pourvu de sa chanson quotidienne. Je viens de relire la collection, cherchant dans le tas à reconnaître les miennes et à mettre un nom sur le « Carmagnole » des autres ; j'y suis facilement parvenu et j'avoue que si elles n'avaient pas toutes le sarcasme aigu des satiriques couplets de Jouy, elles présentaient du moins cette qualité qu'elles étaient « faites » ; et, ma foi, nous pourrions les signer presque toutes aujourd'hui. Toutefois, Séverine eût préféré un nom. Elle monta un soir au Chat-Noir et, après avoir entendu Meusy, elle lui demanda de lui fournir sa chanson quotidienne. Il accepta, mais il fut tôt irrégulier et au bout de peu de temps abandonna la partie : la chanson politique ne lui souriait qu'à demi.

C'est que c'est une rude gymnastique que de composer une quarantaine de vers tous les matins sur l'événement de la veille ! J'en sais quelque chose pour l'avoir fait pendant près de cinq ans presque sans interruption (1889-1894) à la *Nation ;* et nous avons été peu nombreux dans la presse à nous livrer de manière continue à ce genre d'exercice. Je ne compte guère que Jules Jouy, Louis Marsolleau, qui est inépuisable, Emile Herbel, Millot, Paul Briollet, Xanrof et moi.

Meusy a déjà publié trois volumes de chansons : *Chan-*

sons d'hier et d'aujourd'hui (Dalou, édit. Paris, 1889),
Chansons modernes (Ferreyrol, édit. Paris, 1891) et *Chansons
du Pavé* (Flammarion, édit. 1901), dont voici l'introduc-
tion :

LE PAVÉ DE PARIS

Sur ton vaste tremplin sonore,
O rugueux pavé de Paris !
Je dus faire, bien jeune encore,
Mes premiers bonds mal aguerris.
Je me souviens de tes caresses
Qui donnaient, avec équité,
A mes genoux et à mes fesses
Des leçons de réalité.

Plus tard, je t'ai foulé, jeune homme,
Sans te voir, le regard trop haut ;
De Pâris, n'ayant que la pomme,
Je cherchais Vénus sans défaut...
D'une simple écorce d'orange,
Mise lâchement sous mes pas,
Tu refis la « Chute d'un Ange »,
Après Lamartine et plus bas.

Je t'aime ! ô pavé, ma nourrice,
Dure mamelle où j'ai tété,
Avec la haine du factice,
L'amour de la sincérité.
Et je t'aime par toute époque,
En tout temps, à toute saison.
Je t'aime d'un amour « loufoque »
Sans droit, sans rime et sans raison.

Je t'aime à la saison morose,
Je t'aime au Printemps radieux,
Je t'aime l'été quand t'arrose
Le cantonnier facétieux.
En Décembre, je t'aime encore
Quand la neige, bonne maman,
Étend sa courtine incolore
Pour te préserver de l'autan.

Je t'aime lorsque tu résonnes
Sous les galoches des gamins,
Je t'aime lorsque tu frissonnes
Sous les sabres et les gourdins,
Je t'aime encor par les soirs tièdes,
Sous les pas des amants pressés,
Sous les pattes des quadrupèdes,
Sous les pieds des chevaux lassés.

Je t'aime... Hélas ! il faudra dire :
Pavé, je t'aimais... autrefois,
Quand tu vibrais comme une lyre
Et quand *tu n'étais pas de bois !*
Car, aujourd'hui, je te déteste,
Pavé malade et goudronné,
Pavé triste, *Pavé-la-Peste !*
Non, sur toi je ne suis pas né.

Sur ta croûte de cataplasme
Glissent les canules des Cars
Ou roulent sans enthousiasme
Les pneus des voitures Panhard.
On l'a dit : Les temps héroïques
Sont passés !... Pavé converti,
Pavé fait pour les Républiques
Où l'on lance des confetti !

Georges FRAGEROLLE

Parisien, né en 1855; fait ses études au collège Rollin, passe sa licence en droit et, malgré l'opposition de sa famille, il se livre à son art favori, la musique. Il prend des leçons d'Arnoldi — professeur de Faure — et de Guiraud, et se met à composer des chansons.

C'est aux Hydropathes, en 1882, que j'eus le plaisir d'entendre pour la première fois Georges Fragerolle. En s'accompagnant au piano, il chantait d'une voix claire, chaude, vibrante, métallique presque, la délicieuse musique qu'il avait composée sur le *Chat Botté* d'André Gill :

> Matou charmant des contes bleus,
> Chat, l'unique trésor des gueux;
>   Chat qu'on adore
> En son enfance et que, très vieux,
> Pour son langage merveilleux,
>   On aime encore;
>
> Chat invisible et toujours là,
> Qui se rit de la prison la
>   Plus cellulaire,
> Et dont chaque homme, sous son toit,
> Possède, si pauvre qu'il soit,
>   Un exemplaire.

Et la voix prenante modulait les exploits de ce chat qui, « la queue en cierge », parcourt plaines, monts et vaux, proclamant les vertus de son maître et criant : « Place! » Puis c'était la lamentation du maître sur le sort du pauvre animal :

> Et j'ai grand peur, à tout moment,
> De voir mourir d'épuisement

L'ami d'enfance
Que, pour moins de solennité,
J'appelle ici le chat botté,
Mais qu'on nomme aussi : l'Espérance.

Fragerolle chantait aussi une mélodie exquise qu'il avait composée sur les *Vieux Papillons*, et les *Bains à Quat'Sous*, et la *Glu*, de Jean Richepin, puis le *Cordier* sur des vers de Maurice Montégut, *Sentinelle, veillez!* et *Champagne*, d'Ogier d'Ivry, l'*Hôtesse*, etc.

Quel délicieux souvenir je garde de ces réunions des Hydropathes où, timide, je proférai mes premiers vers — vers argotiques, madame — et où j'éprouvai la joie très douce et très pure d'entendre, après quelques vrais poètes, comme Edmond Haraucourt, Laurent Tailhade, Charles Cros, Émile Goudeau, Charles Frémine, Félix Decori et vingt autres, l'organe charmeur de Fragerolle, dont la tâche était de clore la soirée, qui, grâce à lui, s'achevait dans le ravissement. Et c'est toujours avec un plaisir mêlé d'émotion que j'entends fredonner, parfois, les musiques qu'il composa à cette époque...

Comme la plupart des Hydropathes, Fragerolle monta à Montmartre; et il fut l'un des premiers à se produire au Chat-Noir. Il chanta fréquemment à ce cabaret, et lors de la formation du théâtre du Chat-Noir, rue Victor-Massé, il tint l'orgue pour l'accompagnement de la *Tentation de saint Antoine*, durant que Jules Jouy battait du tambour et que Mac-Nab faisait l'araignée. Cependant, ce n'est qu'à partir du 6 janvier 1890, date de la première représentation de sa *Marche à l'Étoile*, qu'il fit régulièrement partie de la troupe. Il écrivit ensuite l'*Enfant prodigue* et le *Sphinx*; fit jouer au Lyon-d'Or le *Rêve de Joel*, et au Chat-Noir, quelque temps avant la fermeture, *Clairs de Lune*. En 1897, il donna au théâtre Antoine le *Juif-Errant*; en 1899, aux Mathurins, la *Marche au Soleil*; en 1900, à la Bodinière, *Paris*, et l'année suivante, au même théâtre *Jeanne d'Arc* et *Lourdes*. Toutes ses pièces d'ombres sont éditées chez Enoch. Mentionnons encore *Saint-Pierrot*, représenté aux Bouffes (Choudens, éditeur).

Fragerolle est l'auteur d'une innombrable quantité de chansons dont la plupart sont réunies en albums : *Chansons de France*, chez Heugel ; *Chansons des Soldats de France*, chez Flammarion ; *Chansons du Pays lorrain* et l'*Enfant-Dieu*, recueils de vieux noëls, chez Enoch ; *Chansons en plein Air*, chez Ondet ; et la *Chanson des Oiseaux*, chez May.

Fragerolle, dont la voix sympathique et le talent d'exécutant empoignèrent immédiatement le public, fut bientôt indispensable rue Victor-Massé. Il en profita pour venger auprès de Salis, qu'il admonestait parfois vertement, les pauvres débutants timides sur qui s'égarait trop souvent la mauvaise humeur du génial mais mal élevé cabaretier.

Chez lui, le compositeur se double souvent du poète. Plusieurs de ses pièces d'ombres ont été établies sans collaboration ; il en est de même d'un grand nombre de ses chansons. J'extrais de la *Chanson des Oiseaux* cette « légende mystique » :

LES MÉSANGES DIVINES

Dans un village, en Palestine,
Au temps de Tibère-César,
D'enfants, une bande mutine
S'en allait courant au hasard.
Plus tard, avec des cris de fête,
Lasse des jeux connus, soudain
La troupe joyeuse s'arrête
Sur les bords sacrés du Jourdain ;
Et chacun, de sa main agile,
S'essayant à ce nouveau jeu,
Tente de former dans l'argile
Des oiseaux, chefs-d'œuvre de Dieu.

L'un fait un aigle, oiseau sublime,
Qui plane, au nuage pareil,
Dépassant la plus haute cime
Pour aller braver le soleil.

L'autre forme des hirondelles
Qui, fuyant le soleil ardent,
L'été partent à tire-d'ailes
Vers les pays de l'Occident.
Mais, hélas ! ces oiseaux sans vie
Demeurent attachés au sol ;
En vain leur maître les convie
A prendre hardiment leur vol.

Le fils de Joseph et Marie,
Jésus, qui souriait parfois,
Se baisse, puis, sans moquerie,
Pétrit de l'argile en ses doigts.
Du produit des humaines fanges,
L'enfant qui pourrait tout oser
Forme vivement deux mésanges
Et les anime d'un baiser.
Aussitôt les oiseaux fidèles,
Par ce simple souffle enhardis,
Etendant largement leurs ailes,
S'envolent vers le Paradis.

Après la fermeture du Chat-Noir, Fragerolle interpréta ses pièces d'ombres au Conservatoire de Montmartre (1897-1898), puis aux Mathurins (1899) ; et il va partir prochainement en une tournée organisée par Yvette Guilbert, en compagnie de Marcel Legay, de Montoya et de quelques autres camarades de la Butte. Avec de tels éléments, c'est la Marche au Triomphe.

Marie KRYSINSKA

Fille d'un éminent avocat de Varsovie, M. Xaverny Krysinski, Marie Krysinska — devenue depuis la femme du peintre Georges Bellanger — est venue à l'âge de seize ans à Paris pour y suivre, au Conservatoire de Musique, les cours d'harmonie et de composition.

Les routines et les dogmes ne pouvaient longtemps la retenir. Elle composa librement des pages sur des poèmes considérés jusqu'alors immusicables de Beaudelaire, Verlaine, Charles Cros ; et, dès 1882, elle publiait, à la *Vie Moderne*, au *Chat-Noir* et dans la *Revue Indépendante*, des pages littéraires, ou plutôt des pages de poète-musicienne qui, grâce à la science des rythmes, a pu constituer une formule nouvelle affranchie des rigueurs classées de la prosodie, harmonieuse néanmoins, et impossible à confondre avec la prose. Voici un de ses premiers essais :

CHANSON D'AUTOMNE

Sur le gazon déverdi, passent — comme un troupeau d'oiseaux chimériques — les feuilles pourprées, les feuilles d'or,
Emportées par le vent qui les fait tourbillonner éperdûment.
Sur le gazon déverdi, passent les feuilles pourprées, les feuilles d'or.

Elles se sont parées — les tristes mortes — avec une suprême et navrante coquetterie ;
Elles se sont parées avec des tons de corails, avec des tons de roses, avec des tons de lèvres ;
Elles se sont parées avec des tons d'ambre et de topaze.
Emportées par le vent qui les fait tourbillonner éperdûment,
Elles passent avec un bruit chuchoteur et plein de souvenirs.
Les platanes tendent leurs longs bras vers le soleil disparu.

Le ciel morose pleure et regrette les chansons du rossignol ;
Le ciel morose pleure et regrette les féeries des rosiers et les
fiançailles des papillons ;
Le ciel morose pleure et regrette toutes les splendeurs sacca-
gées.

Tandis que le vent, comme un épileptique, mène dans la che-
minée l'hivernal orchestre,
Sonnant le glas pour les violettes mortes et pour les fougères,
Célébrant les funérailles des gardénias et des chèvrefeuilles ;

Tandis que, derrière la vitre embuée, les écriteaux et les
contrevents dansent une fantastique sarabande,
Narguant les chères extases défuntes,
Et les serments d'amour — oubliés.

« Cette formule nouvelle — dit Marie Krysinska — a eu
cette particularité de faire surgir une quantité considérable de chefs d'écoles, qui ont passé ces quinze dernières
années littéraires à se dénombrer et à se congratuler
sans jamais nommer l'auteur des *Danses* et de ce *Hibou*
avec lequel Mme Segond-Weber fit un triomphal retour
à Paris par la menue porte de la Bodinière. »

Déjà connue par ses publications, poèmes et proses,
parues dans les principaux périodiques : *Gil Blas*, *Revue
Bleue*, supplément du *Figaro*, etc., Marie Krysinska
donnait en 1890, chez A. Lemerre, son premier volume
de *Rythmes pittoresques* ; puis, chez le même éditeur,
en 1892, l'*Amour chemine*, recueil de contes en prose. En
1894, un second livre de rythmes : *Joies errantes* ; enfin,
en 1896, un roman : *Folle de son Corps*, chez l'éditeur
Havard. Puis au journal *l'Eclair*, un autre roman :
Juliette Cordelin. Elle a actuellement en préparation :
Guitares lointaines, poèmes ; *Calendes sentimentales*,
proses ; et un roman : *La Force du Désir*.

De ses dernières poésies, j'extrais ce

CAMAIEU

Dans une chambre rose — et de soie rose habillée,
Devant le bonheur du jour en bois de rose,

Madame Du Barry en ses cheveux poudrés
        Pique une rose.
— Par grâce, comtesse, gardez cette pose !
C'est le bon peintre François Boucher
Qui commence le portrait
De l'insoucieux royal oiselet — rose.
Et, pour obtenir chez le modèle un peu de patiente immobilité,
        Il conte des choses...
Qui font aux joues de la comtesse monter
        Un peu de rose.
— Sornettes que tout cela, mon cher peintre, dit-elle,
Plutôt qu'écouter pareilles ritournelles,
J'aime mieux vous narrer l'étrange rêve que je fis
        Cette nuit.
J'étais sur une place
Pleine de hurlante populace,
Un fantôme de machine, digne de l'Enfer,
Dressait dans les airs
        Ses bras de menace.
Des mains acharnées,
        De brutales mains
M'entraînaient.
        Et soudain
Un lourd couteau tombait sur mon cou délicat !
Le vilain rêve ! N'est-ce pas ?
— Hé ! je ne le trouve point si vilain,
Répondit le peintre, car votre joli
Sang rouge au milieu
De tout ce rose que voici,
Cela devait être d'un beau coloris
Et former un délicieux
        Camaïeu.

Assidue des réunions des Hydropathes et des soirées et goguettes du Chat-Noir, Marie Krysinska s'inspira des poésies de nombreux auteurs montmartois pour composer dans une note bien à elle nombre de charmantes mélodies. Je mentionnerai tout spécialement celles dont elle souligna la série des *Lunaires* de Jean Lorrain, que l'excellent baryton Marty interpréta avec tant de goût aux matinées de la Bodinière; puis aussi le *Rendez-Vous*, de Charles Cros; *Tes Yeux*, de Maurice Donnay; *Pierrot chante* et *Sérénade à la Lune*, de G.-J. Couturat, qui forment un petit recueil publié chez Choudens; et encore l'*Ile Mystérieuse*, *Sérénade* et *Nuit tombante*, de Montoya; *Doux Reproches*, de G. Sécot; plusieurs petits poèmes de Clément-George, etc., etc.

Aristide BRUANT

Vers dix heures du matin, le 6 mai 1898, sans que rien m'eût fait prévoir sa visite, Aristide Bruant tomba chez moi comme une bombe.

« — Habille-toi au galop, me dit-il ; je t'emmène. Il faut que tu me fasses une conférence à Belleville. Archain s'est mis en tête de me présenter comme candidat aux électeurs de Saint-Fargeau. Nous allons déjeuner avec lui ; il t'expliquera la chose mieux que moi. »

Je me vêtis à la hâte et nous filâmes sur Belleville. En route, Bruant me communiqua l'affiche suivante :

ÉLECTIONS LÉGISLATIVES DU 8 MAI 1898
—

BELLEVILLE — SAINT-FARGEAU
—

ARISTIDE BRUANT

CANDIDAT DU PEUPLE
—

CITOYENS ÉLECTEURS,

Les nombreux amis et admirateurs du grand chansonnier populaire, Aristide BRUANT, ont décidé de porter à vos suffrages sa candidature de protestation, nettement républicaine, socialiste et patriote.

Tous les ennemis de la féodalité capitaliste et de la juiverie cosmopolite, véritable Syndicat de Trahison organisé contre la France, voteront pour le poète humanitaire, pour le glorieux chantre de Belleville.

C'est à Belleville-Saint-Fargeau que Bruant a débuté... C'est à Belleville qu'il a connu ses premiers succès...

4

C'est à son vieux Belleville qu'il revient logiquement par reconnaissance !

BELLEVILLOIS !

Vous l'avez toujours acclamé quand il est venu prêter son concours à nos fêtes de Bienfaisance et de Solidarité.

Votez donc tous en masse, dimanche prochain pour le candidat du peuple : Aristide BRUANT.

Le Comité d'initiative.

Ce « comité d'initiative » avait un membre unique : Michel Morphy, ex-anarchiste.

Arrivés chez le conseiller municipal de Saint-Fargeau, celui-ci m'exposa les considérations qui l'avaient engagé à porter la candidature Bruant. Quarante heures seulement nous séparaient de celle où allait s'ouvrir le scrutin ; aucune réunion n'avait encore été faite et le programme de Bruant, que je reproduis ci-dessous à titre de document, n'était affiché dans la circonscription que depuis deux jours. Il disait :

Aux Électeurs de la première circonscription du vingtième arrondissement Belleville-Saint-Fargeau :

> Si j'étais votre député,
> — Ohé ! ohé ! qu'on se le dise ! —
> J'ajouterais « *Humanité* »,
> Aux trois mots de notre devise...
> Au lieu de parler tous les jours
> Pour la république ou l'empire
> Et de faire de longs discours,
>   Pour ne rien dire,
>
> Je parlerais des petits fieux,
> Des filles-mères, des pauvres vieux
> Qui, l'hiver, gèlent par la ville...
> Ils auraient chaud, comme en été,
> Si j'étais nommé député,
>   A Belleville.

Je parlerais des tristes gueux,
Des purotins batteurs de dèche,
Des ventres-plats, des ventres-creux.
Et je parlerais d'une crèche
Pour les pauvres filles sans lit,
Que l'on repousse et qu'on renvoie
Dans la rue !... avec leur petit !...
    Mères de joie !...

Je parlerais de leurs mignons,
De ces minables chérubins
Dont les pauvres petits fignons
Ne connaissent pas l'eau des bains.
Chérubins dont l'âme et le sang
Se pourrissent à l'air des bouges
Et qu'on voit passer le teint blanc
    Et les yeux rouges.

Je parlerais des vieux perclus
Qui voudraient travailler encore,
Mais dont l'atelier ne veut plus...
Et qui traînent, jusqu'à l'aurore,
Sur le dur pavé de Paris,
— Leur refuge, leurs invalides, —
Errants... chassés... honteux... meurtris,
    Les boyaux vides.

Je parlerais des petits fieux,
Des filles-mères, des pauvres vieux
Qui, l'hiver, gèlent par la ville...
Ils auraient chaud, comme en été,
Si j'étais nommé député,
    A Belleville.

                    ARISTIDE BRUANT.

Ce programme n'était pas difficile à défendre ! On décida que je le soutiendrais à une réunion unique, privée, payante et non contradictoire, qui se tiendrait le soir même dans la grande salle du Lac-Saint-Fargeau. J'étais bombardé du même coup, moi qui suis abstentionniste, agent électoral et conférencier.

Nous déjeunâmes assez tard, et lorsque l'on sortit de table, je n'avais plus devant moi que trois heures pour préparer mon discours... qui amena 525 voix !

Voici presque *in extenso* le compte rendu de cette mémorable soirée, qui ne fut troublée par aucun incident, aucune interruption, aucun murmure, — si ce n'est d'approbation, — et où mon candidat dépensa un talent et une verve inconnus, extraordinaires. Il avait lui-même et d'avance fait choix des œuvres qu'il devait interpréter.

CONFÉRENCE

Faite le 6 mai 1898, à la salle des fêtes du Lac-Saint-Fargeau

PAR LE CITOYEN

Léon Drouïn de Bercy

POUR PRÉSENTER

ARISTIDE BRUANT

Aux Électeurs de la première circonscription du XXᵉ arrondissement de Paris :

« Citoyennes et citoyens,

« Ne vous attendez pas à m'entendre prononcer ici un discours politique : ce n'est pas en tribun que je me présente à vous, mais seulement comme conférencier.

« Aristide Bruant est né le 6 mai 1851 à Courtenay. C'est donc aujourd'hui son anniversaire et, à cette occasion, je lui adresse mes meilleurs souhaits. (*Salve d'applaudissements. Cris de : « Vive Bruant ! »*) S'il n'est pas originaire de Paris, Bruant, vous le savez, est Parisien d'adoption et d'élection — le mot est de circonstance ! Il est plus particulièrement Bellevillois. Il y a, en effet, plus de trente ans, il habitait rue Pyat et était apprenti bijoutier. C'est à Belleville qu'il a fait aussi son apprentissage d'honnête homme et de citoyen, en entrant tout jeune dans la lutte pour l'existence, bravant les rudes coups du sort, combattant de front la misère et parvenant, avec un salaire ridicule, un salaire de famine, comme dit Morphy, à vivre et à faire vivre « ses vieux ».

« Ces difficiles débuts l'ont amené à connaître le peuple et à l'aimer — car ceux-là seulement n'aiment point le peuple qui n'ont pas cherché à le connaître. Et comme le peuple, le peuple de Paris, le peuple de Belleville, chérit ceux qui l'aiment, Bruant, du jour où il le souhaita, devint populaire.

« Ah ! certes, ce n'est pas d'emblée que celui dont je vous entretiens acquit ce tour de main, cette souplesse, cette maëstria qui font aujourd'hui sa glorieuse popularité. Il a lutté rudement avant d'y parvenir, et peut-être devons-nous à l'humilité de sa condition première, à ce frôlement obligé — mais de si bonne grâce accepté — du peuple parisien, le grand souffle de pitié et de solidarité qui traverse tout son œuvre.

« Car le chansonnier — le poète plutôt — qu'est Bruant, se solidarise avec les humbles qu'il met en scène ; de cœur, il pousse la même plainte douloureuse et clame le même cri de révolte ; avec le peuple, dont il a su devenir le chantre attitré, il flagelle les vices honteux et les ignobles exploitations...

« Mais revenons à ses débuts.

« Au lendemain de l'*Année terrible*, — je dirai tout à l'heure quelle y fut sa conduite, — à dix-neuf ans, Bruant pour vivre, entre à la Compagnie du chemin de fer du Nord. Mais il aime le théâtre, et la vie sédentaire, la vie de bureau lui pèse : il rêve d'affranchissement, et le soir, durant les heures de loisir que lui laisse son existence d'employé, il court les goguettes, où il pousse la « sienne » comme les camarades. Il a de l'allure, du coffre et de la confiance en lui-même ; sa hardiesse et sa franchise le servent à souhait : on l'encourage. C'est alors qu'il écrit ses premières chansons, d'un caractère encore indécis mais d'une manière nouvelle, originale déjà ; car il y emploie la langue colorée de la rue, langue du peuple, avec ses élisions et son patoisement pittoresques. Il se débarrasse peu à peu des conventions banales ; il devient le rimeur impeccable ; et, après avoir pris au peuple sa façon de s'exprimer, il va en prendre la pensée et la rendre, pour la servir : sa voie est trouvée.

« Et c'est à Belleville, *Aux Trois Mousquetaires*, chez Guédenay, qu'il lance ses premières productions et qu'il connaît les premiers triomphes.

« Qui ne se rappelle ses chansons ? *La Femme*, où il sait être à la fois sarcastique et galant; *La Braise*, où il fait le procès des richesses mal acquises; *Su'l'pavé*, où déjà perce la note qui sera bientôt la sienne propre — la note humanitaire et sociale ; — *Su'l'pavé* qui se termine ainsi :

> Je n' sais pas c' qu'y aurait à faire,
> Mais vrai, c' qu'on en voit d' la misère
> Su' l' pavé !

> Et j' prétends qu' dans l' siècle où nous sommes
> On n' devrait pas voir autant d'hommes
> Su' l' pavé !

« Et quand, de sa voix claironnante, il chantait ces derniers vers, c'était tout son cœur qui chantait; et l'auditoire, conquis, empoigné, ému par l'accent d'indéniable sincérité qu'y mettait l'artiste, lui faisait fête et ne lui ménageait pas les bravos.

« C'est le souvenir ineffaçable de ces applaudissements enthousiastes qui encouragea Bruant à persévérer dans la voie qu'il s'était lui-même librement choisie ; c'est ce souvenir qui a sans cesse guidé l'écrivain social qu'il a su devenir; et c'est encore ce souvenir, empreint d'une touchante reconnaissance, qui l'a fait se produire à Belleville chaque fois que, pour une œuvre de bienfaisante solidarité, on a fait appel à son concours, — concours qu'il ne marchande jamais quand il s'agit de soulager la misère et d'apporter un peu de baume aux plaies dont souffre le peuple. Car chez lui, citoyennes et citoyens, le rude et puissant poète se double d'un homme de cœur et ce n'est pas seulement parce qu'il a su trouver le mot juste, l'expression exacte et l'air que l'on retient facilement, que le succès a couronné ses productions, c'est aussi parce

qu'on sent dans tout ce qu'il écrit l'âme d'un penseur,
d'un philosophe compatissant sans cesse aux misères des
déshérités. (*Applaudissements.*)

« J'ai dit qu'il était Parisien d'adoption. Paris l'a en effet
adopté et le reconnaît comme un de ses enfants, et cela,
à cause que c'est Paris qu'il a tout d'abord célébré. Tout
le monde a présentes à la mémoire ses strophes sur Belleville-Ménilmontant, la Villette, la Chapelle, Montmartre,
Batignolles, etc. Le faubourg l'attire plus spécialement,
car c'est au faubourg qu'il écoutera et qu'il apprendra,
pour les redire ensuite d'une manière ironique, triviale,
brutale souvent, mais franche toujours, dans un feu d'artifice de rimes solides et vaillantes, la plainte des grelot-
teux, des sans-frusques et des sans-logis, le cri de colère
des exploités et des affamés, et la continuelle déception
de ceux que le sort inclément et l'injustice des hommes
condamnent au vice, ce fils aîné de la misère du peuple.
(*Applaudissements prolongés.*)

« Dans *A Batignolles*, par exemple, il prend toute gamine
la petite rouquine que le destin fait naître fille de fille ; il
la suit, cette gosse, il la regarde pousser comme une fleu-
rette sauvage que quelque main impure s'apprête à cueillir
avant même son complet épanouissement ; il la voit devenir la proie de cette fatalité féroce qui veut que les pauvres
petites mômes qu'*ont pas d'papa* glissent quand même sur
la pente de la honte et du déshonneur. (*Applaudissements.*)
Bruant va d'ailleurs venir interpréter *A Batignolles*. »

A ce moment Aristide Bruant entre en scène et les
bravos unanimes de l'auditoire le saluent. Il entonne
A Batignolles dont nous extrayons le dernier couplet :

> La moral' de c't' oraison-là,
> C'est qu' les p'tites fill's qu'a pas d' papa
> Doiv'nt jamais aller à l'école,
>   A Batignolles.
>   *(Applaudissements prolongés.)*

« Ainsi que vous venez de vous en rendre compte, Bruant
ne peint pas ses personnages de chic, — comme on dit en

argot d'atelier, — ils sont nature et pris sur le vif et le langage qu'il parle est le leur ; et, soit dans leurs soliloques,
soit dans leurs dialogues, c'est bien leurs sentiments qu'il
exprime, leurs larmes qu'il pleure, leurs revendications
qu'il expose.

« S'arrête-t il aux seuls paysages parisiens ? Non. Il va
partout où l'on gémit, partout où l'on souffre, partout où
l'on peine, où l'on a froid et faim. S'il dépasse les fortifi-
cations, il s'arrête au bois de Boulogne, au bois de Vincennes, ces refuges des purotins ; à Saint-Ouen, la cité de
misère des chiffonniers. Du cimetière de Pantin où,
derrière Sévérine, à pied, nous accompagnâmes, il y a
quelques années, par un temps affreux de décembre, notre
jeune camarade Eugène Rapp, — qui était mon collaborateur au *Cri du Peuple*, — de Pantin, il rapporte une de ses
plus jolies et de ses plus tendres poésies : *Fantaisie triste*,
dont lui sont encore reconnaissants tous ceux qui ont
connu et aimé Rapp. Et cette reconnaissance est d'autant
plus profonde que Bruant, ce jour-là, souffrait d'un gros
rhume qui, en l'occurrence, dégénéra en fluxion de poitrine et faillit le ramener à Pantin ; mais, cette fois, les
pieds devant.

« Grâce à sa robuste constitution et aussi à sa volonté de
fer, Bruant évita cette chute malencontreuse, et la Camarde,
qui l'avait un instant guetté, s'en fut confuse du pied de
nez que lui décocha en riant le courageux chansonnier.

« Voici quelques vers de *Fantaisie triste* :

> Dans l'air yavait pas un moineau,
> Pas un pinson, pas un' colombe,
> Le long des pierr's, i' coulait d' l'eau,
> Et ces pierr's-là... c'était sa tombe.
> Et je m' disais, pensant à lui,
> Qu'j' avais vu rire au mois d' septembre :
> « Bon Dieu ! qu'il aura froid c'tte nuit ! »
> C'est triste d' mourir en décembre.

« Analyserai-je le merveilleux tableau que Bruant a fait
du bois de Boulogne ? Dirai-je le scintillement des somp-

tueux équipages où le vice fait son persil? Raconterai-je le vieux miché en quête de quelque plaisir ignoble et que guette le coup du père François, quasi justicier? Vous conduirai-je à Saint-Ouen, au sein des amours des humbles qui prennent pour alcôve le grand air et pour ciel de lit le firmament où sourient les étoiles? Non. Je laisse cette tâche à Bruant lui-même, qui va interpréter *Au bois de Boulogne.* »

Et Bruant chante *Au bois de Boulogne*, puis *A Saint-Ouen*, dont nous donnons ci-dessous des extraits :

> Alors c'est l'heur' du rendez-vous
> Des purotins et des filous,
> Et des escarp's et des marlous
>   Qu'ont pas d' besogne,
> Et qui s'en vont toujours par trois,
> Derrièr' les vieux salauds d' bourgeois,
> Leur fair' le coup du pèr' François,
>   Au bois de Boulogne.

> Faut trottiner tout' la nuit,
> Et quand l'amour vous poursuit,
>   On s'arrête...
> On s'embrasse... et sous les yeux
> Du bon Dieu qu'est dans les cieux...
>   Comme un' bête,
> On r'produit dans un racoin,
>   A Saint-Ouen.

La fin de chaque couplet est marquée par des applaudissements.

« Aristide Bruant possède un fond de tendresse tellement grand qu'il l'étend à tout ce qui subit les mauvais coups du sort. Un proverbe — sage comme beaucoup de proverbes — dit : « Qui aime Martin aime son chien ! » Ce proverbe, Bruant l'applique dans son sens le plus large : il aime le peuple ; conséquemment, il aime les bêtes du peuple, si j'ose ainsi dire. Sa chanson des *Quat'Pattes* est célèbre dans les faubourgs ; il y chante les

chiens errants, les chiens de Paris, ces indépendants de
la race canine qui préfèrent aux sofas et aux chatteries
des nobles levrettes et des toutous d'Agnès le bol d'air de
la liberté ; et il les aime à cause que :

> Malgré qu' ça soy' que des bêtes,
> I's ont d' la bonté plein les yeux.

« On se souvient de l'enfant-martyr, ce pauvre bébé
que des parents barbares avaient voué à la mort et dont
la lente et douloureuse agonie ne fut adoucie que par
l'affection d'un pauvre toutou qui lui laissait partager sa
pâtée. Ce triste épisode inspira à Bruant une exquise
poésie à la gloire du bon chien qui s'était lui-même ins-
titué le garde-malade de la douce et innocente petite
victime ; tout le cœur de l'écrivain apparaît dans ce poème
et je suis sûr de ne pas me tromper en affirmant qu'il eut
des larmes dans les yeux quand il en écrivit les vers.
(*Applaudissements.*)

« Dans *Côtier*, que je considère — et je ne suis pas le
seul ! — comme son poème le plus élevé et, philosophi-
quement, le plus beau, son grand talent devient du génie.
Lui, qui m'entend, pense que j'exagère ; mais je suis en
ce moment ardemment sincère et je dis que n'eût-il
écrit que cette chose admirable, Bruant mériterait déjà,
par cela seul, la juste et belle popularité dont il jouit. —
Côtier est la mise en scène de deux parias de la société
actuelle, un vieux cheval de côte et un vieillard, son
conducteur, que toute une vie de travail et de passivité a
conduits à la plus infime des conditions sociales. Et un
dialogue navrant s'engage entre l'homme et la bête qui
écoute et semble d'un mouvement pénible de sa pauvre
tête, si lasse, appuyer d'un assentiment le discours de
résigné que lui tient le vieux travailleur, mercenaire
bientôt impotent. Et, de la note de vérité triviale dans
laquelle c'est écrit, se dégage une pensée de philosophie
amère ; on se sent au cœur un ferment de révolte contre
notre société qui permet qu'après une existence de labeur

honnête un vieux lutteur n'ait d'autre perspective que celle de crever sur le pavé, comme un chien.

« Bruant va vous dire *Côtier*, j'épiloguerai ensuite. »

Après l'audition, très applaudie, le conférencier poursuit :

« Vous avez entendu :

> Et pis après, c'est la grand' sorgue,
> Toi, tu t'en iras chez Macquart.
> Moi, j'irai p't'êt' ben à la Morgue
> Ou ben ailleurs... ou ben aut' part.

« Le sort du cheval est tout indiqué ; c'est entendu ; il ira à l'équarrissage. Mais lui, le vieux, où et comment finira-t-il ? Que va-t-il devenir « quand i'n'pourra pus en fout'un coup ? » Songera-t-il à mettre lui-même fin à sa lamentable existence ? aura-t-il le triste courage de marquer lui-même l'étape dernière de la route pénible que lui traça la fatalité ? Le retrouverons-nous à la Morgue ? sur la dalle ?... Ou ben ailleurs ?... dans quelque dépôt de mendicité — cette géhenne des vieux fourbus, cette dartre honteuse des sociétés civilisées ? — Mais d'abord, qui nous dit que ce travailleur, quand il ne saura plus travailler, s'abaissera à tendre la main ? — Ou ben aut' part !... Car la misère qui l'attend, s'il ne succombe pas à la tâche, la misère noire, la misère imméritée est souvent mauvaise conseillère. Et qui sait ? un mauvais coup est vite consommé. Et le vieil exploité, dont la sueur et les sanglots ont permis à MM. les actionnaires de toucher de gros dividendes, ce vieil invalide du travail n'ose pas songer plus loin.

« Mais Bruant, lui, songe, en son rêve, à l'égalité future dans une fraternité humanitaire où la solidarité nivellerait les classes, à une société où l'on ne verrait pas les vieux du peuple mourir sur le pavé, tandis que d'autres, gorgés de millions, crèvent de jouissance, comme ce prince français qui s'achève dans le gâtisme après avoir été fait duc allemand. (*Applaudissements.*)

« Sur Paris, Bruant a écrit deux volumes portant ce titre : *Dans la Rue* (1). Un troisième livre de lui vient de paraître : *Sur la Route* (2). Car Bruant a voyagé. Dans ce livre il nous parle de Lyon, infesté de curés et où les canuts vont tout nus ; de Nice où vont les rupins l'hiver, les fins-de-siècle refaire leur santé qu'a débilitée la noce parisienne ; de Monte-Carlo où les malechanceux que tenta la roulette vont piquer leur dernier plongeon. Mais qu'il chante les vins du Bordelais, ou le soleil de la Bourgogne, sa pitié ne chôme pas et il va d'instinct aux petits. Son *Marchand de Crayons* est une fine étude de la roublardise innocente du gueux de la grande route, de l'humble trimardeur.

« Il va vous le dire et vous récitera ensuite *Fins de Siècle*, cette amusante imprécation jetée aux fils-à-papa, qui naissent riches d'écus mais pauvres de sang, pauvres de cervelle et de cœur. » {*Bravos répétés.*)

Voici un passage de chacune des deux pièces citées plus haut et que Bruant a interprétées avec un immense succès :

Oui, je l' sais ben, j'ai-z-un' sal' fiole,
J'ai vraiment pas l'air d'un rupin.
Aussi, bon Dieu, j' fais pas l' mariolle,
Ej' cranott' pas comme un youpin,
Ah ! bon Dieu ! non, j' suis pas d' leur tierce :
J' suis un trimardeur, un voyou,
J' fais pas parti' du haut commerce,
Ej' vends mon crayon pour un sou.

Tas d'inach'vés, tas d'avortons,
Fabriqués avec des viand's veules,
Vos mèr's avaient donc pas d' tétons,
Qu'a's ont pas pu vous fair' des gueules ?
Vous êt's tous des fils de michés
Qu'on envoy' téter en nourrice ;
C'est pour ça qu' vous êt's mal torchés...
Allez donc dir' qu'on vous finisse !

(1) Premier vol. paru en fév. 1889 ; second vol. en mars 1895.
(2 Paru en juin 1897.

« L'œuvre, c'est l'homme, dit-on. Je vous ai dépeint l'œuvre de Bruant au point de vue social, vous connaissez maintenant l'homme sous ce jour. Reste la question nationaliste, à ce point à l'ordre du jour que maints candidats s'en sont fait un tremplin électoral. Bruant est nationaliste dans le sens exact du mot, sans chauvinisme ; d'ailleurs, au début de cette conférence, je vous ai promis de vous dire quelle fut la conduite de Bruant en 1870 ; la voici en quelques mots :

« A dix-neuf ans, en 1870, à la tête d'une compagnie franche de moins de cent hommes, formée par un vieux sergent, il attaqua dans les bois de Courtenay les uhlans d'avant-garde de l'armée prussienne, et ceux-ci prirent la fuite... pour revenir mille contre un, hélas !

« Cette héroïque folie faillit coûter cher aux bons « gars de Courtenay » !

« Après la guerre, Bruant fait son service au 113e de ligne. Il a composé, à cette époque, une chanson devenue fameuse et qui est restée la marche de son ancien régiment :

> V'là l' cent-treizièm' qui passe !
> Bon-Dieu ! quel régiment !
> Faut qu' ça pète ou qu' ça casse
> Quand il marche en avant !...

« Mais la glorification de son régiment ne fait pas oublier à Bruant que, comme les autres Sociétés, l'armée a ses miséreux, ses parias, qui souffrent ; et il écrit pour ces humbles qui triment dur sous le terrible soleil d'Afrique : *Les Petits Joyeux, Aux Bat. d'Af., A Biribi.* Ecoutez cette plainte du désert :

> A Biribi, c'est là qu'on crève
> De soif et d' faim ;
> C'est là qu'i' faut marner sans trêve,
> Jusqu'à la fin ;
> Le soir, on pense à la famille,
> Sous le gourbi :
> On pleure encor quand on roupille,
> A Biribi !

« Sa furia, son besoin de combativité renaissent néanmoins dans *Serrez vos rangs!* qu'il va vous chanter. C'est
un chant de guerre où le courage s'exalte jusqu'au suprême
sacrifice ; et il serait à souhaiter que ce courage, cette rési-
gnation pied à pied dans le combat, que décrit Bruant se
retrouvât dans une armée autre que l'armée militaire, je
veux parler de la grande armée du peuple, de l'armée des
travailleurs, plus grande, plus dense et qui a autrement que
l'autre besoin de défenseurs. (*Applaudissements.*)

« Avant de donner une dernière fois la parole à Bruant,
permettez-moi, citoyennes et citoyens, de vous remercier
de la bienveillante patience avec laquelle vous m'avez fait
la grâce de m'écouter. J'en suis bien profondément touché
et honoré. » (*Bravos prolongés.*)

Bruant vient ensuite clamer *Serrez vos rangs!* La salle
est debout ; c'est de la frénésie. Puis, à la demande de l'auditoire, il entonne *Belleville-Ménilmontant*, que tout le monde
reprend en chœur et que chacun fredonne en sortant.

Cette conférence, qui est en quelque sorte la biographie
de Bruant, comporte des lacunes que je vais combler, tout
en mentionnant certains actes non connus encore de la
vie de l'auteur de *Dans la Rue*.

Pour l'état civil, le nom du célèbre chansonnier s'ortho-
graphie Bruand.

Elève du lycée de Sens, il dut, en raison d'un revers de
fortune, interrompre ses études ; il était alors en troisième.

Avant d'écrire ses magnifiques chansons d'argot, notre
poète avait déjà composé pour le café-concert un grand
nombre de chansons qu'il interpréta lui-même à l'Epoque,
d'abord, à raison de trois francs par soirée, ensuite à la
Scala et au Concert du XIX° Siècle.

J'étonnerai bien certainement le lecteur en lui mettant
sous les yeux quelques-uns des titres de ces chansons, qui
furent, presque toutes, des succès. Je cite au hasard *Henri IV,
a découché*, *Ursule*, *Célina*, *C'est pas vrai*, *I' n' peut pas*, les
Lions du Château-d'Eau, *Pauvre Bibi d'Bédé*, la *Tête à Tétard*,

le *Gaulois du pont d'Iéna, Du Picolo, C'est l'Parisien,* le *Cheveu à Mathieu.*

C'est par Marcel Legay que Bruant fut amené chez Salis en 1883, et c'est au Chat-Noir qu'il composa presque toutes ses chansons de quartier : *A la Villette, A Montparnasse, A Grenelle, A Montrouge,* etc.; mais il lui fallut composer la *Ballade du Chat-Noir* pour voir ses vers et sa musique (car il compose lui-même ses airs) insérés dans la feuille du gentilhomme cabaretier (1).

Sous le patronage de François Coppée, la Société des Gens de Lettres l'admit dans son sein en 1892. En 1895, après dix ans d'exploitation, Bruant quitta le Mirliton afin de se reposer; mais il ne put rester longtemps inactif. Il courut la province, faisant à Lyon, Marseille, Nice, Bordeaux et autres grandes villes des « cachets » très grassement rémunérés. (Il ne se dérangeait pas à moins de cinq cents francs par soirée, voyage payé en première classe, aller et retour.) De février 1896 à avril 1897, il envoya chaque semaine une chanson à l'*Echo de Paris,* où il encourut des observations au sujet de son anticléricalisme. Il fonda, en juin 1897, la *Lanterne de Bruant* (2), petite brochure hebdomadaire illustrée, de 24 pages, où il donnait chaque semaine une de ses anciennes chansons, une chanson inédite, des reproductions de Morphy et de Courteline, des chroniques argotiques de Paul Alexis, des contes et nouvelles de Georges Loiseau, Charles Quinel, Michel Thivars, Willy, Max Dès, Valbert Chevillard, etc. Du mois de mars 1898 au mois de février 1899, époque à laquelle cette publication cessa de paraître, j'y collaborai sous la signature de Bibi-Chopin, en commentant les événements de la semaine dans des lettres écrites en argot parisien.

C'est alors que je proposai à Bruant de faire avec lui un dictionnaire d'argot. Cette offre fut acceptée; et le pre-

---

(1) Le *Chat-Noir,* samedi 9 août 1884.
(2) Fayard, édit.

mier volume de cet ouvrage, partie thématique, a paru en janvier 1901 sous ce titre *L'Argot au XXᵉ Siècle* (1) et sous la seule signature A. Bruant. Il avait été convenu que la préface de ce livre mentionnerait ma collaboration ; mais, afin de se réserver à lui seul les éloges de la critique et dans la crainte, sans doute, que je lui ravisse un rayon de gloire, le chantre de la rue oublia cette convention, et laissa dans l'encrier la préface promise. Comme je lui manifestais mon étonnement, il invoqua des raisons plutôt puériles et s'engagea à réparer son omission lors de la publication du dictionnaire de version dont un tiers (A, B, C, D, E) est déjà établi par nous.

Aujourd'hui, Bruant ne chante plus. La dernière fois que le public l'entendit, ce fut pendant l'Exposition de 1900, sur la scène de ses débuts, à ce petit concert de l'Epoque dont il est propriétaire depuis novembre 1898 et qui lui rapporte, bon an mal an, une trentaine de mille francs. Il porte toujours son pittoresque costume de velours, sa chemise rouge et son large chapeau. Si sa boutonnière est encore vierge, c'est, affirme-t-il, parce qu'il n'a pas voulu abdiquer ses bottes.

Les chansons nouvelles qu'a publiées Bruant dans sa *Lanterne* seront certainement réunies en volume sous le titre *Dans la Rue*, qui est celui de ses deux premiers ouvrages. On trouvera dans ce recueil des couplets d'une note antisémitique et nationaliste très prononcée sur les faits de ces dernières années ; mais on se divertira surtout aux « *Soûloloques* » d'*Honoré Constant*, type de député ivrogne, paillard, socialiste et bon garçon, qui braille :

> Quand on est des républicains,
> On marche avec la République,
> Pas avec les dominicains,
> Les bondieusards et tout' la clique.

> Ainsi, moi, Constant Honoré,
> J' marche pas avec la calotte ;

(1) Librairie Flammarion.

I' peut crever, Mossieu l' curé !
Mon grand-père était sans-culotte...
Les ratichons, j' m'en fous un peu ! ..

(Un temps.)

D'ailleurs, i' faut pas qu'on m'emmerde.
Autrement, ça fait pas long feu...
Un' ! deux !... Messieurs, moi, j' vous dis : « Merde ! »
— « Mange ! » — que y en a qui m' répondront...
Oui, mais i's n' pourront pas y faire,
Avec Honoré... pas d'affront...
Les coups d' tampon, c'est mon affaire :
Qui c'est qu'en veut ?... ya qu'à d'mander,
Un' ! deux !... Messieurs, v'là mon attaque !...
Ah ! nom de Dieu !... ça va barder !...

(Un temps.)

Cocher, veuillez m' conduire au claque.

Cependant la douce pitié et la brutale ironie ne seront point exclues : soit par tempérament (ce que je veux croire), soit parce qu'elles assirent sa renommée, Bruant les caresse encore de loin en loin. J'en donne pour preuve ces jolies strophes :

BUCOLIQUE

Il a partagé tout son bien
Entre ses garçons et ses filles.
Maintenant il vit comme un chien
Supporté dans un jeu de quilles.
Il est tellement ennuyeux
Qu'on le foutrait bien à la porte
Avant que le bon Dieu l'emporte,
Le vieux.

Quand donc pourra-t-on l'enterrer
Ce vieux têtu qui mange encore
Et qui ne peut plus labourer
Et qui s'empiffre et qui dévore ?...
Pourtant il mange avec les bœufs,
Car pour ne plus le voir à table
On l'a remisé dans l'étable,
Le vieux.

5

Le jour, oublié dans un coin,
Il contemple les champs, la plaine...
Et le bois qui s'enfuit au loin...
Et tout ce qui fut son domaine.
La nuit, quand il ferme les yeux,
Il voit tous ses enfants, en rêve,
Prier le bon Dieu pour qu'il crève :

. . . .

« O père, qui êtes aux cieux
« Et qui gouvernez sur la terre,
« Quand vous plaira-t-il qu'on enterre
             Le vieux ? »

Armand MASSON

Né à Paris, rue Amelot, en 1857 ; fit, comme boursier, ses études au collège de Melun ; fut d'abord employé à la Compagnie des chemins de fer Paris-Lyon-Méditerranée, puis dans les bureaux du ministère de la Guerre et enfin à la préfecture de la Seine, où il occupe actuellement un poste élevé. Il fréquenta le Chat-Noir presque à ses débuts, y demeura longtemps, ne s'en évada qu'avec Jouy, Delmet, Hyspa et Marcel Lefèvre, pour aller fonder les Décadents et passa ensuite au Chien-Noir. Après une assez longue absence, il reparut en 1897 sur la Butte et chanta à la Boîte-à-Musique pendant une saison, la dernière. Masson cultive le genre satirique. Voici l'une de ses dernières productions :

LE SONGE DE JACOB

A Émile Goudeau.

En ce temps-là, Jacob, redoutant le courroux
De son frère Esaü, le chasseur au poil roux,
Dont il avait subtilisé le droit d'aînesse,
Partit de Beer-Shéba, monté sur une ânesse,
Pour demander asile à son oncle Laban.

Or, le troisième jour de marche, au soir tombant,
Exténué, mourant de soif, le ventre vide,
Il lui fallut camper dans le désert aride
Qui s'étend de Sichem au puits de Beth-Haran.

Le voyageur serra sa ceinture d'un cran,
Se choisit une pierre où reposer sa tête,
Et s'endormit roulé dans une peau de bête,

Content de n'avoir rien à payer pour sa nuit.

Et voici ce qu'il vit en songe :

                                Devant lui
Se dressait au milieu d'une place publique
Dont les maisons semblaient un rêve babélique,
Un grand temple au toit plat, bloc massif et carré,
Qu'à sa ligne rigide on sentait consacré
Au culte du commerce et de l'arithmétique.
Des colonnes de pierre entouraient le portique
Ouvert à tous venants sur un large escalier
Qu'un flot d'adorateurs inondait tout entier ;
Et Jacob, rien qu'à leurs profils d'oiseaux voraces,
Reconnaissait en eux la race de sa race,
Bien que leurs vêtements étriqués, aux plis brefs,
Et les cylindres noirs dont ils couvraient leurs chefs,
Parussent indiquer les modes d'un autre âge.
— Et tous, avec des cris rauques d'anthropophage
Ou des glapissements aigres de chiens en rut,
Se ruaient vers le but, vers l'identique but :
— Et c'était, sur son socle, ainsi que sur un trône,
L'Idole de métal, le tout-puissant Dieu Jaune,
Le Veau d'Or, le divin Veau d'Or, déjà debout !

Or, Jacob s'aperçut alors avec dégoût
Que les marches de l'édifice étaient souillées,
L'escalier étant fait, non de pierres taillées,
Mais de fiente durcie, et le pied du passant
Y foulait de la boue et des larmes de sang ;
Des malédictions sortaient de chaque dalle,
Et des Anges en deuil, à grands coups de sandale,
Battaient le bas du dos des fils de Rébecca
Et leur faisaient escorte en leur criant : Raca !
— Mais eux, indifférents à ces libres paroles,
Sous l'averse des coups récoltaient les oboles,
Et se ruant autour du divin piédestal,
Empochaient à la fois l'insulte et le métal.

— Or, Jacob, s'éveillant sur son chevet de pierre,
Adora le Seigneur et fit cette prière :

« — Soyez béni, mon Dieu, vous qui faites mûrir
Pour ma race, sur l'escalier de l'avenir,
Des coups de pied au cul qui sont tout bénéfice ! »

Et s'imposant alors un petit sacrifice,
Il offrit au Seigneur, avant de repartir,
La pierre sur laquelle il venait de dormir.

Paul DELMET

Parisien, myope, gavroche, sceptique, officier de l'Instruction Publique et compositeur de musique ; atteindra
la quarantaine le 17 juin 1902. A douze ans, rossignolait
déjà à la maîtrise de Saint-Vincent-de-Paul, où sa voix très
pure de soprano charmait et distrayait tout à la fois les
fidèles. Cependant, il dut — nous raconte Valbel — s'arrêter net un jour au beau milieu d'un *O Salutaris* pendant
une messe de mariage qu'on célébrait à l'église Saint-
Eugène. Delmet, qui était alors jeune homme, crut devenir fou de rage et de désespoir. Mais le lendemain, ô joie !
il se découvrait un superbe timbre de baryton.

A part quelques conseils de M. Archaimbaud, professeur au Conservatoire, Delmet ne reçut de leçon d'aucun
maître ; c'est dire qu'il s'est fait tout seul. Il avait
embrassé la profession de graveur de musique et, afin
d'entretenir son organe, il allait fréquemment chanter
dans des sociétés lyriques ou dans des concerts d'amateurs. L'ayant entendu un soir détailler je ne sais plus
quelle romance, et séduit tant par la beauté de sa voix que
par la pureté de sa diction, le poète Albert Tinchant, qui
tenait alors le piano aux goguettes du Chat-Noir, voulut
à toute force présenter le jeune virtuose à Rodolphe Salis.
Ce dernier l'agréa immédiatement et lui accorda libre
accès aux réunions du dimanche. Toutefois, Tinchant sou-
haitait pour son pupille d'autres succès que ceux qu'il
s'acquérait chaque jour comme chanteur.

« — Pourquoi ne composerais-tu pas de la musique ?
lui demanda-t-il.

« — Oui, mais c'est que..., hésita Delmet.

« — Bah ! essaie toujours. »

PAUL DELMET

Et le poète confia à son ami quelques pièces de vers,
dont ce *Joli Mai* qu'a vite popularisé la mélodie originale
et bien personnelle écrite par Delmet, du jour au lendemain :

Il va fleurir le joli mai.
Quoi ! toutes celles que j'aimai
    Déjà parties !
Ainsi s'en vont, en leurs atours,
Jeunes comme vieilles amours
    Désassorties !

Bonjour, bonsoir, on s'est aimé.
Dans sa robe blanche, embaumé,
    On porte en terre
Le pauvre cher songe meurtri,
Si doux à l'homme endolori
    Et solitaire.

Dans les bois, par les champs de blé,
A l'ombre du boudoir troublé
    De parfums roses,
D'autres folles l'enlaceront
Et dans leurs baisers lui diront
    Les mêmes choses.

Lorsqu'il aura bien, cabotin,
Fait près des filles le pantin,
    Meure son âme !
Il sentira qu'il est trop las
Pour aimer encore ici-bas,
    Et prendra femme.

Ce fut une révélation ; la note nouvelle apportée par le
jeune compositeur enchanta le public, et Salis s'attacha
définitivement Paul Delmet, qui, entré au Chat-Noir
en 1886, n'en quitta que pour suivre son camarade Meusy
aux Décadents et au Chien-Noir. On l'a depuis entendu
aux Quat'-z-Arts, au concert de l'Orient, aux Noctambules, au Carillon, au Tréteau-de-Tabarin, à Trianon, à la
Boîte-à-Fursy et au Grillon, où il est encore en ce
moment. Il a de plus concouru au succès des tournées du

Chat-Noir ainsi qu'à celle des Anciens Chansonniers du Chat-Noir avec Ferny, Meusy, Masson, Lefèvre, Hyspa, et dernièrement Jules Moy, Bonnaud et Montoya.

> Delmet de son timbre robuste
> Nous donn' des sensations de choix ;
> Il a charmé de sa voix juste
> Des parterr's de ducs et de rois.
> Mais son âme est par trop sujette
> A s'effaroucher des taquins :
> Pour un rien il croit qu'on lui jette
> Des *Pavés* dans ses *P'tits Chagrins*.

Ainsi chantait Gaston Sécot, qui ne faisait en cela que répéter les compliments que la critique adressa à Delmet toutes les fois — et elles furent nombreuses — qu'elle eut à se prononcer sur le compositeur des *Stances à Manon*. Les succès de Delmet sont innombrables. Qui ne connaît *Petits Chagrins*, le *Vieux Mendiant*, les *Petits Pavés*, *Petite Brunette aux Yeux doux*, *Tout simplement*, *Berceuse d'Amour*, *Regain d'Amour*, *Envoi de Fleurs*, la *Nichonnette*, *Ton Nez*, *Tu me disais*, *Charmes d'Amour*, *Tourne mon Moulin*, le *Cœur du Poète*, *Mélancolie*, *Chanson Triste*, *Fanfreluches*, *Beau Page*, l'*Escalier*, cette farce si amusante, et l'*Etoile d'Amour*, sur l'air de quoi les revuistes du cabaret des Noctambules ont composé une plaisante parodie ? L'œuvre de Delmet, presque tout entière éditée chez Enoch, comprend plusieurs albums et volumes illustrés luxueusement : *Chansons de Montmartre*, préface de Maurice Boukay, dessins de Steinlen (Flammarion) ; *Chansons Tendres*, préface et dessins de Buret ; *Chansons du Quartier-Latin*, *Chansons d'Atelier* et *Chansons pour Femmes*.

Par son charme simple, la musique de Delmet devient rapidement populaire; et les auteurs de revues ne manquent jamais l'occasion de l'emprunter pour aider au succès de leurs œuvres.

Jean VARNEY

« Poète, chansonnier, compositeur et philosophe français, né à Paris en 1871. Se destina à l'âge de deux ans et demi au professorat, puis à l'Ecole polytechnique et finalement s'adonna à la peinture. Il fit recevoir en 1879, au Salon des Champs-Elysées, un grand tableau : « *François Iᵉʳ mourant de la Coqueluche* », qui fit sensation. L'année suivante il emporta une deuxième médaille avec sa *Fête nationale du 14 Juillet sous le règne de Charles le Chauve*. Un critique myope ayant pris cette toile pour une autre et l'ayant appelée un *Effet de brouillard aux environs de Sucy-en-Brie*, Varney brisa ses pinceaux et entra dans l'atelier du sculpteur Falguière. C'est lui qui moula les formes copieuses de la *Danseuse* du maître, en qui on crut reconnaître Mlle Cléo de Mérode. Jean Varney exposa une *Vierge Egyptienne*, que le catalogue baptisa maladroitement : *Maternité*. Cette contrariété le jeta dans le journalisme. Il collabora successivement au *Contrefort*, moniteur de la cordonnerie, au *Livarot*, organe des marchands de fromage, et à une revue groënlandaise qui le payait en peaux de phoque. A la suite d'une polémique retentissante dans le *Silence*, gazette des sourds-muets, il eut un duel avec le poète Gabriel Montoya. Ce dernier en sa qualité d'offensé exigea le duel au manuscrit et à la tragédie en cinq actes en vers. Devant ces conditions terribles, Varney devait succcomber. Il s'endormit en effet au premier distique et ne se réveilla qu'en 1887. Il était devenu compositeur. On sait le reste.

« Varney, outre de nombreux ouvrages de philosophie, dont les pages éloquentes sont très recherchées pour envelopper les cervelas, est à la fois un chansonnier d'humeur ultra-parisienne et un musicien d'inspiration facile, fraîche et séduisante. *Fanchette*, la *Sérénade du Pavé*, la *Commission*, *A quoi rêvent les Femmes*, le *Moment suprême*, sont autant de jolis bijoux ciselés avec goût et qu'on aime à réentendre.

« Varney est depuis 1888 abonné au gaz et officier de plusieurs ordres américains. Il a reçu l'année dernière du roi Milan le grand cordon du Baccarat de Serbie, à l'occasion d'une chanson sur ce monarque, qui la fit tirer... à cinq, naturellement. Cette chanson s'intitulait : les *Capotes du gros Milan;* on la chanta au Palais-Royal... de Bucharest.

« M. Jean Varney est, en outre, administrateur du *Crédit hypothécaire sur paroles d'honneur*, 17, rue de la Chaussée-d'Antin (succursales à Lyon et à Namur). »

Ainsi est exposée la biographie de Jean Varney dans le programme du cabaret des Arts. Comme je ne suppose pas que le lecteur la prenne au sérieux, je vais, en la complétant, en relever les volontaires erreurs.

Jean Varney est le fils du compositeur Louis Varney. Il est né à Bordeaux le 30 septembre 1868. A sa sortie du collège, il s'essaya au commerce, d'abord en qualité de commis de nouveautés, puis comme représentant d'une maison de vins. Ne se sentant que peu d'aptitude pour cette branche, il voulut tâter de la finance et se plaça dans une maison de banque, où il ne réussit pas davantage.

A dix-huit ans, il noctambulait déjà et fréquentait les caveaux de chansonniers et d'amateurs. En voyant les autres « se produire dans leurs œuvres », il fut chatouillé de l'envie de rimer et s'adonna à la chanson. Il débuta en 1887 au café de Monte-Carlo, place Saint-Georges, sous le pseudonyme de Max-Myso, avec des études du monde de la prostitution. Ses premiers essais ont fait pendant dix ans la joie du public des caveaux; c'étaient la *Femme à trente Sous*, sa première chanson, les *Michés*, les *Tantes*, la *Distribution des Prix* (aux dames d'une maison close), la *Vente* (du mobilier de la baronne d'Ange) et quelques autres monologues ou chansons dont la trivialité, parfois outrée, n'excluait pas l'esprit.

Un an plus tard, le café de Monte-Carlo changea de patron et d'enseigne; il devint les Roches-Noires. Varney et les autres chansonniers demeurèrent, pour la grande fortune du sous-sol, où chaque soir l'agent de service faisait un rapport qui entraînait une quotidienne contravention. C'était le temps où Montmartre se moquait des ciseaux d'Anastasie et des foudres de l'administration. La Muse s'y décolletait franchement et s'y retroussait de même; le nombreux public des caveaux applaudissait à tout rompre; et le Pactole roulait ses flots joyeux sous les voûtes souterraines où draguaient les heureux chansonniers. Des couplets de Varney, écrits le matin et tirés l'après-midi à l'autocopiste, rapportaient à la vente du soir de trois à cinq louis à leur auteur.

Après un passage à la Truie-qui-File, que dirigeait Ganier, et au Divan-Japonais, Jean Varney entra au Chat-Noir, qu'il quitta pour aller accomplir ses trois ans de service militaire au 8mo dragons, en garnison à Meaux. Mais le culte de Mars ne lui fit point renier celui d'Apollon. Il fit même au régiment des satires qui lui valurent vingt-trois jours de « malle » et l'obligèrent à un temps égal de « rabiot »; il n'en est pas moins demeuré nationaliste et chauvin. A sa libération, il fit partie de la troupe de fondation du Casino des Concierges, qu'il illustra en cette chanson, chaque soir chantée par le « colonel » :

LE CASINO DES CONCIERGES

(Paroles et musique de Jean Varney)

Créé par Maxime Lisbonne.

L'autr' soir, pour piquer un' vadrouille,
Vers minuit j'entrai au *Moulin.*
Je m'y rasai comme une andouille :
Je sortis et pris un sapin.

Puis, ayant passé par l'*Horloge*
Le *Grand* et l' *Petit Casino*,
Où je payai vingt francs un' loge,
Une idée me vint au cerveau.
Et grimpant sur mon phaéton
Je dis à mon automédon :

    « Cocher, au *Casino !*
   « Au *Casino des Concierges !*
     « Si l'on n'y trouv' pas d' vierges,
    « C'est au moins plus rigolo :
     « On y jou' du piano
    « Et le loto des familles ;
      « On y trouv' de bonn's filles !...
     « Cocher, au *Casino !* »

Pressant le bouton électrique,
On m'ouvrit ; et j' fus accueilli
Au son d'une excellent' musique
Me rapp'lant la fêt' de Neuilly.
J' pris un' consommation très bonne
Servi' par un portier très pur ;
Et j'entendis chanter Lisbonne :
Ce fut le moment le plus pur ;
Ensuit', je pris un p'tit carton...
Et vlan ! j' gagne un litre d' Picon.

    Cocher, au *Casino !*
   Au *Casino des Concierges !*
     Si l'on n'y trouv' pas d' vierges,
    C'est au moins plus rigolo :
     On y jou' du piano
    Et le loto des familles ;
      On y trouv' de bonn's filles !...
     Cocher, au *Casino !*

Un jeune homm' pâle et rachitique
A son tour égal'ment chanta
Une romance poétique :
On m'apprit que c'était Gasta.

Un gros rouge ayant un' bonn' tête
Fit retentir le *Casino*
En gueulant un' chanson très bête :
Et j'ai su que c'était Jeanot.
Puis, au refrain très chahuteur,
Tout le monde reprit en chœur :

    « Cocher, au *Casino !*
   « Au *Casino des Concierges !*
    « Si l'on n'y trouv' pas d' vierges,
   « C'est au moins plus rigolo ;
    « On y jou' du piano
   « Et le loto des familles ;
     « On y trouv' de bonn's filles !...
    « Cocher, au *Casino !* »

Ensuit' , la jeun' Gavrochinette
Vint s'accouder sur le piano
Et, sur l'air de *Ma Gigolette*,
Nous parla de son gigolo.
On termina par une revue ;
Les acteurs étaient des guignols ;
Et j' sortis, criant dans la rue :
« C'est plus amusant qu' *Champignol !* »
Et mon plaisir y fut si vif
Qu' maint'nant j'y prends l'apéritif...

    Cocher, au *Casino !*
   Au *Casino des Concierges !*
    Si l'on n'y trouv' pas d' vierges,
   C'est au moins plus rigolo ;
    On y jou' du piano
   Et le loto des familles ;
     On y trouv' de bonn's filles !...
    Cocher, au *Casino !*

C'est pendant son séjour chez Lisbonne que Jean Varney
rencontra ses plus jolis succès.

De cette époque date la vogue de son *Éternellement vrai*,
de son *De Profundis d'Amour*, de ses *Simples Aveux* et de
sa célèbre *Sérénade du Pavé*, composée quatre ans aupa-

ravant, que créèrent les Minstrels Parisiens et que reprit presque aussitôt Eugénie Buffet pour quêter dans les cours en faveur des blessés de la campagne de Madagascar. Je cite :

L'ÉTERNELLEMENT VRAI (1)

Pourquoi, mignonne, nous aimer ?
A quoi nous sert de nous pâmer,
Puisqu'un jour vient où l'on se quitte,
   Où l'on se quitte ?
Et c'est, pour toi comme pour moi,
Ici-bas, la bien triste loi :
On a le tort d'aimer trop vite,
   Trop vite !

Tu crois notre amour éternel
Et, dans un serment solennel,
Tu murmures : « Comme je t'aime,
   « Comme je t'aime ! »
Celui qui me remplacera
Comme moi te le jurera,
Et tu lui jureras de même,
   De même !

Tu ne me crois pas, car tu ris ;
Tu te sais belle et tu te dis :
« N'ai-je pas tout pour le séduire,
   « Pour le séduire ? »
C'est vrai, j'ai pleuré, bien souvent,
La nuit entière, à toi rêvant...
Peut-être me feras-tu rire,
   Bien rire ?

J'adore tes grands yeux pervers,
Et je donnerais l'Univers
Pour tes cheveux blonds comme lune,
   Blonds comme lune.
Il se peut fort bien que, demain,
Je dise, te serrant la main :
« Quittons-nous ! ma maîtresse est **brune**,
   « Très **brune**. »

(1) La musique se trouve chez G. Oudet, édit. 83, fbg Saint-Denis.

Après les baisers qui nous tuaient,
Auxquels nos lèvres s'habituaient,
Nous dormions, lassés de névrose,
 Oui, de névrose...
Mais tout cela tu l'oublieras,
Dans d'autres bras tu dormiras
Toujours souriante et plus rose,
 Plus rose.

Mais je vois des pleurs dans tes yeux...
Pardon, mon amour, je m'en veux :
T'avoir fait pleurer, toi si bonne,
 Toi si bonne !
Aimons-nous, tant que nous pourrons ;
Puis, après cela... nous verrons !
Allons ! viens m'embrasser, mignonne !
 Mignonne !

A la fermeture du Casino des Concierges, Varney passa aux Quat'-z-Arts (1895). Engagé quelques mois plus tard à l'Alcazar de Marseille, il y interpréta ses chansons politiques et... fut outrageusement sifflé. De retour à Montmartre, il reprit sa place chez Trombert, dont il se sépara définitivement en décembre 1898, pour fonder avec quelques dissidents le cabaret des Arts. Entre temps, il se fit entendre à la Guinguette-Fleurie et à la Boîte-à-Fursy.

Comme chansonnier, Varney a heureusement abordé tous les genres : la satire, la grivoiserie, la romance et la chanson politique, écrivant tantôt seul, tantôt en collaboration. Considérant que la chanson doit être simple, il ne s'attarde pas à la recherche de « préciosités et de fioritures »; ce qui ne l'empêche pas d'admirer la facture et la maîtrise de ses confrères plus jaloux de la forme. Il compose ordinairement sa musique et met fréquemment son talent de musicien à la disposition des camarades. Fragson, Félicia Mallet et Yvette Guilbert popularisèrent plusieurs de ses œuvres. Comme revuiste, il a donné chez Lisbonne : *De Lisbonne à Lesbos* (du Casino des Concierges au cabaret du Hanneton), les *Emmurés de Montmartre*, que nous bâtimes de concert en une nuit et qui eut les honneurs d'une centième, chose rare au cabaret; aux Quat'-z-Arts : *Pour Jubiler !* en collaboration avec Sécot. Depuis l'ouverture du Cabaret-des-Arts, il fournit régulièrement sa revue de fin d'année ; enfin, l'été dernier, il a fait représenter à l'Alcazar-des-Champs-Elysées une revue avec Gavault.

Jean Varney est d'un caractère indépendant, mais d'une timidité farouche. Il a l'horreur du juif et la crainte des courants d'air, reste coiffé quand il ne chante pas et se met dans des rages folles lorsqu'on combat ses convictions ou quand il perd au jeu ;... mais cela ne lui enlève pas ses qualités de bon camarade.

Georges BALTHA

A proprement parler, Baltha est plutôt un chanteur qu'un chansonnier, car, à moins d'omission de ma part, son œuvre ne comporte que deux monologues agrémentés de « sabir » : le *Charlatan arabe* et la *Grammaire arabe*, qu'il débite avec l'accent « arbi » le plus pur. Mais si le bagage du chansonnier est léger, le talent du chanteur est appréciable et bien des camarades lui doivent le succès de leurs œuvres.

« Georges Baltha, nous dit en son programme le cabaret des Arts, — dont il est un des fondateurs, — naquit, en 1789, dans un des fossés creusés à la place de la Bastille conquise, dans une partie de foot-ball où il était l'adversaire de Mirabeau, eut les deux jambes brisées à la hauteur du genou, se fit adapter deux pieds mécaniques par le chirurgien Marat et depuis ne marche plus ou presque pas.

« Fut un des promoteurs de la restauration de Napoléon, mis aux fers (sa constitution maladive s'y prêtait d'ailleurs), séduisit la fille du geôlier de Nantes et devint gouverneur de la Loire-Inférieure, végéta pendant de longues années entre Saint-Nazaire qu'il ne vit jamais..... « Ousqu'est Saint-Nazaire ! » chantait-il..... et Paimbœuf dont il fit son ordinaire.

« La Loire devenue navigable, il se présenta comme premier piqueur à la compagnie aérostatique des wagons-lits et partit en bicyclette de poche à la poursuite de la fortune et d'une femme blonde qu'il dénommait Georgette. L'ayant rejointe dans la rue Pigalle (pas la fortune, la femme seulement), se fit chanteur pour lui plaire et devint un de nos plus estimés interprètes.

« Un long séjour dans les îles Comores lui ayant rendu familier l'usage de la langue arabe, il s'improvisa charlatan et débita de cette pâte merveilleuse dont il a pris le brevet en 1892..... s'est rangé et, bien que très vieux, charme de sa voix chevrotante les habitués du Cabaret des Arts. »

Débarrassons-le de la sénilité dont l'a gratifié la fumisterie de ses camarades et disons que Balthazar Glaser — rien d'israélite ! s. v. p., — dit Baltha, est né en Lorraine au cœur de l'année 1873.

Après avoir, en son adolescence, tâté du commerce, il s'essaya au sous-sol des Roches-Noires, où il se lia d'amitié avec Jean Varney, dont il est devenu l'inséparable et l'interprète assermenté ; il y rencontra également Hector Sombre ; celui-ci l'éleva à la dignité de secrétaire de la Morgue Littéraire, qui faisait soirées trois fois par semaine (1893).

Mais les recettes de cet établissement étant plutôt insuffisantes, Baltha accepta de partir en tournée avec l'ombromane Boudenat, dont le frère avait précédemment tenu le cabaret de la Grand'Pinte, les chansonniers Lucas Strofe (Forest), Dalbert, Clément George, le chanteur Lavater et le pianiste Lassailly. Cette tournée stationna trois mois à Clermont-Ferrand, trois mois à Vichy, trois mois à Lyon, où elle s'adjoignit J. Varney ; quinze jours à Marseille, où elle s'augmenta de Numa Blès ; trois mois à Nice et quelques jours dans différentes villes du littoral méditerranéen, s'intitulant fièrement et suivant le lieu : « Chat-Noir clermontois », « Chat-Noir lyonnais », « Chat-Noir niçois », etc. Florissante au début, elle périclita au voisinage de Monaco, se débanda et rentra à Paris.

Baltha se fait alors engager aux Quat'-z-Arts, où il se taille de jolis succès avec les chansons de J. Varney : *Sérénade pour Elle*, *A quoi rêvent les Femmes*, *Douce Philosophie*, et la célèbre *Sérénade du Pavé*.

Mais la Patrie réclame son bras ; il va passer un an dans un régiment de ligne et revient chez Trombert, qui lui confie la régie du cabaret. Il y cueille de nouveaux lauriers avec *Revanche*, le *Béguin du Charpentier*, de Varney; *Tout simplement*, les *Deux Tulipes*, de Boukay; *Gardez-vous du Baiser*, de votre serviteur, etc. En 1898, il inaugure le Cabaret des Arts, où il officie encore actuellement; entre temps, il se dédouble et paraît à la Guinguette-Fleurie, aux Mathurins, à la Boîte-à-Fursy et au Tréteau-de-Tabarin, rencontrant partout le même accueil sympathique et récoltant, grâce à la douceur de son organe, à l'impeccabilité de sa diction et à la correction de son jeu, une abondante moisson de bravos,

Vincent HYSPA

Un pantalon à la turque, une redingote persane, une voix caverneuse, une face de mandarin barbu et blagueur, une impassibilité de fakir, pas de pseudonyme et le mépris le plus absolu de la rime. Voilà Vincent Hyspa. Il vit le jour à Narbonne en 1865, sans le faire exprès.

Hyspa vint à Paris en 1887, pour faire son droit. Le Chat-Noir était alors en pleine vogue; il y accourut et fut aussitôt de la maison. Il débuta par le *Ver Solitaire* (1), cette hilarante cocasserie qui, bien que venue après le *Vœ Soli* de Mac-Nab, remporta un prodigieux succès. J'y coupe ces deux strophes qui donneront au lecteur une idée de l'ensemble :

> Et les poètes ont chanté la solitude!
> La solitude à deux, peut-être, n'est pas rude.
> Moi, je ne connais pas les plaisirs des amants.
> Un dieu cruel me fit toujours célibataire.
> Pourtant, j'étais taillé pour faire un vert-galant.
> Les envieux — cela pullule sur la terre —
> Prétendent que, malgré mes multiples anneaux,
> Il me manque les qualités du conjungo,
> Ayant une profonde horreur de l'annulaire...
> Je suis le pauvre ver, pauvre ver solitaire.

> Si je n'ai pas l'amour d'une de mes semblables,
> Je me rattrape sur les plaisirs de la table.
> Je n'ai pas, il est vrai, le choix de mes menus,
> On ne m'apporte pas la carte des matières;
> Mais on me mâche les morceaux menus, menus...
> Je n'ai qu'à me croiser les bras et rien à faire...

(1) Oudet, édit.

Mes plats sont digérés : ce qui est digéré
N'est pas perdu pour moi ; si je suis altéré,
Mon verre n'est pas grand, mais je bois dans mon verre...
Je suis le pauvre ver, pauvre ver solitaire.

L'accent gascon d'Hyspa lui valut immédiatement le surnom de Bon Belge, sous lequel Rodolphe Salis ne manqua jamais de le présenter à ses habitués. Ce chansonnier, qu'il faut avoir entendu pour se faire une idée exacte de son talent de satiriste bon enfant, cultive la chanson politique et la parodie. Celle-ci, bien entendu, ne s'exerce qu'aux dépens de ses camarades de Montmartre, et plus spécialement de Delmet ; et rien n'est drôle comme d'entendre la contrefaçon aussitôt après l'œuvre elle-même. C'est imprévu, burlesque, bourré d'à-peu-près, et c'est irrésistible, follement. Au nombre des succès d'Hyspa je citerai : le *Toast du Président*, le *Zèbre de Félix*, la *Visite impériale*, l'*Entrevue de Noisy-le-Sec*, le *Duc de Connaught*, *Page biblique*, le *Prisonnier de l'Elysée*, *Lettre de Russie*, *Dépêche des Anglais*. Il a parodié entre autres : *Envoi de Fleurs*, *Petite Brunette*, *Tout simplement*, le *Vieux Mendiant;* et il se parodie lui-même ! Au premier voyage du tsar en France, il composa les couplets que chacun connaît et qui concluent :

L'impératric', l'emp'reur, la grand' dussèche,
Nicolas, Alexandra
Et la p'tite Olga,
Leur chien Lofki et leur nourrice sèche
Sont venus ici,
J' sais pas pourquoi, mais vive la Russi'!

Il refit, après la revue de Bétheny, une chanson identique qui occasionna la fermeture du Petit-Théâtre pendant une dizaine de jours.

Hyspa ne compose pas seulement des monologues et des chansons ; il écrit quelquefois en prose. Il a donné dans les *Quat'-z-Arts* une série demeurée inachevée d'études tintamarresques sous ce titre : *Ecole Normale.* Ayant à y décrire le chansonnier, il s'exprime comme suit :

« Bipède, omnivore, aptère, rarement brachyptère, cet animal jouit cependant d'un ignoble caractère — *genus irritabile vatum* — d'un caractère irritable, d'un tout petit caractère; enfin, disons-le, messieurs, d'un caractère d'imprimerie.

. . . .

« Sur le coup de neuf heures, neuf heures et demie du soir, lorsque Montmartre a fait ample moisson de lampes électriques, le chansonnier sort de son aire.

« Tel un papillon qui aurait l'âme d'une pie, il s'abat sur les concerts et cabarets lumineux, attiré par ce vil métal : la Saucisse; la Saucisse, messieurs, le seul lien capable de l'attacher à ces ménageries humaines, où on le présente au public sous une apparence de liberté.

« On le rencontre également par bandes dans ces sortes de ménageries; citons en passant, et seulement pour mémoire, la bande des Maigres Chanteurs de la Butte.

« Dans ces cabarets, messieurs, nous trouvons le chansonnier, trônant, pareil à un demi-dieu, dans la gloire des fumées (ou les fumées de la gloire, on ne sait pas bien), parmi des floraisons de •bière blonde et de prunes à l'eau-de-vie, et toujours chantant comme un oiseau sur les planches.

« Muni d'une voix de salon ou de salle à manger, il n'a que deux manières de chanter : immobile, les mains enfouies, à l'instar de la sarigue, dans des espèces de sacs, ou bien le corps en ébullition et les bras, tristes moignons de pingouin, dans une fiévreuse agitation.

« Mais ces mains en délire, pas plus que ces mains dissimulées, ne peuvent tromper le patient naturaliste, qui finit toujours par reconnaître si ce vertébré est palmé ou non, en sondant simplement sa boutonnière... »

Hyspa a depuis 1887 appartenu à presque tous les cabarets qui se sont fondés sur la Butte; il s'est également produit aux Noctambules et a suivi les tournées du Chat-Noir en France et à l'étranger. Il a de l'esprit comme trente-six et le laisse déborder à toute occasion avec le même flegme qu'il met dans l'interprétation de ses chansons.

Un soir, en compagnie de Lucien Boyer, il arrête un sapin sur le boulevard Saint-Michel. Boyer lui fait remarquer l'état lamentable de la haridelle qui y est attelée et dont les naseaux touchent les genoux.

— « C'est un fier Sicambre! » fait Hyspa de sa voix tranquille et sonore.

Et il monte dans le fiacre.

Voici un sonnet inédit qu'il m'adresse à l'heure où je corrige les dernières épreuves du présent livre :

SONNET EXPRESS

D'aucuns, très loin de Charenton,
Piquent d'innocents hannetons ;
D'autres ne piquent, on le sait,
Que vers, fards, renards ou veau frais.

Moi, j'ai piqué dans mon plafond
Une araignée aux doigts si longs
Que voici la pensée express
Qu'ils chatouillent pour vous exprès :

« — La ligne droite, dites-vous,
« Est le plus court chemin d'un point
« A un autre. » Eh bien! ce n'est point!

Le plus court chemin, entre nous,
Malgré sa ligne de *travers*,
C'est encor le Chemin de Fer.

Léon XANROF

Quiconque a eu l'occasion de lire quelque part la bio-graphie de ce brillant chansonnier sait qu'il est né Léon Fourneau, à Montmartre, le 9 décembre 1867. Il fit ses études à Rollin et enleva de bonne heure son baccalauréat ès lettres; sur quoi, il voulut immédiatement « faire de la littérature »; mais l'auteur de ses jours ne l'entendait pas de cette oreille-là!

« — Tu feras de la littérature, dit-il à son fils, lorsque tu auras ton bachot ès sciences. »

Léon enleva ledit bachot et s'apprêtait à composer des tragédies quand son papa lui dit :

« — C'est très beau d'être deux fois bachelier, mais tu ne satisferas mon orgueil paternel que lorsque tu seras avocat. Nous allons donc prendre tes inscriptions. »

Le jeune homme suivit les cours de l'Ecole de droit; mais les rimes chantaient dans son cerveau et, tout en potassant très sérieusement la jurisprudence, il composa des couplets qui furent accueillis avec joie par ses cama-rades de l'Association générale des étudiants — dont il est l'un des fondateurs. Quand il parla chez lui de publier ses premiers vers, ses parents s'opposèrent énergique-ment à ce que leur nom y figurât; il prit alors l'équivalent latin de ce nom, l'anagrammisa et signa Xanrof une plaquette, vite épuisée : *Rive Gauche*, où se trouvent réunis les *Six Potaches*, *Oraison funèbre*, *T'en souvient-il*, l'*Hôtel du No 3*, *Héloïse* et *Abélard* et quantité d'autres dont le succès s'affirma dès le début.

Il allait atteindre sa majorité quand, dans une pièce de l'Ambigu, les *Mohicans de Paris*, sa popularité fut défini-tivement assise par Félicia Mallet, qui interprétait chaque soir, avec le merveilleux talent qu'on lui connaît, cette chanson du *Fiacre*, depuis chantée des millions de fois sur les tréteaux du monde entier, et qui suscita entre son éditeur et son auteur un curieux procès d'où Xanrof sortit vainqueur.

Sa licence passée, il se fit inscrire au barreau de Paris, fit son stage à la Cour d'appel, entra, comme attaché, au cabinet du ministre de l'Agriculture et... continua à écrire des chansons. Valbel (*Les Chansonniers et les Cabarets artistiques*, p. 35) dévoile la manière rudimentaire, mais fort ingénieuse, qu'employait alors le jeune avocat pour « musiquer » ses couplets. Sans le secours d'aucune portée, sans clé, sans accidents, il écrivait simplement le nom des notes en la marquant *long* ou *bref*, comme dans l'établissement d'un vers latin.

Léon Xanrof ne fit que passer au Chat-Noir, où il se faisait entendre sans être aucunement lié par engagement ou traité.

C'est avec les chansons de Xanrof qu'Yvette Guilbert composa le répertoire qui lui valut les premiers lauriers; et l'entendue et fine artiste demeura longtemps fidèle à « son chansonnier ». Ces chansons, qu'il faudrait citer toutes, se trouvent réunies en un volume : *Chansons sans Gêne* (Oudet, édit. 1889); on sent qu'elles ont été composées pour la scène et que l'auteur a été plus préoccupé de l'effet à produire que de la recherche de la forme. Tout autres sont les *Chansons à Madame* (1 vol., Oudet, 1890), d'un style très soigné, et dont plusieurs sont des petits chefs-d'œuvre de grâce et d'élégance. Je citerai également, chez Flammarion : *Chansons à Rire* et *Chansons Ironiques* et de nombreux volumes de nouvelles et dialogues parmi lesquels : les *Coins du Cœur, Mesdames, en Scène! Telles qu'on les aime;* puis encore *Pochards et Pochardes*, l'*Amour et la Vie, Lettres d'Hommes, Paris qui m'amuse, Bébé qui chante* (Delagrave, édit.), *Tout le Théâtre*, et son dernier livre paru chez Flammarion : *De l'Autel à l'Hôtel*.

Xanrof a inauguré, en 1889, avec *Revue Intime*, la revue

de salon à deux personnages, genre inconnu avant lui et
si fréquemment exploité aujourd'hui sur les petites
scènes. Il a en outre fait représenter plusieurs grandes
revues : *Paris-Nouveautés*, au théâtre des Nouveautés,
en 1892; *Paris en Bateau*, gros succès à la Cigale en 1895;
Ohé! l'Amour, à la Scala en 1896; puis au Vaudeville,
l'*Heureuse Date*, comédie en un acte; *Madame Putiphar*,
Athénée, 1897; *A Perpète*, drame en quatre actes, Ambigu,
1899; et *Pour être aimée*, trois actes de comédie qui sont
en train de faire le tour de l'Europe après une fructueuse
tournée en province. J'ajouterai qu'il a en carton plusieurs
grandes comédies qui verront prochainement le jour.

Comme journaliste, Xanrof a collaboré au *National*, où
il fit la chanson au jour le jour; au *Courrier français*, qui
publiait de lui une chanson par semaine; à la *Lanterne*, où
il rédigeait la chronique judiciaire; à *Gil Blas*, où lui fut
confiée la chronique théâtrale; au *Quotidien illustré*, où il
était chargé de la « Soirée »; et il a passé et passe encore
souvent des articles ou des chroniques au *Figaro*, au
Figaro illustré, à la *Revue illustrée* et dans maints autres
journaux.

Je dirai, pour terminer, que Xanrof a épousé, il y a
quelques années déjà, Mlle Carrère, une délicieuse canta-
trice de notre Académie nationale de musique; qu'il est
officier de l'Instruction publique; qu'il a été élu en 1899,
par 116 voix sur 132 votants, membre du bureau du
Syndicat de la Société des Auteurs, Compositeurs et
Éditeurs de Musique; et que, enfin, par décision du
Conseil d'Etat, son pseudonyme a été définitivement
converti en nom de famille.

Paul PAILLETTE

Le « père » Paillette, comme l'appellent les jeunes chansonniers, n'est pas loin de la soixantaine. C'est au Quartier-Latin, pendant d'exquises flâneries sous les vieux arbres du Luxembourg, que je le rencontrai pour la première fois, il y a bientôt vingt ans. De taille plutôt petite, mais râblé, Paillette accusait une santé robuste ; et les pointes de sa superbe moustache noire accrochaient au passage le cœur des Musettes et des Mimis que comptait encore à l'époque le Quartier. Il était déjà l'irréductible anarchiste que l'on sait, et la particule qui précède mon nom lui portait ombrage : il m'appelait dédaigneusement « le Marquis ».

Soigné et coquet comme un petit maître, il sacrifia sa moustache dès qu'il y vit poindre le premier poil blanc. Nous le connûmes pendant quinze ans complètement rasé, le crâne lisse, le visage rose et réjoui, la bouche malicieuse et gourmande, et l'œil pétillant de jovialité et de ruse. Il avait ainsi la mine de certains curés de campagne rabelaisiens et bons vivants. Depuis qu'a commencé le nouveau siècle, Paillette a permis à son système pileux de manifester son immaculée albescence ; et cela lui fait une belle tête à la Saint-Vallier.

Il était autrefois ouvrier ciseleur. Mais la sujétion de l'atelier lui pesant, il abandonna l'établi, se disant qu'il pourrait tout comme un autre vivre de sa pensée et de sa plume. Voici d'ailleurs ce qu'il dit de lui-même :

> J' suis un bohème, un révolté.
> J'ai tout scié : Patrie et Famille.
> E' m' dégoût' la vieill' société :
> Faut s' vend' pour avoir la croustille.

J'aurais pu dev'nir un bandit,
— Mon aïeul était royaliste —
J'ai brûlé mes lett' de crédit,
    J' suis anarchiste.

Paul Paillette a dit ses vers dans presque tous les petits cabarets de Montmartre, mais plus spécialement au sous-sol du Clou. Il faillit être engagé au Chat-Noir; mais Salis lui ayant demandé certaines coupures et modifications qui ne furent point consenties, l'affaire ne put se conclure.

La philosophie et la franchise de Paillette ne sont pas du goût de tout le monde : l'incident que je vais relater en témoigne. C'était au caveau de la Ville-Japonaise, en 1894, quelque temps après le vote des lois spéciales contre les anarchistes. Paillette récitait chaque soir plusieurs pièces, dont le *J' m'en-foutiste*, contenant ces vers qui eurent le don d'exaspérer un spectateur :

J' mijot' dans mon indifférence :
Dites noir, dites rouge ou blanc,
Moi je n' dis rien — c'est bien plus franc —
Criez : Viv' le Roi ! Viv' la France !
Viv' la Prusse ! Engueulez-vous tous,
        J' m'en fous !

M. François L..., homme d'affaires, officier d'Académie et Montmartrois, dénonça au préfet de police l'établissement comme un repaire d'anarchie où se disaient chaque soir, sous couleur de poésie, les pires choses contre la Patrie et la société. Le caveau fut fermé par ordre pendant de longs mois; et Paillette n'y put reparaître en public que beaucoup plus tard.

L'œuvre de Paillette est la peinture exacte de l'état d'âme de son auteur; elle prêche la liberté et l'harmonie, exalte l'amour charnel et combat les préjugés bourgeois. Elle est écrite dans une langue facile et claire; elle s'émaille de loin en loin de trivialités inattendues qui n'ont pourtant rien — ou presque rien — de choquant. C'est que ce qui fait son réalisme est l'écho même des saillies et des gavrochades qui naissent chaque jour sur le pavé parisien. La forme est ordinairement soignée et la rime soutenue ; mais il y a chez Paillette cette singularité : il supprime volontiers à la rime les *s* ou les *x* qui le gênent ; ainsi faisaient les poètes du dix-septième siècle, qui écrivaient *je croi* pour rimer avec *roi;* il écrit au besoin *vieu, temp,* etc.

Les poésies de Paillette ne se trouvent pas en librairie. Il les fait imprimer au fur et à mesure de leur éclosion en petits fascicules de seize pages dont il augmente chaque jour sa collection réunie en un unique volume, qui doit contenir actuellement près de dix mille vers sous ce titre : *Tablettes d'un Lézard.* Les pièces les plus connues de Paillette sont : *Ordre du Jour,* les *Trois Désirs, Tuyaux sur l'Amour, J'aim' les Gonzesses, Subjectivité, Viv'ment! brave Ouverier! Civilisation, Unique Loi,* l'*Insatiable Mézique, Gavrochinette, Amour libre, Heureux Temps,* les *Enfants de la Nature, Harmonic,* et ces triolets qu'on ne manque jamais de lui réclamer :

LA PETITE PARISIENNE

Elle trotte menu, menu,
La petite Parisienne,
Se disant un refrain connu.
Elle trotte menu, menu.
Avec un air presqu' ingénu
Et des ondoiements de sirène.
Elle trotte menu, menu,
La petite Parisienne.

Elle a du chic, elle a du chien,
De l'esprit comme une soubrette ;
Son port, sa mise, son maintien,
Tout a du chic, tout a du chien.
Elle est charmante avec un rien,
C'est une adorable grisette.
Elle a du chic, elle a du chien,
De l'esprit comme une soubrette.

Elle aime les petits cadeaux,
Les fleurs, les bijoux, les dentelles.
Elle est gourmande de gâteaux,
De bonbons, de petits cadeaux.
Ses yeux malicieux et beaux
Ont de coûteuses étincelles.
Elle aime les petits cadeaux,
Les fleurs, les bijoux, les dentelles.

Près de vous vient-elle à passer,
On est pris d'un désir étrange :
Sitôt on voudrait l'embrasser
Quand près d'elle on vient à passer.
Elle est adroite à vous pincer ;
C'est un démon doublé d'un ange.
Près de vous vient-elle à passer,
On est pris d'un désir étrange.

. . . .

Elle trottine dans Paris
Un tire-bouton dans sa poche ;
Peigne, glace, poudre de riz :
Il faut tout prévoir à Paris.
Mais je connais bien des maris
Qui n'en feraient pas un reproche.
Elle trottine dans Paris
Un tire-bouton dans sa poche.

Où donc court-elle? — dites-vous.
Mon Dieu, le sait-elle elle-même?
Il est d'éternels rendez-vous.....
Où donc court-elle? — dites-vous.
C'est avec moi, c'est avec vous
Qu'elle résoudra le problème.....
Où donc court-elle? — dites-vous.
Mon Dieu, le sait-elle elle-même?

Prenez-la par le bon côté,
Elle aime à vivre à la légère ;
Quand son amour serait coté,
Prenez-la par le bon côté ;

Car son petit cœur ballotté
Autrement ne comprendrait guère ;
Prenez-la par le bon côté,
Elle aime à vivre à la légère.

. . . .

Ne lui parlez jamais d'amour,
Elle se pâmerait de rire.
Vous pouvez lui faire la cour
Sans jamais lui parler d'amour ;
Son caprice aidant, un beau jour
Vous la tiendrez dans un sourire ;
Mais ne lui parlez pas d'amour,
Elle se pâmerait de rire.

En jaloux n'allez pas l'aimer,
Vous en seriez pour votre peine.
Ne comptez pas la réformer,
C'est libre qu'il vous faut l'aimer :
Pas de verrou pour l'enfermer,
Pour la retenir pas de chaîne ;
Autrement n'allez pas l'aimer,
Vous en seriez pour votre peine !

Paillette a longtemps habité au sommet de la Butte ;
mais l'invasion des « robes noires » ayant troublé et attristé
le calme de son séjour, il a quitté la rue Cortot pour aller
se fixer *extra muros*, au Pré-Saint-Gervais. Et nous ne le
rencontrons plus sur les hauteurs que de loin en loin.

Gabriel MONTOYA

Poète, chansonnier, chanteur, docteur en médecine, galant homme et « ressuscité ». Naquit pour la première fois à Alais (Gard), le 20 octobre 1868, mourut à Paris dans le courant de l'année 1891 et renaquit à Montpellier peu de temps après, au moment précis où la Faculté de cette ville venait de lui décerner le diplôme de docteur ; profita des quelques mois qu'il passa dans l'Eternité pour composer un trio de poèmes posthumes dans lesquels il décocha à la Camarde une poignée de traits qui le firent chasser des Enfers.

Le lecteur trouvera au cours de cette biographie l'explication de ce drame, seul pendant que l'on connaisse à celui qui se déroula à Béthanie dans les premières années de notre ère.

Gabriel Montoya commença ses études de médecine à Lyon, à l'époque où Maurice Boukay y était étudiant. Les deux futurs chansonniers se lièrent d'amitié, fréquentèrent le Caveau-Lyonnais, y composèrent leurs premières chansons et publièrent en collaboration une plaquette aujourd'hui introuvable : *Le Bréviaire de l'Escholier lyonnais*, avec des dessins de Garnier signés Graneri. Les deux compères perpétrèrent également deux revues pour le Casino de Lyon. Les brumes lugduniennes pesant à Montoya, il accourt à Paris dans le but d'y achever ses études; mais il n'abandonne pas la chanson : dès son arrivée il se présente à l'Association des Étudiants et y occupe immédiatement l'emploi de « chansonnier en titre », vacant depuis le départ de Xanrof. Il compose de nombreux couplets sur le Quartier-Latin, les réunit sous le titre *Sur le Boul'Miche* et les fait imprimer par la maison Imbert, de

Choisy-le-Roy. A la même époque, il chante au caveau des Alpes-Dauphinoises qu'avait fondé rue Gay-Lussac un ancien chanteur du Mirliton, connu sous le pseudonyme de Chopinette, puis au caveau de la Gauloise que tenait, au boulevard Sébastopol, le chansonnier Georges Denola. Il y fait applaudir *Mimi*, le *Macchabée*, la *Morgue*, sur des airs connus, Gaston Maquis n'en ayant point encore composé la musique. En décembre 1890, M. Lainé, président de la Commission des fêtes de l'Association Générale des Étudiants, le présente à Salis, qui l'incorpore immédiatement dans sa troupe. *Phryné*, la spirituelle pièce d'ombres de Maurice Donnay, était alors en représentation. Son auteur ayant été blessé par M. Catulle Mendès dans un duel motivé par un article paru dans la *Vie parisienne*, Salis eut recours à la mémoire prodigieuse de Montoya, qui apprit les 1,200 lignes du livret et les récita le soir même, en pleine obscurité, sans en omettre un iota. Ce tour de force lui valut l'autorisation de chanter pendant six mois à l'œil devant le public sélect du Chat-Noir. Il est vrai de dire que, en dédommagement, il chantait dans les mêmes conditions au caveau des Roches-Noires. Ce surmenage et le noctambulisme qui en résultait le gratifièrent d'une affection de poitrine dont la gravité s'accentua avec une rapidité telle que les médecins ordonnèrent à Montoya de retourner incontinent dans le Midi. Sur ces sages conseils, le jeune chansonnier se rendit à Perpignan, dans sa famille ; et ses camarades de Paris, sans nouvelles de lui pendant quelque temps, crurent à une issue fatale et répandirent le bruit de sa mort. Il eut alors l'honneur de nombreux articles nécrologiques dans lesquels — chose étonnante en notre siècle — ne se glissa aucune médisance.

C'est pendant sa maladie et après avoir eu connaissance de sa mort qu'il composa les trois poèmes auxquels il est, plus haut, fait allusion : l'*Auteur posthume*, qu'il a inséré dans son volume de *Chansons Naïves et Perverses* (Ollendorff, 1897), *Vers d'Un qui pensa mourir* et *Vers d'Un qui*

7

ne mourut point, publiés par le journal *la Plume*. Revenu définitivement à la vie avec un poumon de moins, — ce qui ne lui interdit pas de jouir aujourd'hui d'une robuste santé et de posséder une voix claire, bien timbrée, souple et d'une belle étendue, — il acheva ses études de médecine et se fit recevoir docteur avec une thèse traitant *Des Antitoxines et principalement de l'Antitoxine tétanique,* et en tête de laquelle il écrivit un curieux sonnet dédié à Jean Coquelin, où sont aux prises la Muse et la Science, qui traite le poète de farceur.

Il y avait vingt-quatre heures à peine qu'il avait passé sa thèse quand il se trouva nez à nez dans les rues de Montpellier avec des camarades de Montmartre qui faisaient une tournée artistique sous la direction de François Trombert. La joie qu'éprouvèrent les chansonniers fut telle en voyant le « ressuscité », qu'ils voulurent à toute force l'emmener avec eux ; et voilà notre nouveau docteur parti pour Avignon, où il chante avec les copains.

Cependant, il hésite encore entre la Science et la Muse, qu'il voudrait servir également. Tantôt il chante, tantôt il panse ; et un beau matin il s'embarque pour l'Amérique comme médecin de la *Compagnie générale transatlantique* et visite les ports de la Tunisie, de l'Algérie, des Antilles et du Mexique. Il navigue pendant deux ans (1892 à 1894), écrivant, pendant les loisirs que lui laisse le service, des poésies où il relate ses impressions de voyage. En voici une qu'il composa à la Havane en juillet 1893 :

A LA HAVANE

Ici l'amour se vend comme le pain chez nous ;
Le commerce amoureux est un commerce honnête ;
Et les lois du pays couvrent le proxénète
Et gardent sa demeure avec un soin jaloux.

Nargue des cadenas, des verroux et des grilles ;
Ici la courtisane opère en liberté,
Et le garçon chez qui gronde la puberté
Ne se dérobe pas pour aller voir des filles.

Il descend dans la rue et n'a qu'à regarder :
Chaque porte à ses yeux découvre une vestale
Nullement inhumaine et moins encor fatale,
Et qui depuis longtemps n'a plus rien à garder.

Légèrement vêtue et de claires étoffes,
Elle semble figée en un long nonchaloir ;
Et sa pose onduleuse et souple fait valoir
La cambrure des reins, polis comme des strophes.

Elle a tout ce qu'il faut pour le bonheur des yeux
Et tout ce qui promet les suprêmes extases.
Mais ce bonheur, il est trop facile et sans phrases,
Tant qu'à la longue il vous devient fastidieux.

Et c'est pourquoi, malgré vos lèvres de grenade,
Malgré vos yeux, malgré la blancheur de vos dents,
O filles, j'aime mieux, pour leurs baisers mordants,
Vos sœurs de Barcelone et vos sœurs de Grenade.

Mais c'est la Parisienne surtout qui l'attire ; et il revient au Chat-Noir, où son retour est fêté par tous, confrères et habitués. C'est que Montoya est un compagnon charmant, de commerce agréable, qu'on peut faire bavarder toute une journée et chanter toute une nuit sans qu'il en ressente la moindre lassitude ; de plus, c'est un ami discret, serviable et sûr. Il possède une qualité rare de nos jours : il ne parle jamais politique ; il évite ainsi de voir controverser son opinion, de blesser celle d'autrui ; et il reste bien avec tout le monde.

Il a fait de nombreuses tournées avec le Chat-Noir et a écrit le journal de celle où succomba Rodolphe Salis : *Le Roman comique du Chat-Noir*, paru chez Flammarion en 1897. Dans ce livre se dévoile le doux caractère du poète chercheur de sensations d'art et sincère admirateur de la Beauté, qu'il encense et vénère dévotement. Quel dommage que ses chansons ne se ressentent point toutes de ce culte joli ! Combien l'ensemble gagnerait à ce que quelques-unes soient un tantinet pomponnées ! Montoya, qui « sait faire », a le tort d'être trop vite content de ce qu'il vient d'écrire et de trop tôt le livrer à la publicité; ce qui l'oblige par-fois à des retouches après coup. Si je me permets ici cette observation, c'est en franche amitié et parce que je souffre parfois de voir des médiocres avoir prise par des vétilles sur des artistes de réelle valeur et dont le talent ne demanderait, pour devenir indiscutable, que d'être un peu plus jaloux de soi-même. D'ailleurs, toutes les criti-ques auxquelles je me laisse aller dans la rédaction du présent livre sont dictées par l'affection que je voue à beaucoup de mes confrères et par l'esprit de solidarité qui m'attache aux autres...

Montoya a également publié chez Costallat un élégant album, les *Armes de la Femme*, qui a fourni à Georges Vanor le sujet d'une délicate causerie. Enfin, il va faire paraître incessamment à la librairie Per-Lamm, 8, rue de Lille, les *Berceuses bleues*.

Ce titre me met en mémoire une divertissante anecdote qui eut pour théâtre le cabaret des Quat'-z-Arts. Il y a trois ans, à la demande de la majorité du public de cet établisse-ment, Montoya dut chanter sa *Berceuse bleue*, qu'il négli-geait depuis quelque temps, parce qu'elle était trop connue. Sa chanson terminée, il allait se retirer, lorsqu'une jeune personne, s'approchant de lui, voulut le complimenter.

« — Oh! monsieur, lui dit-elle, vous m'avez charmée. J'arrive de Buenos-Ayres, où je viens de passer deux ans; j'y ai entendu la *Berceuse verte*, mais la parodie que vous en avez faite est bien supérieure. »

Or, c'est la *Berceuse verte*, de Louise France, qui est la parodie de la *Berceuse bleue*. Vous jugez de quel sourire Montoya accueillit la louange. Il y a maintenant des « Berceuses » de toutes les couleurs : *Berceuse grise, Ber-ceuse rose, Berceuse mauve, Berceuse noire, Berceuse rouge;* toute la palette y passera.

Après la fermeture du Chat-Noir, Montoya chanta aux Quat'-z-Arts, aux Noctambules, au Tréteau-de-Tabarin, où il rompit son engagement pour entrer à la Boîte-à-Fursy,

— ce qui lui valut un procès avec M. Ropiquet, son ancien directeur, et le fit condamner au paiement du dédit stipulé dans le contrat. Fursy avait, paraît-il, assuré son nouveau pensionnaire qu'il parerait à toute éventualité mais des difficultés sont survenues à ce sujet et l'affaire vient de se terminer à la satisfaction de Montoya.

Montoya, qui est infatigable, produit sans interruption. Je cite une de ses dernières chansons, musique de Louis Auguin, France éditeur :

CE QUE DIT LE PASSANT

Mignonne, dis-moi le sentier
Qui mène à la berge fleurie
Où la blancheur de l'églantier,
Dont l'arôme est tant printanier,
Au noir des mûres se marie?
Mignonne, dis-moi le sentier
Qui mène à la berge fleurie?

Mignonne, sais-tu le chemin
Qui mène à l'antique fontaine
Où sur le marbre mainte et maint,
Dans l'espoir d'un beau lendemain,
Gravent le nom qui fait leur peine?
Mignonne, sais-tu le chemin
Qui mène à l'antique fontaine ?

Mignonne, dis-moi si ton cœur
Ouvre sa porte au vent qui passe
Et qui te chante ma langueur
Et ma peine, en mode mineur,
Plainte douce à travers l'espace?
Mignonne, dis-moi si ton cœur
Ouvre sa porte au vent qui passe?

J'en aurai terminé quand j'aurai dit que Montoya garde précieusement les lettres autographes que lui a adressées, en 1897, S. A. S. la princesse de Monaco; qu'il est officier d'Académie depuis 1898; qu'il a fait représenter, en 1899, au théâtre des Arts de Rouen, sous la direction Melchissédec fils, *Suzon*, opéra-comique en un acte, musique de Jules Mulder; que, la même année, le concert Lamoureux donna sa *Chaîne d'Amour*, musique de J. Bréval, chantée par Cossira; qu'il a publié chez Ollendorf deux volumes de chansons : *Chansons naïves et perverses* et la *Folle Chanson*; qu'il a collaboré comme poète ou comme chansonnier à l'*Echo de Paris*, à la *Plume* et aux supplé-ments du *Gaulois*, du *Figaro* et de *Gil-Blas*; que, enfin, c'est à tort que quelques-uns écrivent son nom : Montoja.

Marcel LEFÈVRE

Fils de Victor Lefèvre, — auteur de chansons marolliennes célèbres en Belgique, — Marcel-Maurice Lefèvre (qu'il ne faut pas confondre avec Maurice Lefèvre, le conférencier) vint au monde à Bruxelles en 1863. Bachelier ès lettres, il quitta le collège et se livra à l'étude de la musique. De bonne heure il entra au Conservatoire de Bruxelles en qualité de professeur d'harmonie, fit représenter plusieurs opéras au théâtre de la Monnaie et vint à Paris à l'époque de l'Exposition de 1889. L'année suivante, il se présenta au Chat-Noir, où sa première audition fit sensation. Il resta avec Salis jusqu'à l'ouverture du concert des Décadents, qu'il inaugura avec les camarades dissidents du Chat-Noir et suivit ces derniers au Chien-Noir et dans presque toutes leurs tournées.

J'ai peu connu Marcel Lefèvre et n'ai eu qu'une seule fois l'occasion de l'applaudir ; mais je garderai longtemps le souvenir de cette fantastique fantaisie qu'il appelait le *Concert Arabe* et dont l'analyse est impossible.

« Marcel Lefèvre — nous dit Valbel — s'est fait une spécialité de charges exotiques, chansons italiennes, espagnoles, nègres, etc.

« Or, et cette anecdote est absolument historique, on le pria de prêter son concours pour une grande soirée particulière. Grand embarras lorsque, soumettant son programme, il fallut faire un choix.

« La chanson italienne pouvait froisser un attaché de la légation, invité ce soir-là. La chanson espagnole froisserait, pensait-on, un vieil hidalgo, ami de la famille, et la chanson arabe risquait de mécontenter un jeune homme de la société, fils d'un cheik en voie de complète civilisation.

« Restait la chanson nègre, mais la famille chez laquelle Lefèvre avait été prié de chanter possédait un *vieux marron*, domestique depuis plus de trente années dans la maison, et on eût été désolé de lui être désagréable. Bref, Marcel Lefèvre n'osa rien chanter, pas même, me disait-il, une chanson polonaise, craignant de faire rougir un poêle Choubersky qui se trouvait dans l'appartement. »

Depuis quelques années, Marcel Lefèvre a renoncé à Montmartre, à ses pompes et à ses œuvres ; il a regagné sa patrie et réintégré son cher Conservatoire de musique.

———

PIERRE **TRIMOUILLAT**

Pierre TRIMOUILLAT

Une chevelure épaisse, broussailleuse, bouclée, noire et lustrée; au-dessous, surmontant un nez minuscule qui flaire — selon l'heure — le soleil ou les étoiles, un binocle derrière quoi pétille un regard souriant, chercheur et vif; une moustache hérissée; une bouche petite et sensuelle; une barbiche tourmentée; des épaules étroites, un corps fluet et des extrémités à rendre jalouse plus d'une Parisienne : voilà le portrait physique de Trimouillat. Quant au reste, voici la façon dont son noble ami le Prince des Chansonniers le présenta naguère au public (1) :

« Ses titres : baron de Montmartre (de par la grâce du « seigneur Salis) (2) et prince du Rire.

« Ses qualités : poète, chansonnier, satirique, spirituel « et bienveillant. Ne blesse pas : effleure, pince, « égratigne.

« Son corps : un roseau pensant et chantant.

« Sa voix : varie selon l'heure et le lieu.

« — Le jour, dans son bureau : une flûte.

« — Le soir, devant le public : un écho.

« — La nuit, dans la rue : un ouragan.

« Ses œuvres : des chansons et des monologues où « l'esprit le plus délicat lutte avec la Forme la plus soignée « et la Rime la plus riche.

« Ses amis : ceux qu'il blague. (Tout le monde.)

« Ses ennemis : les autres. (Personne.)

« Ses vertus : aime à voir lever l'aurore.

« Ses vices : aime à voir coucher la lune.

(1) *La Chanson à Montmartre,* Librairie Internationale ; Paris, 1900.
(2) N. D. l'A.

« Son ambition : être enterré à l'Odéon.

« Son age : sera toujours jeune, puisque l'esprit et le
« cœur des poètes ne vieillissent pas. »

Gaston Sécot écrivit sur lui le couplet suivant :

> Des ch'veux, un binocle, un' moustache,
> Ça fait un Trimouillat r'ssemblant
> Qui nous produit des vers sans tache
> De sa voix fin' comm' son talent.
> C' qui l'embêt', c'est qu'on n' puisse entendre
> Les chefs-d'œuvre qu'il pond par tas ;
> Hélas ! son organe est si tendre
> Que lui-même il n' les entend pas.

Trimouillat ne m'en voudra certainement pas d'être,
touchant son âge, moins discret que Privas ; et je ne crains
pas qu'il manque une seule de ses futures conquêtes parce
que j'aurai dit qu'il naquit à Moulins, en 1858, d'une
famille honnête, mais ennemie des arts, laquelle lui
prédit, dès ses premiers essais de chansons, la prison, les
galères et le couperet. Cette horrible perspective ne dimi-
nua en rien le zèle de l'adolescent chansonnier.

« Dans sa jeunesse, — nous dit Horace Valbel (1), —
pour se distraire et par goût, il récitait, soit chez les
siens, soit en soirées, les vers et les monologues des
autres ; puis, un beau jour, il composa un monologue dont
il se refusa à citer l'auteur et qui obtint un franc succès. »

Plusieurs personnes l'ayant félicité sur le choix de « son
nouveau répertoire », Trimouillat résolut de ne plus se
produire que dans ses propres œuvres. Vainquant sa
native timidité, il vint à Paris, où il se fit admettre, en
1880, au sein de la Lyre Bienfaisante, qui voisinait place
Saint-Michel avec les Hydropathes et où Jules Jouy,
Lebesgue (qui ne s'appelait pas encore Georges Montor-
gueil), Emile Herbel, Eugène Lemercier, Edmond Teulet

---

(1) *Les Chansonniers et les Cabarets artistiques de Paris*, E. Dentu,
édit.; Paris, 1895.

et quelques amateurs chantaient leurs productions. De 1883 à 1885, il fréquenta les soirées de la Société Littéraire et Dramatique (1), que présidait le « père » Eugène Chatelain et dont faisaient partie Tarride, Georges Berr, Gustave Amyot, Eugène Pottier, Fernand Clerget, Calmette, Paul Plan, Auguste Blosseville, Edouard Dubus, Alphonse Coutard, Teulet, Grenet-Dancourt, Marandet, C. Savoye, J. Corrot, T. Cuvelier, Lemercier, Edmond Char et Mlle Weber, devenue par la suite Mme Segond-Weber.

Ces soirées se tenaient chez Eugène Chatelain, 45, quai de la Tournelle. C'est à l'une d'elles que je rencontrai pour la première fois Trimouillat ; et je m'y amusai follement à lui entendre dire le *Bègue*, ce monologue que M. de Féraudy détaille avec tant de finesse et au sujet duquel l'auteur versifia cette courte préface :

> Faire bégayer Féraudy,
> Un si fin diseur, c'est un crime.
> Ecrire une scène afin d'y
> Faire bégayer Féraudy,
> C'est bien l'acte le plus hardi
> Que puisse faire un fou qui rime :
> Faire bégayer Féraudy,
> Un si fin diseur, c'est un crime.

Il me revient à ce propos une bien amusante anecdote. C'était à une grande représentation donnée au bénéfice de je ne sais plus quelle œuvre. Trimouillat était au programme. Son tour arrive. Il dit le *Bègue* avec son habituel talent. A sa sortie de scène, les applaudissements éclatent et l'auteur est rappelé. Pendant que celui-ci se laisse légè-

(1) Cette Société, qui avait pour but « de développer le goût de la littérature et du théâtre, et plus spécialement de faire connaître les œuvres des *Jeunes* », avait été créée le 17 janvier 1883, et le comité de fondation se composait de : J. Amoureux, président ; A. Coutard et E. Chatelain, vice-présidents ; J. Solin, trésorier, et G. Amyot, secrétaire. Elle avait son journal : *Premières Armes*, brochure de 32 pages, paraissant mensuellement.

rement tirer l'oreille, une spectatrice, ma voisine, jeune
et jolie femme, d'allure très parisienne, se penche de mon
côté et me dit :

« — Ils sont fort jolis, ma foi, les vers que vient de dire
ce monsieur. Mais comme c'est dommage qu'il bégaie !

« — N'est-ce pas, madame? » répondis-je, compatissant.

Sur ce, l'auteur du *Bègue* reparaît et un second monologue s'échappe de ses lèvres avec la limpidité d'une
source cristalline. Tête de la dame, qui ne comprend plus
et me jette un regard de défiance...

Trimouillat fut un des assidus des réunions de la *Plume*,
qui se tenaient au sous-sol du café du Soleil-d'Or, 1, place
Saint-Michel, dans la salle où les Hydropathes donnaient
leurs séances. C'est là qu'il lia connaissance avec Xavier
Privas.

Après une fugue à Angers, il revint à Paris, et Jean
Rameau l'introduisit au Chat-Noir. Cette première présentation fut vaine et ce n'est qu'en 1891 que Jules Jouy, qui
présidait la goguette du célèbre cabaret, l'engagea définitivement avec le titre de « Maître des Chants ». Les autres
emplois étaient tenus par Armand Masson et Jacques
Ferny, vice-présidents; Pierre Delcourt, secrétaire; D. Pelet,
grosse caisse; George Auriol et Rodolphe Salis, huissiers-
audienciers. Le succès de Trimouillat fut complet; et si la
voix du chansonnier n'arrivait pas à émouvoir les vitres
de l'hôtel de la rue de Laval, l'acuité de son ironie, la
pureté de sa forme et la richesse banvillesque de ses
rimes provoquaient des bravos qui ébranlaient les murs.
Je citerai, entre autres jolies choses : *Lettre d'un Commis-
Voyageur*, le *Flâneur parisien*, les *Pochards*, *A Vue de Nez*,
Quand Sarcey dort, la *Gosseline*, *Ma femme et moi*, la *Dernière Maîtresse*, le *Concierge*, qu'illustra, pour le *Gil-Blas*,
le magistral crayon du maître Steinlen. Il se fit applaudir
également aux soirées du Grillon, — qu'avait instituées
E. Teulet, — aux Quat'-z-Arts, et dernièrement au cabaret
des Arts.

L'œuvre de Trimouillat est nombreuse et diverse; l'intérêt n'y languit jamais; et elle procure autant d'intérêt à la lecture qu'à l'audition. Des artistes de tout premier ordre se sont offerts à l'interpréter : Pierre Laugier, le *Bandeau;* Mlle Reichenberg, l'*Octroi;* Saint-Germain, la *Corde;* Le Bargy, *Lettre Close;* Georges Berr, le *Vengeur;* Félix Galipaux, le *Faux Nez;* Duմény, l'*Argent;* Duard, l'*Araignée* (1); Yvette Guilbert, les *Gras et les Maigres, A mon Septième,* etc., etc... De plus, les parodies de Trimouillat ont converti le monologuiste Coquelin cadet en chanteur d'opéra (2). L'excellent comédien doit quelques-uns de ses innombrables triomphes à l'amusante blague de notre chansonnier, qui écrivit pour lui, tout spécialement, sur la musique de Tagliafico : *Quand le Critique dort* (3) :

> Voulez-vous bien ne plus dormir,
> Bouche ouverte et paupières closes,
> Quand, pour vous voir rire ou frémir,
> En scène on crie, on prend des poses...
> Pour bien rendre compte des choses,
> Voulez-vous bien ne plus dormir.

A son intention il parodia *Pensées d'Automne,* d'Armand Silvestre et J. Massenet, et en fit *Idées d'Automne* ou le *Vieux Tribun;* il transforma de même le *Crucifix,* qui devint, sous sa plume, le *Præsesfix :*

> Vous qui priez pour que Loubet tombe ou qu'il meure,
> Vous qui ragez — s'il est souffrant — lorsqu'il guérit;
> Vous qui fuyez loin de l'Elysée, sa demeure;

(1) Ces huit monologues sont publiés séparément par l'éditeur Stock.

(2) J'exagère un peu, car Coquelin cadet a déjà interprété, il y a quelques lustres, chez Mme Adam, *Aveugle par Amour,* de Charles de Sivry; dans les *Précieuses Ridicules,* il chanta l'*Impromptu,* de Lulli; et dans *Hamlet,* les trois couplets du fossoyeur composés par Ambroise Thomas sur des vers de Dumas. Il chante également l'air de la Bouteille dans le *Médecin malgré lui,* très agréablement, ma foi.

(3) Langlois, éditeur.

Vous qui croyez ce qui, parfois, sur lui s'écrit;
Vous qui boudez, venez à lui, car il sourit.
Gens aisés, songez qu'il tient l'assiette au beurre!
Réfléchissez, venez à lui, car il demeure.

Sa dernière parodie est sur l'air *Tout le long du Ruisseau*
et s'intitule *Millerand et Waldeck-Rousseau;* et je voudrais,
si la place ne m'était mesurée, la transcrire ici tout
entière. En voici les derniers vers :

Millerand et Waldeck-Rousseau —
Unis sans penser même chose —
Sont comme l'épine et la rose
Qu'on voit sur le même arbrisseau.

A la fin de l'année 1893, Trimouillat fonda le journal
le Gringoire, littéraire et artistique, bi mensuel, administration et rédaction, 1, place de l'Odéon, puis 13, rue de
l'Ancienne-Comédie, où le journal augmenta son format
et devint illustré. Cette publication s'occupait de lettres et
d'art dramatique; elle était rédigée avec goût par des
poètes qui — naturellement! — dénués de tout sens
commercial, ne rêvaient qu'embellissement et négligeaient
le « mur ». Ils laissèrent mourir leur feuille à son premier automne, en même temps que les rameaux du
Luxembourg.

Il institua, en compagnie de Gaston Dumestre et de
Xavier Privas, les Soirées-Procope, rue de l'Ancienne-
Comédie, au rez-de-chaussée du café d'illustre mémoire.
Bientôt, en présentant au lecteur le Prince des Chanson-
niers, j'aurai l'occasion de m'occuper de ces intéressantes
réunions.

Disons, pour terminer, que Trimouillat m'a assuré que
l'année 1902 ne se passerait pas sans voir paraître de lui
deux volumes, à l'ordonnance desquels il travaille durant
les heures de loisir que lui laisse son emploi à la Ville
(service des Égouts — ô ironie!) : *Dans la Vie*, chansons
et monologues, et *Contes à dire debout*. Je le souhaite de
grand cœur, certain d'avance du succès de ces ouvrages.

Jacques FERNY

Georges Chervelle, dit Jacques Ferny, est né en 1864 à Yerville (Seine-Inférieure). Il commença ses études au séminaire d'Yvetot et les termina au lycée de Rouen, où il décrocha le prix d'honneur. Après avoir fait son volontariat au 21e dragons, il entra à l'étude de Me Boullié, avoué, chez qui il déploya tout son zèle à expédier... une opérette-bouffe, *Tomboli-Tombola*. L'année suivante, il faisait représenter, au Casino Marie-Christine du Havre, une fantaisie basochienne, *Trente-cinq Minutes de Procédure*. Peu de temps après, le théâtre des Arts de Rouen montait de lui *Une Nuit à Trianon*, opéra-comique d'une délicieuse fraîcheur et d'une poésie agréablement musquée, musique de A.-F. Prestreau. Cette pièce fut traduite en italien par Golisciani et créée sous cette forme au Sannazaro de Naples en 1890, par la Toresella.

En 1887, notre auteur dramatique vient à Paris, et entre à l'étude de Me Mignon. L'air de la capitale, saturé de blague et de satire montmartroises, influant sur son cerveau, le jeune clerc renonça à sa première manière et se consacra à la chanson.

En 1891, l'artiste imitateur Florent le présenta à Horace Valbel, qui, pendant une absence de Salis, réglait les soirées du Chat-Noir. Timide et quelque peu ému, Ferny chanta l'*Alibi*, l'*Ecrasé*, le *Missel explosible* et cette désopilante et aujourd'hui classique *Visite présidentielle* qu'eût admirée Mac-Nab. Ferny fut applaudi, félicité, fêté et définitivement engagé.

Jules Jouy ayant quitté la présidence des goguettes du Chat-Noir, sa succession échut à Ferny. Ce fut à l'une de ces réunions que se révéla Hyspa, avec le *Ver solitaire*.

Francisque Sarcey, rendant compte d'une soirée passée
à l'hôtel de la rue Victor Massé, écrivait :

«... Ces messieurs nous ont régalés de morceaux dont
quelques-uns sont vraiment délicieux. Il faut tirer de pair
M. Jacques Ferny, dont l'originalité est très piquante. Il
dit les choses les plus énormes avec un air détaché qui est
le plus plaisant du monde. Dans une de ses chansons, il
suppose que l'un des hommes les plus austères et les plus
graves de la Chambre s'est décidé à faire la fête un soir.
Il le nomme ; mais nous, passons. Chaque couplet se termine par un « ohé! ohé! » que le personnage politique
lance d'une voix pudique et triste. L'effet est d'un comique
irrésistible, qui s'accroît à chaque fois par la répétition.
J'ai pouffé de rire. Il y a encore une chanson de lui sur
les conférenciers et les chanteuses, qu'il détaille, avec son
air de pince-sans-rire, de la façon la plus amusante du
monde... »

En 1894, en compagnie de Meusy, de Jouy et de Delmet,
Ferny inaugura, dans un local attenant au Nouveau-Cirque,
le cabaret du Chien-Noir, qu'il ne quitta que pour entrer
à la Roulotte, où il demeura trois ans. Pendant son séjour
au Chat-Noir, il fit représenter une pièce d'ombres : *Le
Secret du Manifestant*, dessins de Fernand Fau (1). Il a
donné à la Bodinière, aux représentations du Gardénia,
dont il a été depuis président, deux actes : *Le Papillon
dans la Lanterne* et *Potoir or not Potoir*.

En janvier 1898, alors que les adversaires et les partisans de Dreyfus échangeaient journellement des horions
et des injures, Ferny rédigea pour une réunion du Gardénia
l'invitation suivante :

> Cher camarade, vous êtes une crapule,
> Un sale individu, vierge de tout scrupule,
>   Une immonde charogne, un cas,
> Voilà pourquoi le Gardénia vous convie
> A son prochain dîner. (Est-ce drôle, la vie!)...
>   Je m'explique. Ne gueulez pas!

(1) Fromont, éditeur.

Installer sur le pic ultime de la mode
Le derrière d'un cercle est un art peu commode.
    Le Gardénia le détient.
Naguère, on s'en souvient, ce cercle dramatique
Etait ibsénien, nordiste, emmerbaltique
    Et bjornsonné dans son maintien.

C'est qu'alors toute nouveauté venait du Nord.
Pour se faire écouter il fallait parler fjord.
    On s'aperçut avec effroi
Qu'on s'enrouait, — effet de la température. —
Ah! dame, on ne peut pas, même en littérature,
    Toujours manger du nouveau froid!

D'urgence notre comité, comme un seul homme,
Se réunit tout aussitôt, 10, rue de Rome,
    Et là s'engueula salement.
Installer sur le pic ultime de la mode...
(Mais je l'ai déjà dit. Voilons cet épisode.)
    Quelle est la mode en ce moment?

Incontestablement c'est d'être une canaille
De trouver qu'en ce monde il n'est vertu qui vaille
    Les bijoux d'une Béatrix
De Castillon, un chèque; ou que l'on vous décore
Des palmes académiques; ou bien encore
    De coucher avec Mme X...

Allez au Clou, chez Graff, au Rat, aux Douze-Fesses;
Compulsez le Théâtre, interrogez la Presse,
    Ouvrez les conversations...
Reinach, Rouvier, Sarcey, Zola, Le Poittevin,
Prostitution, vols, faux, meurtres, pots-de-vin
    Et jeanlorrainisations...

Donc, mercredi, deux février de la présente
Année, au Terminus, à six heures soixante,
    A table vous vous trouverez
Au milieu des salauds les plus boueux, de traîtres,
De souteneurs, d'escrocs, d'assassins et de maîtres-
    Chanteurs tout à fait avérés.

Tels FABRE, espion qui passe sa vie entière
A nous susciter des accidents de frontière
   Avec l'insolent Canada;
ROOMAN, orateur belge au discours homicide;
(Je suis resté gâteux depuis le jour putride
   Où ce parleur me présida.)

FRAGEROLLE, bandit tapi dans cet Asnière
D'où, le soir, il surgit, l'organe en bandoulière
   Pour faire chanter les Hébreux;
DELMET, gosier fléau, peste de nos armées,
Dont les notes font, par les filles allumées,
   Crever les mâles vigoureux;

Charles d'HARMENON, qui, dès que je le rencontre,
Se met incontinent à me voler ma montre
   Pour mieux la faire réparer;
LEFÈVRE, dont le torse fleuri, de la scène
De Bodinier-le-Daim est la colonne obscène,
   Le poteau, si vous préférez;

L'invincible DUCROT, capitaine rapace,
De qui nous attendons qu'il nous vende l'Alsace
   Par un foudroyant bordereau;
Le sadique DELORME (Hugues), le géomètre
Chargé de la réfection de l'hexamètre,
   Qui fait un lit de son bureau!...

ALLAIS et GOUDEZKI, c'est connu, sont deux drôles.
CAP aux explorateurs a volé les deux pôles,
   Et trouve ces gens-là tordants.
Quant au docteur GUILLON, nous avons lu sa thèse;
Cet homme en sait trop sur la *Mort de Louis XIII*
   Pour n'être pour rien là-dedans.

Que dire de MINART et d'HUGUENET T. H.,
Sinon que l'un est un chameau, l'autre une vache?
   Pour moi, si je suis fastueux,
C'est que ma môme Laure est gentille et m'adore,
Et qu'à l'« Américain » j'aime à voir lever Laure,
   Bien que ne sois pas vertueux.

D'Artagne est un gredin, Lutz est un journaliste.
Et Vessillier donc ! Quel filou !... Quel pianiste
     Qu'Adrien Ray, de l'Opéra !
Et quel joli monsieur au teint lys et groseille
Que Berthez !... Et Garandet, quel juif ! Et Latreille,
    Quel jus !.... Et Joseph !... Et Matrat !...

Et ce Goudeau qui boit, tel un jaguar féroce,
Si tant d'eau que l'été notre Paris se brosse
    Et capte, capte, capte en vain !...
Mais il faut se borner. J'arrête ici mes fouilles
Parmi notre effectif de cent dix-neuf fripouilles ;
    Avec vous ça fera cent vingt...

Les chansons de Ferny forment deux volumes (1) : *Chansons Immobiles*, illustrées par Dépaquit, et *Chansons de la Roulotte*, avec des dessins de Métivet ; une seule n'a pas été éditée, c'est l'*Eloge de l'Exposition* qu'il chanta pendant toute la durée de la foire de 1900 au cabaret des Noctambules.

Jacques Ferny, dont la satire est fine, tranchante, met à nu toutes les tares des fantoches de la politique ; il souligne dans la diction son impitoyable ironie par un débit bref, cassant, qui hache les phrases et les mots et provoque une hilarité irrésistible. Ses couplets sont établis avec méthode, lentement élaborés, et livrés seulement au public lorsqu'ils ont atteint le degré voulu de perfection. Nul à Montmartre n'observe comme lui ce précepte de l'*Art poétique* :

Vingt fois sur le métier remettez votre ouvrage,
Polissez-le sans cesse et le repolissez.

Aussi, chose remarquable, trouve-t-on à la lecture de ses livres autant de plaisir qu'à l'audition de ses chansons. Je dirai plus, on y éprouve une joie nouvelle en constatant la conscience et la recherche de la forme qui ont présidé à la confection de ces petits poèmes frondeurs et si gaiement irrévérencieux.

(1) Fromont, édit.

Eugène LEMERCIER

Dans le numéro 337 des *Chansons et Monologues illustrés* (Librairie Contemporaine, Paris), Trimouillat s'exprime ainsi, dans la présentation au public, de son vieil ami Lemercier :

« Le titre de poète-chansonnier fut rarement mieux mérité que par Eugène Lemercier. L'auteur de *Sarcey-Jésus-Christ*, des *Eléphants de la Gaieté*, de *Ton vieux Type*, est le même, en effet, qui a ciselé si gentiment : la *Nudité de Lisette*, la *Fleur d'Or*, et tant de petits poèmes.

« Bien avant l'invention du genre dit *Fin-de-Siècle*, — déjà essouflé, quoique si peu loin du terme assigné par sa définition, — Lemercier avait trouvé le secret de composer des chansons satiriques, mordantes, vécues, mais toujours gaies, sans cynisme affecté, telles que : *Baisons-nous, Lisette !* l'*Ex-Anarchiste*, le *Restaurant des Jours de dèche* et... *On dirait qu'c'est toi !*... Chose curieuse, cette dernière, faite il y a dix ans, chantée seulement, alors, par l'auteur entre amis, est, depuis, devenue légendaire ; elle a été, certainement, le plus franc succès au concert de notre Yvette Guilbert, qui est encore redevable à Lemercier de *A Cochin*, de *Bébé à l'Eglise*, etc... Kam Hill fut son plus fidèle interprète et créa presque toutes ses chansons. Delmarre fit de *J'n'ai pas l' temps !* un succès prodigieux ; il chanta cette chanson plus de cinq cents soirs de suite, ainsi que le *Chanteur amateur*, *Vive le Dimanche ! Course inutile*, la *Marche des Chahuteurs*, etc.

« Lemercier a toujours fait de la chanson. Chacune de ses observations sur lui-même ou sur les autres lui ayant semblé matière ou prétexte à couplets, il a composé une foule de petites études de mœurs, rimées avec soin, qu'il a réunies dernièrement en un volume : *La Vie en Chansons* (1), qui justifie pleinement son titre.

« Comique et sérieux tour à tour, l'auteur des *Nichons* et des *Autres* s'est fait applaudir par les publics les plus divers... Il débuta, comme Jouy et Teulet, à la Lyre bienfaisante, entra à la Lice chansonnière, en sortit bien vite, se fit entendre aux soirées du Grillon, à la salle des Capucines, à la Galerie-Vivienne, puis au Lyon-d'Or, aux Quat'-z-Arts, à l'Ane-Rouge, au Chat-Noir, au Carillon ; il dirigea pendant six mois le cabaret des Eléphants, où son nom, populaire à Montmartre et au Quartier-Latin, attira une foule assoiffée de gaieté et d'esprit.

« Interprète parfait de ses œuvres, détaillant finement le couplet, il s'est improvisé acteur et, sur une scène rudimentaire, avec une jolie divette « en herbe », Mlle Rosa Albine, il joua adroitement, en vrai artiste, une de ses pièces : *L'Eternel Roman*, un petit acte digne d'un vrai théâtre, et chanta les couplets de façon à étonner son collaborateur, le compositeur Dihau... Espérons que l'auteur dramatique ne tuera pas le chansonnier... et que nous l'entendrons prochainement, sur la scène d'un de nos grands concerts, interpréter lui-même ses œuvres. »

J'ajouterai que Lemercier est né à Paris en 1862 et qu'il n'avait pas douze ans lorsqu'il composa sa première chanson ; on peut donc dire de lui qu'il est né chansonnier. Avant de se produire dans les cabarets, il exerçait la profession de métreur en peinture. Après avoir chanté ses œuvres dans presque toutes les sociétés lyriques et littéraires, dont plusieurs le comptent au nombre de leurs fondateurs, il abandonna définitivement les « mémoires » et débuta au Lyon-d'Or en 1891 ; il se fit applaudir depuis dans tous les cabarets et sur plusieurs scènes de café-concert.

Son œuvre est considérable et variée, à ce point qu'il peut se produire avec une égale chance de succès devant

_____

(1) Ondet, édit.

toutes sortes de publics, tour à tour gai, satirique, frondeur, tendre et élégiaque. Il a fourni au café-concert une quantité innombrable de chansons dont la forme et l'esprit tranche du tout au tout sur la note qu'on a coutume d'y entendre. Il est moderne à souhait, tout en conservant un tantinet l'empreinte bérangesque des jeunes années. Il a déjà en librairie deux volumes : la *Vie en Chansons* et *Autour du Moulin*. Ce dernier ouvrage a été publié chez Flammarion avec couverture illustrée par Grün.

Je voudrais, si la place ne m'était mesurée, mettre sous les yeux du lecteur un échantillon de chacun des genres que sait si heureusement traiter ce fécond chansonnier ; je me bornerai pour aujourd'hui à citer :

A COCHIN

Air nouveau de Victor LECLERC, ou du *Bureau de Placement*.

Lorsque l'on apprit, sort fatal !
Que c' pauvr' Machin, un poitrinaire,
Plus malade qu'à l'ordinaire,
Venait d'entrer à l'hôpital,
Il était trois heur's moins un quart,
Et chacun dit : « Il est trop tard.
« Nous irons ensemble à Cochin
     « Le voir jeudi prochain. »

Le jeudi suivant on se dit :
« On connaît Machin à la ronde,
« Il ne faut pas que trop de monde
« Se bouscule autour de son lit.
« Dans la sall' ça f'rait du pétard ;
« D'ailleurs aujourd'hui c'est trop tard.
« Nous irons ensemble à Cochin
     « Le voir dimanch' prochain. »

Le dimanche, les grandes eaux
D'un ciel gris tombaient avec rage ;
On n'eût pas affronté l'orage
Sans être mouillé jusqu'aux os.

On s' s'rait cru l' jour d' la Saint-Médard,
Et chacun dit : « Il est trop tard.
« Nous irons ensemble à Cochin
    « Le voir jeudi prochain. »

Le jeudi, par un gai soleil,
Le ciel était sans un nuage.
Et l'on se dit : « C'est bien dommage
« D' s'enfermer par un temps pareil.
« Attendons qu'il fass' du brouillard,
« D'ailleurs aujourd'hui c'est trop tard.
« *Nous irons ensemble à Cochin*
    « Le voir dimanch' prochain. »

Le dimanche matin suivant
On s' dépêch' de casser la croûte ;
On achèt' des orang's en route,
Et l'on s'en va, le nez au vent ;
Mais, à l'hôpital, un potard
Nous dit : « Messieurs, il est trop tard.
« Ça ferme à trois heur's à Cochin.
    « Rev'nez jeudi prochain. »

Nous persévérons, et l' jeudi,
Comme il faisait un temps propice,
Nous arrivons tous à l'hospice
Pour y passer l'après-midi.
A tous les échos de Cochin
Nous réclamons l'ami Machin.
On nous dit : « N' criez pas si fort,
    « D'puis hier il est mort ! »

Lemercier, soit avec des confrères, soit seul en fait de chansonnier dans des troupes de théâtre, a fait en France et à l'étranger de nombreuses tournées. Improvisateur émérite, il y fut souvent de précieuse ressource. Une longueur, une interruption, une gaffe, un trou viennent-ils à se produire, on peut, grâce à lui, avoir instantanément raison de l'impatience ou de la mauvaise humeur de l'auditoire. On le pousse en scène ; il explique à sa façon l'incident, se fait donner des rimes et construit *illico* des

quatrains ou des huitains d'une drôlerie inattendue et
qu'il s'arrange toujours à adapter à des circonstances qui
intéressent directement le public. Il y a quelques mois, il
se trouvait en représentations dans une ville de Bretagne
avec d'anciens camarades du Chat-Noir. L'un d'eux se
trouvant en retard, Lemercier entre en scène et propose
des bouts rimés. On lui jette quatre rimes qu'il emploie
aussitôt à la critique du régime gastronomique auquel le
soumettait son hôtelier, trop enclin à nourrir ses pension-
naires de veau et de laitue. La pointe déchaîna l'hilarité
de toute la salle, sauf du maître d'hôtel en question, qui,
dès le lendemain, adressait par ministère d'huissier à
notre improvisateur une sommation d'avoir à rétracter
publiquement, dans les vingt-quatre heures qui suivraient,
sa « préjudiciable calomnie ». L'instrumentateur, qui
s'était beaucoup diverti à la soirée de la veille, s'excusa
presque auprès de Lemercier d'avoir à lui signifier semblable exploit. Au spectacle suivant, sous prétexte
d'amende honorable, le spirituel chansonnier présenta sa
défense en deux cents vers du plus haut comique, d'une
ironie et d'une forme supérieures, où il ne faisait, en
somme, qu'accentuer les griefs précédemment formulés.
Sur le récit de la visite de l'huissier, qui se terminait par
une rime en *ieux*, les autres chansonniers, groupés dans
la coulisse, chantèrent en chœur ce lamentatoire vers de
la *Carotte*, de Meusy :

Avec des larmes dans les yeux.

Ce fut du délire, et les applaudissements se prolongè-
rent pendant plusieurs minutes. Le Vatel, Breton naïf et
pas mauvais diable au fond, se déclara satisfait et marqua
sa joie en offrant le champagne à toute la troupe...

Lemercier a écrit plusieurs revues pour le concert et
pour les cabarets : le Moulin-Rouge, les Folies-Bergère
du Havre, les Quat'-z-Arts, etc. Il a fait représenter au
Divan-Japonais un acte : *Vadé le Poissard ;* a plusieurs actes
en cartons et prépare quatre volumes de chansons et un
recueil de nouvelles : *Pour le faire à la Prose.*

Jean GOUDEZKI

Goudez est né à Louvignies-Bavay (Nord), le 20 décembre 1866; il fit ses études à Valenciennes et vint à Paris faire son droit. En 1891, il débute à l'Hostellerie-du-Lyon-d'Or, fait avec Trombert une tournée dans l'est et le midi de la France, puis il entre au Chat-Noir, où ses satires sont triomphalement accueillies; il fait avec Salis une tournée en province et en Algérie; en 1897, il inaugure la Muse de Montmartre et passe ensuite au Tréteau. En devenant chansonnier, il ajoute la désinence *ki* à son nom, afin qu'on ne soit pas étonné de le voir boire comme un Polonais, et aussi pour bien affirmer ses opinions slavophiles.

Ses satires, monologues ou chansons portent l'empreinte de l'esprit chatnoiresque poussé jusqu'à ses extrêmes limites. On se fera une idée de la recherche qu'apporte Goudezki dans l'écriture de ses poèmes, lorsque j'aurai dit qu'il est l'auteur de l'unique sonnet olorime qui ait été écrit jusqu'à ce jour; je cite :

INVITATION

à venir à la campagne prendre le frais, une nourriture saine et abondante, des sujets de chroniques et des bitures.

A ALPHONSE ALLAIS.

Je t'attends samedi, car Alphonse Allais, car
A l'ombre, à Vaux, l'on gèle. Arrive. Oh! la campagne!
Allons — bravo! — longer la rive au lac, en pagne;
Jette à temps, ça me dit, carafons à l'écart.

Laisse aussi sombrer tes déboires, et dépêche !
L'attrait (puis, sens!) : une omelette au lard nous rit,
Lait, saucisse, ombre, thé des poires et des pêches,
Là, très puissant, un homme l'est tôt. L'art nourrit.

Et, le verre à la main, — t'es-tu décidé? Roule —
Elle verra, là mainte étude s'y déroule,
Ta muse étudiera les bêtes et les gens!

Comme aux dieux devisant, Hébé (c'est ma compagne)...
Commode, yeux de vice hantés, baissés, m'accompagne...
Amusé tu diras : « L'Hébé te soûle, hé! Jean! »

Est-il besoin de dire, après cet exemple, que l'auteur a le
culte du calembour et de l'à-peu-près? Cependant, ce
faible n'empêche qu'au travers de chacune des œuvres de
Goudezki ne percent l'artiste, l'observateur et le lettré.

Ses fantaisies, éditées par Oudet, forment deux recueils :
les *Montmartroises* et *Chansons de Lisières*, dont je mentionnerai le *Ballottage*, *Dans les Vignes*, *Soir d'Été*, *Petits Vers
à la Marquise*, l'*Epouvantail*, *Conseils à une Fiancée*, le
Roman leste, les *Caniches*, *Vieille Fille*, *A la Cloche de Bois*,
les *Poètes*, *Sur l'Herbe*, la *Question juive*, *Je dis des Vers*,
Choses d'Afrique, *Impressions de Dimanche*, le *Vieux Prix
de Rome*, l'*Excès en tout*, *Distinguo* et *Je redis des Vers*, dis-
trayante critique sur le Chat-Noir avec laquelle il obtint un
succès fou à la Muse de Montmartre. Dans un troisième
recueil, les *Vieilles Histoires*, vingt chansons mises en
musique par Désiré Dihau, il se montre poète tendre
et délicat. Parmi ces dernières : *Nuit blanche*, *Ta Bouche*,
Souvenance, *Ultime Ballade*, *Doute*, *Repos*, *Ballade du
pauvre Imbécile*, *A côté du Bonheur*, *Cependant*, etc.

En qualité de journaliste, il a fondé autrefois une petite
feuille hebdomadaire, le *Lampion*, et collaboré incidem-
ment à divers périodiques; il fait aujourd'hui partie du
Journal, où il fournit, à côté d'Alphonse Allais et de
George Auriol, des articles humoristiques de la plus
échevelée fantaisie. Au moment du siège du Fort-Chabrol,
il se fit remarquer par son antisémitisme et réjouit la
rédaction de la *Libre Parole* par ses couplets contre les
juifs. Etant donnée cette démonstration outrée, son ami
Montoya lui reproche comme un grief de s'être adressé
dernièrement à Fursy pour entrer au Tréteau.

Physiquement Jean Goudezki est de taille moyenne, carré de lignes ; il est blond de barbe et de cheveux, qu'il porte en broussaille, le nez légèrement épaté, l'œil souriant et fouilleur et la bouche narquoise. L'ensemble de sa physionomie est celle d'un moujik mâtiné de Normand avec, en plus, quelque chose de faunesque.

Comme le sage, il aime à voir lever l'aurore, qu'il attend patiemment chaque nuit au cabaret, tout en distrayant ses camarades noctambules des bizarreries de sa faconde, improvisant à propos de tout et de rien des distiques, des quatrains, voire des sonnets dans le genre de celui-ci :

BAS-BLEU

C'est le bas-bleu que l'on me nomme,
Bas-bleu qui n'est point femme et n'a
Ni la virilité de l'homme,
Ni la candeur de l'Auvergnat.

Pour moi, l'inconstante compagne,
On a livré plus d'un combat,
Et cependant mon cœur ne bat
Mon cœur ne bat que la campagne.

Pour dissiper mon long ennui.
J'ai près de moi toute une garde
De poètes qui, jour et nuit,

De frais madrigaux me bombarde.
Je peux dire : « C'est moi qui suis
La véritable Femme à Barde. »

Un autre de ses mots, pour terminer. Voyant une vendeuse d'amour maigre et longue comme un jour sans pain, il s'exclama : « Tiens, l'Odalisque de Luxure ! »

Horrible ! n'est-ce pas ?

YON LUG

Ces deux monosyllabes à l'allure armoricaine laisse-
raient supposer que celui qui les a choisis pour pseudonyme est né sur les côtes de Bretagne. Il n'en est rien.

Yon Lug est originaire d'Oullins (Rhône), où il naquit
le 4 octobre 1864, d'une famille Jacquet, qui le prénomma
Constant, l'envoya à l'école, lui fit apprendre le dessin et
le voua à l'architecture. A seize ans, le jeune Jacquet est
déjà sociétaire de l'Alliance lyrique Lyonnaise. Il fait
ensuite partie du Caveau Lyonnais, des Baculots, de
l'Athénée, du Biniou, du Cocon ; en un mot, de tous les
petits cénacles de la patrie de Pierre Dupont. Il remporte
le prix de modelage à l'école la Martinière.

En 1888, à la « vogue », il s'éprend des charmes d'une
artiste foraine appartenant à une troupe de romanichels.
Il se déclare, et sa passion lui vaut, de la part du père de
la donzelle, un violent coup de couteau qui lui entaille...
la redingote. Mais l'amour, plus fort que la raison,
ramène le soupirant à la baraque. Le père farouche surgit
à nouveau, mais cette fois en négociateur : puisque Jacquet aime sa fille, qu'il entre dans la troupe comme
artiste ; on ne lui demandera que cinq francs par jour
pour sa nourriture. Le jeune architecte accepte ce singulier marché et, la vogue terminée, il quitte Lyon à la suite
des bohémiens, sans même prendre le soin de changer sa
redingote et son chapeau haut de forme contre des effets
plus commodes. Et le voilà qui apprend à faire le saut
périlleux, à marcher sur la corde raide et à présenter un
ours dressé en liberté. Ses « beaux-parents » ne se sou-
ciant pas de lui payer un maillot et des trousses, c'est en

YON LUG

tenue de ville qu'il exécute ses acrobaties ; et comme il a
un paletot et qu'il « représente », on lui donne également
la charge de visiter les commissaires de police et les
maires aux fins d'obtenir les permissions sans quoi ne
peut se donner le spectacle. La rouée petite commère, qui
est devenue sa maîtresse, lui en fait voir de toutes les
couleurs et les parents d'icelle, qui ne ménagent pas les
bourrades, le contraignent aux pires corvées. Mais il vit
en bonne intelligence avec son plantigrade qu'il étrille,
soigne, caresse et gâte. En reconnaissance de tant d'atten-
tions, le bon ours prend un jour la défense de son
montreur contre les bohémiens, qui, dans une violente
dispute, s'apprêtaient à « faire son affaire » à leur pensionnaire, dont les ressources étaient épuisées.

Cependant, inquiets de sa disparition, ses parents,
braves ouvriers, qui avaient réussi à l'élever au prix de
mille sacrifices, s'adressent à la police ; et les gendarmes
de Saône-et-Loire arrêtent un jour le fugitif qui, sans
argent ni papiers, est inculpé de vagabondage. L'ours,
que les pandores ont attaché à un arbre, brise sa chaîne
et arrache, en défendant son dompteur, un pan de la
tunique de l'un d'eux. Notre « vagabond » est incarcéré,
puis il comparaît devant le maire de l'endroit, à qui il
fait le récit de son odyssée. Le magistrat le retient à dîner
et, en échange de quelques chansons, lui laisse embrasser
sa fille et lui donne l'argent nécessaire à son voyage. Mais
la prochaine station de chemin de fer est très éloignée, et
le délinquant y est conduit entre deux gendarmes de brigade en brigade.

De retour au bercail, il est vertement sermonné et
reprend ses règles et ses compas pour ne plus les abandonner qu'en 1891, lors du passage à Lyon de la tournée
du Lyon-d'Or que dirigeait Trombert. Il se joint à elle et
prend pour pseudonyme Yon Lug : *Yon* valant Lyon dans
la prononciation locale, et *Lug* première syllabe du Lug-
dunum latin. Il reste trois mois avec cette tournée, chantant la *Ballade des Agents*, cette innocente satire devenue

si rapidement populaire et à laquelle font si souvent allusion les chroniqueurs ; *Idioties*, où il fait en ritournelle une étonnante imitation de clarinette ; *Pauv' Populo !* lamento comique d'une profonde philosophie ; les *Tonneaux*, etc., etc. Il fait ensuite une station prolongée au Casino de Grenoble ; puis, sur l'invitation de Trombert, il vient à Paris en 1892 et entre aux Quat'-z-Arts, où il reste cinq ans. Il y fait représenter plusieurs revues en collaboration avec Sécot : *Pour faire chanter* (1894), *Pour avoir du Son* — allusion à la Savoyarde (1895), *Pour éviter la Peste* (1896).

Il entre au Conservatoire de Montmartre en 1897, et chante en même temps au Moulin-Rouge, derrière Marcel Legay, dont il parodie les chansons. Il donne au Conservatoire de Montmartre le *Conseil des Ministrels*, en collaboration avec Fraigneau (1898). On y applaudit tout spécialement ce refrain, sur la méthode du docteur Schenk :

> Pour avoir un' fille,
> N' mangez qu' des anguilles ;
> Pour faire un garçon,
> Mangez beaucoup de saucisson ;
> Pour un phénomène,
> C'est l' lapin... d' garenne...
> Mangez d' tous les plats,
> Et vous aurez des Auvergnats !

Vers la même époque, il donne à Berck-sur-Mer une revue de saison : *Ah ! Berck, alors !* en collaboration avec Paul Daubry. Entre temps, il chante au Chien-Noir, au Carillon, à Pompadour, à la Guinguette-Fleurie, aux Noctambules, au Vieux-Paris (Exposition de 1900), où il se montre en dompteur d'ours et fait danser l'animal au rythme de ses couplets, et au Grillon, dont il est actuellement régisseur et où il a fait représenter le *Roi Ménélancolik, négugus des Abyssinthes*, en collaboration avec Numa Blès.

Lors de la vachalcade, Yon Lug fit sensation. Mon

confrère Auguste Montfort rappelle la chose en ces termes dans le *Tocsin de Montmartre* des 10-16 février 1901 :

« Cinq ans déjà passés !... Mais où sont les vieilles lunes ? où sont les vaches d'antan ?

« En ce temps-là, à travers les rues de Montmartre, la vachalcade déroulait le pittoresque de son cortège symbolique. Les poètes, les artistes, les chercheurs d'idéal narguaient joyeusement leur compagne accoutumée, la vache familière aux flasques mamelles que n'emplit jamais la sollicitude du sacré cœur de Jésus. Dans cette procession aux images parlantes, un homme singulier attirait les regards. De longs cheveux qu'auréolait un cercle de cuivre et une barbe hirsute encadraient un visage de Christ plébéien, un visage indifférent et résigné. Mélancolique, l'homme guidait un ours mélancolique. Il marchait derrière une piteuse roulotte que traînait une haridelle maigre, exténuée. A toutes les ouvertures de ce char de misère, de nombreux enfants mêlaient leurs cheveux embroussaillés et leurs frimousses barbouillées. En grosses lettres, sur la roulotte, se détachait l'inscription suivante : Famille du poète Yon Lug. »

Il y a quelques années, pendant la fête de Montmartre, il chanta dans une des cages de la ménagerie Adrien Pezon, entre le lion Dartagnan et la lionne Mylady, tenant la scène — si on peut dire — dix-sept minutes, tandis que les fauves travaillaient autour de lui. Cet exploit fut également accompli à Montmartre par le chansonnier Jihel et par Maxime Lisbonne dans les cages du dompteur Juliano.

Outre les chansons que j'ai déjà citées, Yon Lug compte au nombre de ses succès *Ave, pavé, pavé, Maria*, la *Vengeance du Bourgeois*, les *Marguilliers de la Cloche de bois*, *Montmartre est la Moitié du Monde*, le *Premier Tanneur de France*, *Pour faire des Gosses*, les *Palmes académiques* (qu'il ne veut pas demander), la *Guillotine*, la *Marche des Douaniers*, *Sonneries*, les *Accidents de Chemin de fer*, etc., etc.

•

LES LANTERNES

Aventure rouge.

Une nuit, un anarchiste
Qu'était ouvrier fumiste
Avait bu p't'être un peu trop,
C' qui fait qu'il était poivrot.
Il disait dans sa soûl'rie :
« Du sang! plus de bourgeoisie!
« Faut qu'on pend' les proprios
« Aux gaz qu'éclair' les prolos! »

    Lorsqu'il vit un' lanterne
    Roug' comm' de l'incarnat,
    Lorsqu'il vit un' lanterne...
    C'était l' bureau d' tabac !

Il entre sans crier gare,
Achète un très beau cigare ;
Puis il sortit en pensant
Qu'il avait un peu trop d' sang :
« Si j' rentrais dans cett' boutique
« Qu'on nomme Théâtr' mécanique ?
« Mais non, faut s' faire une raison :
« On m' prendrait pour un patron! »

    Lorsqu'il vit un' lanterne
    Roug' comm' un nez d' pochard,
    Lorsqu'il vit un' lanterne...
    C'était le lupanar !

Bref il y rentre quand même,
C'est un' excus' quand on aime.
Mais il y fit tant d' potin,
Qu'arrive un immens' gardien,
Qui délicat'ment l'accoste
Et tout droit l'emmèn' au poste.
En route, il disait : « Nom d' Dieu !
« Faut prendr' tout l' mond', pas d' milieu! »

    Lorsqu'il vit un' lanterne
    Roug' comm' des coqu'licots,
    Lorsqu'il vit un' lanterne...
    C'était l' post' des sergots !

Fallut passer la nuit blanche,
Cinq cents minut's sur la planche;
Puis il sortit le matin,
Pas très content, c'est certain.
Huit jours après, en ballade,
Il se sentit très malade :
Cré nom d' Dieu! le v'là pincé,
V'là c' que c'est que d' trop nocer !

    Lorsqu'il vit un' lanterne
    Roug' comme du carmin,
    Lorsqu'il vit un' lanterne...
    C'était le pharmacien !

Il y rentre et le consulte
Pour la maladie occulte ;
Il prit quelques bains de son,
Cinquièm' lantern', quel guignon !...
La moral' de cett' romance,
C'est qu'en pareill' circonstance,
Anarchiste ou pas du tout,
Faut pas aimer étant saoul.

    Faut prendr' gard' aux lanternes
    Qu'on trouv' sur son chemin,
    Faut prendr' gard' aux lanternes :
    Ça mèn' chez l' pharmacien !

Si la chanson de Yon Lug est parfois négligée dans sa forme et présente un intérêt relatif à la lecture, elle est toujours amusante à entendre ; et la musique que compose ou emprunte son auteur ajoute une note drôle, accentuée encore par le flegme qu'il apporte à l'interprétation.

Xavier PRIVAS

Dans *La Chanson à Montmartre*, album édité pour l'*Echo de Paris* par la Librairie Internationale, 4, place Saint-Michel, Pierre Trimouillat présente en ces termes son camarade Xavier Privas :

« Quel gourmet littéraire ignore aujourd'hui le poète si robuste et cinglant des *Thuriféraires*, des *Résignés*, de *La Pentecôte*, des *Grotesques* ; si sainement gaulois de *Chanson pastiche*, de *Chanson paillarde* ; si modernistement anacréontique de *Chanson galante*, du *Noël de Pierrot*, de la *Fête des Morts*, de *Grisettes* ; si philosophique et humain de *Problème*, de *La Chanson du Fil*, des *Larmes*, des *Ruines*, des *Chimères*, des *Heures ?*...

« En effet, quiconque entend une seule de ces mâles satires, un seul de ces galants poèmes où l'hommage de l'Amant à la Femme confine au culte religieux du chrétien pour la Vierge, ne peut manquer de se sentir charmé ou ému par la voix puissante et douce de Privas : « Voilà quelqu'un ! » N'est-ce pas, M. Ledrain ? C'est d'ailleurs l'avis de ses confrères, qui viennent de l'élire Prince des Chansonniers.

« Ce quelqu'un, Xavier Privas, est un solide gaillard de haute taille, de forte corpulence, au teint vermeil, à l'œil brillant. — Il fait l'effet d'un bon et vigoureux carme ayant laissé le froc pour se faire officier de cavalerie, — puis quitté l'uniforme militaire pour l'habit noir, — cet uniforme civil... Il a la gravité indulgemment souriante et l'air bon vivant du premier et la prompte riposte du second, à l'occasion. N'a qu'une passion : l'amour de la Chanson et de la Femme ; qu'une haine : celle de la médiocrité et de la bêtise. Il est absolument incapable de dissi-

muler ces respectables mais parfois dangereux sentiments...

« Fait, depuis longtemps déjà, les beaux jours de la
Bodinière, grâce à la géniale Félicia Malet, et les beaux
soirs de Montmartre.

« Il contribue pour sa bonne part à justifier le titre de
Cabaret des Arts, adopté par quelques chansonniers pour
fonder, avec un succès auquel il fallait s'attendre,

« Un cabaret qui chante au sommet de la Butte,

comme a presque écrit Victor Hugo. »

Cette esquisse, d'une grande sécurité, sera au point
lorsque j'y aurai ajouté quelques touches.

Privas, compositeur en même temps que poète, ne
confie à quiconque le soin d'écrire la musique de ses
chansons ; tout au plus laisse-t-il parfois se glisser sous sa
mélodie une harmonie étrangère. Il a la recherche du
terme qu'il veut exact ; il sacrifiera au besoin une belle
rime pour conserver la pureté de l'image ; il en résulte
que son style est clair, sain, puissant, hardiment coloré
et d'une originalité toute personnelle. Pleine, vibrante et
chaude, sa voix ignore les trucs et s'élève avec une franchise naïve et brutale ; mais elle force l'attention de l'auditeur le plus distrait. Son articulation, qui martèle
chaque mot, chaque syllabe et scande — un peu durement
quelquefois — la ponctuation, contribue au succès en
laissant dans l'oreille du public le sens complet de la
chose entendue.

Sécot écrivit un jour sur lui ce couplet :

> Privas, l'œil clair, les ch'veux en brosse,
> Dans un art subtil et charmeur,
> Chant' l'amour de la voix féroce
> D'un vieux colonel en fureur.
> Le plus innocent parapluie
> Prend l'air si terrible à son bras
> Qu'on croirait, lorsqu'il le manie,
> Voir le cim'terr' de Saint-Privat...

et voici en quels termes tintamarresques sa biographie est donnée dans le programme illustré du Cabaret des Arts:

« Poète et officier d'artillerie. Né à Lyon en 1863 (1). Eut pour parrain l'auteur des *Deux Cortèges*, Joséphin Soulary, avec qui il se brouilla plus tard pour l'avoir appelé Péladan par inadvertance. Un de ses oncles le destinait au notariat, mais il put s'enfuir à temps et vint se fixer à Paris. C'est là qu'il courtisa ces gracieuses chimères : les Muses, et qu'il fit entendre ses premières compositions. Entre temps, il avait fait son service militaire et décroché l'épaulette. Quand on apprit au ministère de la Guerre qu'il avait fait des poésies, on voulut le dépouiller de son grade et le faire passer comme ouvrier charron à la 66e compagnie du train. Une décision du conseil d'État le maintint dans ses fonctions (7 avril 1888).

« Chacun connaît, aime et chante les exquises strophes où vibre si magnifiquement l'âme robuste et sincère de ce pur aède : *Le Testament de Pierrot, Le Vieux Coffret, Les Douleurs, La Chanson du Fil* et cent autres... composent un écrin de perles poétiques où il est difficile de faire un choix, tant la forme et l'idée y sont également parfaites.

« Xavier Privas a été élu, en juin 1898, Prince des Chansonniers à l'unanimité.

« Cet honneur, qui lui conférait pour la vie un titre si recherché, lui donna en outre ses entrées pour deux ans aux bains froids du Pont-de-l'Alma, et le droit, dont il n'usa pas, de changer son nom de baptême pour celui d'Adhémar.

« En dehors de ses poésies, Privas est un mathématicien distingué. Son mémoire sur *L'Ajustage des Têtes de Bielle dans les Constructions métalliques* (en vers libres) lui a valu récemment le prix Esterlin (un abonnement chez Dufayel).

« Dans la vie privée, l'auteur des *Thuriféraires* donne l'exemple des plus hautes vertus domestiques. Il nettoie lui-même ses verres de lampe et réussit le gras-double à

(1) Le 27 septembre.

la lyonnaise comme pas un. Il a été, au mois de juin 1897, nommé vice-président de la Société protectrice des locataires, qui seule a pu mettre un frein aux terribles abus de pouvoir des concierges. Chevalier du Canard mexicain depuis 1892. »

Ce n'est qu'en 1892 que Xavier Privas (Antoine Taravel, de son véritable nom) se produisit à Paris comme chansonnier. Nanti d'un assez volumineux bagage de...*Chimères*, auxquelles le public du Caveau Lyonnais avait déjà fait fort bel accueil, il descendit un soir au sous-sol du café du Soleil-d'Or, où se tenaient les *Soirées de la Plume*, et demanda la permission de se faire entendre. Successivement il chanta *Les Thuriféraires, Les Chimères, Les Résignés, Les Ruines;* que sais-je encore? Ce fut une joie, un succès, une ovation! De ce jour, il fut un assidu de ces réunions, d'où Trimouillat l'arracha bientôt pour le conduire au Chat-Noir. Salis, après avoir entendu le protégé de son « Maître des Chants », l'engagea à l'essai pour quinze jours (janvier 1893). Mais, soit que le « gentilhomme-cabaretier » n'ait point assez verveusement présenté son nouveau pensionnaire au public, soit que celui-ci ne goutât que médiocrement la note révolutionnaire du nouveau venu, soit enfin que le poète se sentît mal à l'aise devant un auditoire de snobs, Privas ne récolta dans le « sanctuaire d'art » de la rue Victor-Massé que les marques de la plus complète indifférence.

Il quitta l'aire de l'« Aigle » pour l'antre du « Léopard ». J'entends qu'il prit congé de Salis *senior* pour se faire entendre chez Salis *junior*, qui dirigeait alors le Cabaret de l'Ane-Rouge. L'aimable et jeune clientèle de cet établissement, où se coudoyaient peintres, dessinateurs et poètes, accueillit avec enthousiasme l'auteur des *Thuriféraires*. Georges Tiercy se l'attacha ensuite; et Privas rencontra au Carillon la même chaleureuse réception : il était désormais assuré de récolter partout où vibrerait sa lyre une ample moisson de bravos.

Mais le Quartier-Latin, théâtre de ses premiers

triomphes, l'attirait. En compagnie de Pierre Trimouillat et de Gaston Dumestre, il fonda, rue de l'Ancienne-Comédie, les « Soirées-Procope », au rez-de-chaussée du café de ce nom. Il fait là l'essai de ses *Cantomimes*, tant goûtées plus tard par les abonnés de la Bodinière et que la province a eu maintes fois l'occasion d'apprécier. Qu'il me soit permis d'ouvrir une parenthèse quant aux interprètes de ces *Cantomimes*, qui les rendent avec une recherche d'art tout à fait exquise. C'est un véritable' délice pour l'œil et pour l'oreille que la représentation de ces scènes délicates. Pendant que le récitant, — tantôt le compositeur Perducet, tantôt le poète Clément George, — aux voix également douces et charmeuses, — égrène lentement les rimes, Georges Wague, un Pierrot qui s'évertue à rendre son geste immédiatement compréhensible, sans recourir aux conventions de la traditionnelle mimique italienne, et Christiane Mendélyes, Colombine experte et gracieuse, « illustrent » le sujet dont les phases, même les plus infimes, sont soulignées par eux avec un sentiment exact de la réalité et un sens poétique d'une douceur et d'une légèreté incomparables.

Cependant Privas revient à Montmartre et Trombert l'engage aux Quat'-z-Arts, où il demeure jusqu'à l'ouverture du Cabaret des Arts, dont il est l'un des directeurs. Entre temps, il fait un court passage (cinq mois environ), au journal *La Presse*, qui publie de lui une poésie par semaine.

La première partie de l'œuvre de Privas se trouve réunie en volume sous le titre : *Chansons chimériques* (Ollendorff, éditeur). Dans ce recueil, des poèmes galants, petits chefs-d'œuvre où chante l'amour tour à tour tendre, impérieux, fou, languissant, inquiet, où s'exalte jusqu'à l'idolâtrie le culte de la femme, voisinent avec des chants d'une satire flagellante et d'une philosophie âprement pessimiste. Ces deux notes, si différentes, mais traitées avec une égale maëstria, se rencontrent dans ses autres volumes : *Pour les Fêtes* (Manuel, éditeur), *Chansons humaines* (Laurens, éditeur), *Chimères et Grimaces* (Ondet, éditeur). L'éditeur Gruny a publié de lui dernièrement deux petits cahiers de dix chansons chacun : *Chansons pour l'Amante* et *Chansons pour la Nouvelle Amante*, d'où je détache cette perle :

> Au Jardin d'Amour deux fleurs sont écloses,
> Puisque mon amie a les yeux ouverts
> Et que tout l'essaim des métamorphoses
> Goûte aux sucs nouveaux qui lui sont offerts.
>
> Au Verger d'Amour une fraise est mûre,
> Puisque mon amie ouvre en un souris
> Sa lèvre où le sang jette avec usure
> La pourpre et l'éclat de son coloris.
>
> Au Bosquet d'Amour une oiselle chante,
> Puisque mon amie, en frôlant mes yeux,
> Gazouille des mots exquis qu'elle invente
> Pour me convier aux plus doux des jeux.
>
> Au Pays d'Amour le soleil se lève,
> Puisque mon amie a fui l'enchanté
> Paradis lointain où règne le Rêve
> Pour vivre avec moi la Réalité.

Enfin, parus dernièrement chez Anceaux et Cⁱᵒ : *Le Joug, Les Préjugés, Les Abus, Les Eunuques, Les Blasés, Les Laquais, Les Esclaves, Les Apparences, Les Parasites, Les Indifférents, Les Lâches, Les Malfaiteurs, Le Courage, La Révolte*, qui formeront une plaquette sous le titre : *Chansons de Révolte*; puis viendront *Les Chansons d'Aurore*, qui sont : *Les Décombres, La Nuit, Le Rêve, L'Aurore, La Justice, La Liberté, L'Egalité, La Fraternité, L'Amour, Le Travail, La Paix, La Bonté, La Vérité* et *La Beauté*. Ces titres et leur *crescendo* indiquent suffisamment l'idée qui a présidé à la conception des poèmes qu'ils déterminent; néanmoins, je ne puis résister au plaisir de cueillir à l'intention du lecteur une de ces fleurs à l'âcre et inquiétant parfum :

LES JONGLEURS

Pour satisfaire leurs envies
Et contenter leurs appétits,
C'est avec des cœurs et des vies
Que jonglent les jongleurs maudits.
Que tous les pauvres cœurs qui saignent
Soient des jouets entre leurs mains;
Que les cœurs broyés qu'ils dédaignent
Soient des tapis pour leurs chemins.

Affamés d'or, de fausses gloires,
Ils jonglent avec les douleurs
Et se préparent des victoires
Par le crime, le sang, les pleurs;
Ils jonglent avec les misères,
Les désespoirs et les dégoûts;
Ils jonglent avec les colères,
Les menaces et les courroux.

Jonglez, jonglez, jongleurs infâmes,
Et sans fatigue, et sans arrêt,
Avec les esprits et les âmes,
Pour le plaisir et l'intérêt!
Jonglez! De prochaines tempêtes
Abattront l'orgueil de vos fronts!
Jonglez bien! C'est avec vos têtes
Qu'à notre tour nous jonglerons.

Georges TIERCY

Tiercy, professeur de mimique,
Est l'enfant gâté du succès.
L'*Opéra*, l'*Opéra-Comique*
Se l'arrach' ainsi qu' les *Français*.
Mais quell' que soit sa réussite,
Il vous dit d'un ton suffisant :
« Faut m'entendre quand j'ai ma cuite!
« C'est alors que j' suis amusant. »

Ainsi le présentait, il y a quelques années, au public des Quat'-z-Arts, notre regretté camarade Gaston Sécot.

Georges-Léon Stiers, dit Tiercy, vit le jour à Lille le 22 février 1861. A l'âge de dix-huit ans, après avoir décroché son baccalauréat ès sciences, il resta, pendant quinze mois, élève en pharmacie chez un potard lillois; après quoi, il se rendit à Roubaix, où il fut employé d'abord comme tailleur de laines dans la maison Amédée Prouvost, puis en qualité de vendeur chez Wattine, Bossut et fils. Mais depuis longtemps déjà, la toquade du théâtre le démangeait. Arrivé à Paris en septembre 1882, il se rend chez Saint-Germain, qui, afin qu'on ne reconnaisse pas l'accent flamand du nouveau débarqué, lui fait apprendre le monologue de Petit-Jean, des *Plaideurs*, avec quoi il le présente aux examens du Conservatoire.

Tiercy est retoqué : on ne lui a pas reconnu assez de voix. Le lendemain de son échec, un camarade le conduit à Régnier.

« — Vous ne connaissiez donc personne dans le jury? lui demande malicieusement celui-ci.

« — Non, répond naïvement Tiercy.

« — Ah ! dame, fit Régnier ; vous étiez quatre-vingts candidats, et il n'y avait que neuf places à prendre... »

Mais le jeune homme ne se décourage pas. Il entre chez Got comme auditeur, prend des notes qu'il amplifie en les relevant (il se montre aujourd'hui tout fier de les avoir conservées) et se présente aux examens de 1883, sûr de lui-même. La malechance cependant le poursuit. A l'appel de son nom, Tiercy n'est pas dans la salle : un besoin aussi naturel qu'irrésistible l'a forcé de s'absenter quelques instants. On ne l'examine que le lendemain ; mais le classement, déjà, était fait... Got le console de son mieux :

« — Je considère, lui dit-il, que vous en savez assez, et je vous conseille de vous essayer n'importe où. »

Aidé par sa famille, qui lui faisait une pension mensuelle de deux cents francs, le futur acteur occupe les loisirs de l'attente à composer ses premières chansons. En 1884, Jeanne Granier le présente à M. Aurelle, directeur du théâtre de Contrexéville, qui se l'attache à raison de cent francs par mois. Au bout de la saison, il rentre à Paris et se fait engager aux Menus-Plaisirs pour tenir un rôle dans *Au Clair de la Lune*, revue de Montréal et Blondeau, aux mêmes appointements, mais avec une promesse d'augmentation de cinquante francs, laquelle est bientôt considérée comme « dépense inutile » par Blandin, le directeur, dont Tiercy se sépare, courroucé.

Fin 1885, le poète Armand Silvestre le fait engager à l'Eden-Concert, où il remplace Limat au pied levé. Pendant trois mois il chante là ses propres chansons et ne fait aucun effet. En mai 1886, il part pour Alexandrie avec un engagement au théâtre du Paradis — un véritable enfer ! — attrape la dyssenterie et rentre en France en avril 1887 pour aller jouer, aux Bouffes-du-Nord, le cocher du *Fiacre 117*. En septembre 1888, M. Carpentier, directeur des Décadents, lui ayant fait une place dans sa maison, Tiercy, travesti en vieille concierge, y crée sa désopilante chanson *Ah ! mes Enfants !* dont le timbre, si étrangement radoteur, a été et est encore maintes fois emprunté par les chansonniers ou les revuistes. Pendant l'Exposition de 1889, nous le trouvons à la Nouvelle-Bastille. Mais sa famille menace de lui couper les vivres. Force lui est de reprendre le commerce ; il entre donc comme vendeur dans une maison de produits chimiques de la rue Saint-Merri. Au commencement de 1891, il apprend que Trombert vient d'ouvrir l'Hostellerie-du-Lyon-d'Or ; il y court et se fait admettre pour y chanter ses œuvres ; il part en tournée avec Gondezki, Fragson, M^{llo} Nicolini et quelques autres camarades ; à son retour, Jules Roques l'engage au théâtre de la Tour Eiffel ; il va ensuite passer quelques mois à l'Alcazar Royal de Bruxelles, revient à nouveau à Paris, chante aux Quat'-z-Arts et, à la fin de 1893, fonde le Carillon, où il obtient un véritable triomphe avec son *Clown Badaboum* et son *Opéra Maboul*.

Très maladroit comme limonadier, il dépense vingt mille francs dans cette entreprise ; il retourne alors aux Quat'-z-Arts, où le public lui fait fête. En décembre 1895, il décide Oller, directeur de l'Olympia, à annexer à ce music-hall un cabaret de chansonniers : le Sans-Souci. Tiercy y fait débuter les chansonniers Moncet et Louis Hébert ; il y produit l'acteur Berthès ainsi que Mlles Marie Leroy et Aumont — qui trouve là un engagement pour la Scala — et y donne une revue en ombres de Grün : *Paris-Sans-Souci*. Cette tentative fut heureuse ; toutefois, le gourmand directeur de l'Olympia, jugeant les bénéfices insuffisants, le Sans-Souci ferma définitivement ses portes en avril 1896. Depuis cette époque, Tiercy s'est fait applaudir un peu partout, dans les cabarets de Montmartre et du Quartier-Latin et dans les nombreuses tournées qu'il a entreprises ou dont il a fait partie.

Il faut voir et entendre ce chansonnier pour se faire une idée de la rapidité avec laquelle il fait exploser le rire, tant par la drôlerie des sujets qu'il traite que par l'extraordinaire mobilité de son masque de Pierrot paillard, rigoleur, clownesque et fûté. Et les auditeurs s'amusent si follement qu'ils ne peuvent se résoudre à le laisser partir. Dans la coulisse, Tiercy tempête contre les bravos qui le rappellent, il les laisse se prolonger jusqu'au tumulte, consent enfin à aller saluer, fait mine de quitter le tremplin ou la scène, et — ravi au fond — il se remet au piano pour cinq, dix et même quinze minutes. En fin de compte, il retempête, prend en hâte son chapeau et son pardessus, crie qu'il va manquer son train, tire vingt fois sa montre et... commande un demi qu'il déguste à petites lampées.

En dehors de ses chansons, Georges Tiercy a écrit quelques revues dont il fut le seul interprète : *La Revue de Pierrot*, donnée à la Bodinière en 1896 avec une causerie de Xavier Privas; *La Revue de 1897*, qu'il débita et chanta cent trente et une fois aux Noctambules ou aux Quat'-z-Arts; et *Le Camelot Nouveau Siècle*, représenté par lui en 1900 aux Noctambules et au Grillon. En 1898, il tenta, Chaussée-d'Antin, l'établissement du Théâtre-Tiercy, où il rêvait de faire représenter de petites comédies ou de petits opéras-comiques anciens. La maladie seule l'empêcha de réaliser cet essai. Son grand bonheur serait d'établir avec quelques camarades — quatre au plus — une tournée continuelle qui s'installerait au hasard des villes et des établissements et qui donnerait une revue qu'on intitulerait *Salade Russe,* dont le fond resterait le même, mais dont certaines scènes seraient constamment renouvelées selon la marche des événements.

Louise FRANCE

L'incomparable Frochard des *Deux Orphelines ;* l'inimitable Eva la Tomate de *Mademoiselle Fifi ;* la fantastique créatrice de Mme Ubu et de *La Cinquantaine ;* l'extraordinaire pipelette de *La Voix du Peuple*, la candide « femme honnête » de *Dame sérieuse*, l'artiste si habile, si avisée et si spéciale qu'est Louise France, est aussi un journaliste et un auteur d'une verve amusante, bizarre, inattendue.

Louise France, à qui je demandai dernièrement quelques notes sur sa bio-bibliographie, me répondit par le billet suivant :

« Bio — (rien du tout) ; bi — (c'est pareil) ; blio — (néant) ; graphie — (je n'ai point d'appareil).

« Me souviens vaguement d'être née à Fontainebleau, un 13 novembre, et d'avoir été élevée dans la forêt par la mère L'Heureux, femme d'un garde-chasse. En ai gardé l'amour des bois et la sauvagerie. — Ai fait du théâtre. Je le regrette : il vaut mieux être la faïencière du coin. »

Louise France a longtemps fréquenté les goguettes du Chat-Noir, où je me rappelle lui avoir entendu dire, avec des intonations qu'elle est seule à posséder : *La Levrette et le Gamin*, d'André Gill ; *Pères et Mères*, *La Vieille Savonneuse*, *C'est bien bon pour des Parisiens !* et cent autres choses dont les titres m'échappent. Entre ses longues stations au Théâtre-Libre, à la Porte-Saint-Martin et au Grand-Guignol, Louise France se produisit aux Quat'-z-Arts, au Carillon, au Tréteau-de-Tabarin, au Conservatoire de Montmartre, à l'Alouette et aux Noctambules, partout également fêtée et applaudie.

Comme journaliste, elle fut un temps rédactrice à la *Fronde*. Paradoxale, fantaisiste, gavroche et persifleuse, c'est surtout la parodie qu'elle cultive, en qualité de chansonnière. Tout le monde a encore à la mémoire cet étonnant pastiche de la *Berceuse bleue*, de Montoya, qu'elle intitula *Berceuse verte*, et où se trouve ce déroutant couplet :

> Tes yeux dans mes yeux
> Et tes deux pieds dans ma bouche,
> Tes yeux dans mes yeux
> Nous pourrons monter aux cieux.

Cette parodie rapporta à son éditeur de gros bénéfices ; mais Louise France n'en retira jamais que les vingt-cinq francs de la vente et n'en toucha pas un sou de droits, « parce qu'elle ne faisait pas partie de la Société des Auteurs ». A part ses parodies, Louise France a écrit un grand nombre de fantaisies dont on jugera par les deux exemples ci-dessous :

PARABOLE PAIENNE

Fantaisie décadente

> Dans ces pays qui sont ægyptiaques
> Et où l'on parle encor le syriaque.
> Un jour, le grand Méhémet-Ali
> Se promenait pour distraire son ennui,
> Lorsqu'il arrêta son cheval en entendant des cris.
> Il envoya son Saïs en avant
> Pour voir d'où venait ce boucan !
> « C'est, lui répondit l'employé,
> « Une femme noire qui beugle
> « Comme un chien qui a perdu son aveugle,
> « Parce qu'elle a vendu du lait pour une piastre
> « A un soldat qui l'a bien avalé ;
> « Mais qui se contente de nier
> « Au lieu de payer !
> « Sous prétexte qu'il ne le sent pas dans son épigastre.
> « — Oh ! oh ! dit Méhémet, j'en aurai bien la preuve, —
> « Ce lait, il faut que je le treuve !

« Celui des deux qui ment sera maudit jusqu'à
« Sa génération troisième...
« Ouvrez de suite l'estomac
« De ce militaire-soldat,
« Pour voir où est passée la crème !... »

Le lait était au fond de ce viscère...
... Mais le soldat trouva le procédé amer !.,.

En se tournant vers la foule *baba*,
Méhémet-Ali proclama :
« Quand on vous dit sans preuve des paroles,
« C'est qu'on se fout de votre fiole ! »

MORALITÉ

Le temps des poires est passé.

Quant au reste, je prierai le lecteur de consulter les curieux mémoires que Louise France vient de publier sous ce titre : *Les Éphémères M'as-tu-vu* (Juven, édit.).

FURSY

De son véritable nom Henri Dreyfus, Fursy est né à Paris, le 26 février 1866. Après avoir fait ses études à Colbert, il entra dans une maison de commerce ; mais cette branche ne lui plaisant qu'à demi, il l'abandonna bientôt pour faire du journalisme. Comme bien d'autres jeunes gens, il entra dans la presse par la petite porte du reportage. Quand je l'ai connu — il y a de cela douze ou treize ans — il appartenait à la rédaction du *Rappel ;* et je me souviens de l'avoir vertement critiqué au sujet de sa première chanson, *La Lymphe du docteur Koch.* J'étais à cette époque rédacteur à la *Nation,* où je faisais la « Chanson au jour le jour », et je professais cette opinion : que le versificateur dont les rimes ne sont pas d'une richesse rothschildienne n'est point digne de ramasser le crottin de Pégase. Mon « bêchage » ne découragea pas Dreyfus — et le temps lui a donné raison : — il écrivit des chansons sur des airs que lui indiqua Marguerite Duclerc, qui en fit autant de succès.

Après avoir rédigé dans plusieurs quotidiens et obtenu les palmes académiques, il fut pris du désir de se produire comme chansonnier à Montmartre et se fit engager au Carillon par Tiercy à la fin de l'année 1893.

Au moment de la dégradation du capitaine Dreyfus, afin d'établir qu'il partageait le sentiment général touchant ce militaire, notre chansonnier répudia son nom, ou plutôt le transforma : *Dreyfus* donne en anagramme *Frusyde, Frudyes, Férudys, Syfédur, Rudéfys,* etc., où transparaît encore le nom d'origine. L'intéressé découvrit *de Fursy ;* mais la particule lui parut un peu prétentieuse, il la sacrifia carrément ; et c'est ainsi qu'il devint Fursy.

On dit — mais je ne puis l'affirmer — qu'au retour d'Alfred Dreyfus en France, Fursy se serait écrié : « Je vais donc enfin pouvoir reprendre mon nom ! »

Lorsque Tiercy céda le Carillon à Millanvoye, celui-ci confia à Fursy la direction de son spectacle. Mais le nouveau régisseur ne garda que peu de temps ce poste, qu'il quitta en octobre 1895, pour prendre le secrétariat général d'un cabaret nouveau-né, le Tréteau-de-Tabarin. En cette dernière qualité, Fursy fut un réclamiste avisé, et les notes qu'il passa alors dans les « Courriers de Théâtres » ne contribuèrent pas peu à établir la réputation de la maison. Après quatre ans, le propriétaire du Tréteau se sépara de son secrétaire, lequel alla monter, rue Victor-Massé, dans l'hôtel de l'ancien Chat-Noir, la Boîte-à-Fursy, non sans avoir introduit contre son ancien patron une action en justice qui lui rapporta de gros dommages-intérêts et entraîna la faillite de son adversaire.

A la suite de ces événements, Fursy se rendit acquéreur du Tréteau, qu'il exploite aujourd'hui...

S'inspirant de la note de Jacques Ferny, — de qui il n'a pas la forme soignée, — il ne fait presque exclusivement que de la satire politique. Il a déjà publié sous le titre de *Chansons Rosses* (Ollendorff, éditeur) deux volumes comprenant ensemble près d'une centaine de chansons. Dans la « présentation » de son premier livre, il s'exprime ainsi :

« Je ne suis pas un poète : on le verra tout de suite. Mes rimes sont rarement riches et mon style n'est pas toujours bon ; mes chansons sont des boutades écrites d'un jet, au hasard de l'actualité, et qui n'ont d'autre prétention que de faire rire mes contemporains aux dépens les uns des autres.

« Elles ont eu la chance d'y réussir quelquefois.

« Ecrites rapidement, comme je viens de l'exposer, elles pêchent souvent par la forme : j'aurais pu — pour ce volume — les châtier, les corriger, les soigner, leur donner le vernis simili-banvillesque qui leur manque généralement, mais j'ai tenu à les livrer *écrites* au public, telles qu'au Tréteau-de-Tabarin je les lui ai livrées *chantées.* »

Que puis-je, quant à l'œuvre, ajouter à la critique qu'en fait lui-même l'auteur ? — Je me bornerai à la justifier en publiant ci-dessous une de ses chansons, intéressante à relire, à cette heure où les échos répètent les lamentations de l'ancien comité de lecture du Français.

UNE LECTURE A LA COMÉDIE-FRANÇAISE

A M. Jules Claretie.

Quand on leur apporte une pièce,
Tous les membres du comité
S' réuniss'nt dans un' vaste pièce.
D'un air plein de solennité,
Ils assoient l'auteur sur un' chaise ;
— Eux ils s'install'nt dans un fauteuil ! —
Prenn'nt un' pos' « Comédi'-Française »,
Et, gais comme... des gens en deuil,
Ils écout'nt l'auteur, du coin d' l'œil :

Pendant qu'il lit,
Mounet-Sully
Cherche un « to be or not to be » ;
Coquelin cadet, l'œil clignotant,
Guette un monologue à chaqu' tournant ;
Mamzell' Lara
Répèt' tout bas
Un mot raid'... qu'ell' ne comprend pas !
Et chacun se dit à part soi :
« Va-t-il y avoir un rôl' pour moi ?... »

L'auteur continu' sa lecture,
Sans un seul mot d'encourag'ment.
(Les sociétair's la trouv'raient dure
Si l' public leur en f'sait autant !)
Si c'est un drame, les comiques
Font des gueules d'ours mal léchés ;
Si c'est un' pièc' drôl', les tragiques,

Avec de petits airs penchés,
Sourient... comm' des dogu's de boucher.

     Dudlay frémit,
     Sylvain rugit,
Quand ils entend'nt un mot d'esprit;
Monsieur de Féraudy d'vient fol
Dès qu'un vers lyrique prend son vol;
     Mamzell' Muller
     Prend de travers
Tout c' qu'est pas d' l'emploi d' Reichenberg...
Et chacun se dit à part soi :
« Il n'y aura pas d'rôl' pour moi!... »

Bref, suivant qu' tragique ou comique
Domine dans le comité,
Un' pièce est jugé' magnifique,
Ou traité' comme un' bass' sal'té.
Et Corneill' lui-même, ou Molière,
S'ils venaient lir' — les ambitieux! —
L' *Cid* ou l' *Malade imaginaire*,
N' s'raient pas certains, les pauvres vieux,
D'être « reçus » par ces messieurs.

     Car Georges Berr,
     Laugier, Truffier,
Leloir, Falconnier ou Leitner,
Mamzell' Lecomt', mamzell' Marsy,
Mamzell' Brandès, le p'tit Dehelly,
     Et du Minil,
     Worms le subtil,
Chacun des autr's... ainsi soit-il !
Dans tout's les pièc's jamais ne voit
Que l' rôl' « qu'est fait *pour son emploi*... »

La caractéristique de Fursy est la persuasion. Il entre
en scène souriant, l'œil malin, le menton levé ; et, hochant
la tête, il a l'air de confier à son public : « Je vais vous en
dire une bien bonne ». Et ce qu'il y a de plus curieux,
c'est que, quoi qu'il interprète, il se divertit lui-même follement tout le temps qu'il est sur le tremplin. Et les spectateurs rient et applaudissent presque malgré eux.

« — Ce sacré Fursy, disait un jour Hyspa, il leur ferait prendre le Messie pour des lanternes ! »

Il a fait représenter plusieurs revues de café-concert, notamment à la Cigale, et plusieurs revuettes de cabaret, dont *Ohé ! la Chanson !* avec Vély, et *Vive la Grève !* avec Nunès et Goudezki. Il vient de publier un troisième volume de chansons : *Chansons de la Boîte* (Ollendorff).

Le directeur du Tréteau-de-Tabarin — de qui, pour ma part, je n'ai jamais eu à me plaindre — se rappelle un peu trop souvent, si j'en crois certains camarades, l'*ego nominor leo* de la fable. — Qu'en dire ? C'est la vie qui fait l'homme ; et on lutte comme on peut.

Numa BLÈS

Charles Bessat de son véritable nom, — Numa Blès est né à Marseille le 23 octobre 1871. Il commença à chansonner dès sa sortie du collège et fonda dans sa ville natale, en 1891, en collaboration avec Théodore Flaville, un cabaret de chansonniers phocéens, la Lune-Rousse.

En 1893, une tournée de Montmartrois de passage à Marseille emmène Numa, qu'elle charge de mettre en couplets l'actualité. Il gagne la capitale et, le 2 novembre de la même année, entre au Cabaret des Eléphants, dirigé par Eugène Lemercier ; il passe ensuite au Chat-Noir (1894-1895) ; puis aux Quat'-z-Arts (1895-1896) ; entre au Carillon, où il reste trois ans, chantant en même temps au Violon, au Chien-Noir, aux Noctambules et au Cabaret des Arts, dont il fait l'ouverture ; en 1899, il fait partie de la troupe du Tréteau-de-Tabarin ; en 1900, il chante à l'Exposition, où il organise la « Fanfare de la Maison du Rire ». Il est actuellement au Grillon avec Marcel Legay.

Parmi les succès de Numa Blès, je cite dans l'ordre : *Les Bains de Mer, Morale anarchiste, On entre comme on peut, La Popularité bien acquise, Ce que je sais, Les Poètes, Les Poupées, Les Bons petits Jeun' Hommes, Les Abdomens, Symbolisme norvégien, La Manie du Soldat, Le Retour du Président* (qui fut l'objet d'une interdiction temporaire), *Le Témoin Porte-Veine, Le Voyage à Saint-Nazaire, Le Chapelet de l'Elysée, Le Chemin de la Croix, Le Clou de l'Exposition* et *Qui veut la Fin veut les Moyens!* que voici :

Ayant lu *La Ténébreuse*,
Le dernier roman d'Ohnet,
Un homm' jugea trop affreuse
L'existence qu'il menait :

S'étant muni d'un coussinet
Et d'un p'tit banc, comme une ouvreuse,
Il s'allongea sur le pavé,
Entre les deux rails d'un tramway;
Car, voulant un genr' de suicide
A la fois pratique et rapide,
Il ne pouvait pas mieux trouver!

> Pour voir écraser notre homme,
> A peine si deux croquants
> S'arrêtèrent, car, en somme,
> Ce spectacle est si fréquent!

Mais jugez de leur stupeur, quand,
Au lieu d' l'écraser comme un' pomme,
Ils vir'nt le tramway s'arrêter,
Et le watmann très irrité
Dire à l'homme : « Espèc' d'imbécile,
« Vous écraser s'rait trop facile :
« Moi, je n' jou' qu' la difficulté !

> « Pour une aussi piètre aubaine
> « Risquer ma réputation !
> « Hier, — la chose en vaut la peine! —
> « J'ai, place de la Nation,

« Ecrasé tout un bataillon
« De la garde républicaine,
« Plus un' noce et ses invités :
« Combien?... je n' les ai pas comptés !
« Mais j'ai rendu, dans l'occurrence,
« Un fameux service à la France :
« Y avait cinq ou six députés! »

> Or un tram, en sens inverse,
> Arrivait au même instant :
> Le désespéré traverse
> Et sur l'autre voi' s'étend;

Mais le watmann saute en pestant
Sur sa vapeur et la renverse!
Puis, comme il était assez fort
En latin, il dit : « *Proh! pudor!*
« Otez-vous donc de là, qu' je passe !
« Je fais fi de votre carcasse !
« *Minimis non curat prætor!* »

> Notre homme, à la Compagnie,
> Court se plaindre au directeur ;
> Mais l'autre, avec ironie,
> Lui répond : « Nos conducteurs,
> « Pour l'écras'ment des amateurs,
> « N'agissent qu'à leur fantaisie! »
> Puis il ajouta, l'air badin :
> « Si vous voulez être certain,
> « Dans votre prochain' tentative,
> « Cher monsieur, que la mort s'en suive,
> « Prenez donc l' Métropolitain! »

et plusieurs autres, dont une douzaine en collaboration avec Dominique Bonnaud ; plus une amusante série avec Georges Arnould, *Les Siamoises*, qui nous occuperont au prochain chapitre.

Blès, qui a — ainsi qu'on a pu s'en rendre compte à la lecture de la précédente citation — un plus étroit souci de la rime que la majorité de ses camarades de Montmartre, ne se borne pas à écrire des satires et couplète de temps en temps des sujets tendres et badins, tels : *Mon pauvre Cœur, Légende Blanche, Je confesse à Dieu, l'Amour quand même*, etc. Il a fait représenter plusieurs revues : au théâtre de la Tour Eiffel, en 1898, sous la direction Alphonse Franck, *A la Fraîche, qui veut voir?* la même année, à Cluny, *Que d'Œufs! que d'Œufs!* et à la Guinguette-Fleurie, *Chauffe qui peut;* en 1899, au Tréteau-de-Tabarin, *La Revue au Temps boer* (prononcez *bour*); à la Bodinière, en février 1900, *Il s'agit de s'entendre;* et un acte de comédie au Grillon, *La Vertu d'Adhémar*. Il a publié, il y a trois ans, à l'*Evénement*, une série de nouvelles et va faire paraître prochainement un roman au sujet duquel il m'a prié de lui garder le secret.

Georges ARNOULD

Petit, vif, remuant, toujours pressé, le nez au vent — et quel nez ! — Arnould ne cause jamais qu'avec volubilité, tournant constamment la tête à droite et à gauche comme pour sonder de son regard perçant les murs ou l'horizon. Entré tout jeune au théâtre, il débute en septembre 1891 à la Renaissance. Après avoir joué une quantité de pannes, il réussit à attraper un bout de rôle qui le met en relief dans une revue de Clairville et Boyer : *En scène, Mesdemoiselles!* On l'engage aux Variétés, où il crée dans la *Bonne à tout faire*, de Méténier et Dubut de Laforest, le collégien Léonce, qui lui vaut les compliments de la critique. Il reste six ans à ce théâtre, jouant aux côtés de Baron, de Lassouche, de Brasseur, de Cooper, de Dupuis et de Dailly, de qui il apprend les ficelles et les traditions du métier ; mais, désespérant de tenir jamais la tête de l'affiche, il se met à composer des couplets et va sonner un beau soir au Carillon avec une série de chansons « bi-sensuelles » pour faire pièce aux *Chansons sensuelles* de Gaston Habrekorn. Millanvoye l'ayant engagé, Arnould se toque du talent de Numa Blès ; une collaboration s'établit entre eux pour l'exploitation d'un genre nouveau : *Les Siamoises.*

Voici comment mon camarade Xanrof — qui me pardonnera cet emprunt — s'exprimait pour présenter au public ces amusantes fantaisies :

« — Alors quoi ? Monologues ? Chansons ? Pantomimes ? Revuettes ? Drames en trois actes ?

« — Rien de tout ça, — et tout ça un peu : des SIAMOISES, produit hybride du saut-de-carpe de la fantaisie et du coup-du-lapin de la blague frondeuse : vers, prose, pantomime, chant, à l'hasard de la fourchette de l'inspiration ; couplet de revue, si ça se trouve ; duo d'opérette, si ça se rencontre ; dialogue ici, conférence là ; originalité partout ; SIAMOISES ! — Esprit du Chat-Noir et d'ailleurs ; calembour, cabriole, grimace, clin d'œil, feu d'artifice, kaléïdoscope !..... Quel est le mot qui exprime tout cela ?

« — Dame ! est-ce que je sais ?

« — Vous en êtes un autre ; les auteurs on plus ! C'est pourquoi, frères siamois en littérature, ils ont adopté le nom qui vous étonne pour leur progéniture spirituelle, — leur spirituelle progéniture. — Ainsi, peut-être, espèrent-ils rencontrer — comme ils le méritent — Fortune et Renommée, ces deux Siamoises, elles aussi, filles inséparables du Succès ! »

La critique tout entière, M. Henri Fouquier en tête, applaudit à cette tentative.

Malgré le triomphe qui salua leur début, en dépit de leur spirituelle fantaisie et de leur franche gaieté, *Les Siamoises* ne fournirent point la carrière que leurs consciencieux auteurs et interprètes étaient en droit d'espérer. Après vingt essais laborieux, ceux-ci abandonnèrent la partie, et Arnould s'enfuit loin de Montmartre. Il écrit pour le café-concert des couplets tranchant un peu sur le genre ordinairement exploité, et il est aujourd'hui un de ceux qui produisent le plus dans cette spécialité.

J'ai parlé tout à l'heure de ses chansons bisensuelles ; j'en donne ci-dessous un échantillon :

TA DENT

Un autre aurait voulu tes bras aux reflets d'ambres,
Tes doigts de pieds ou tes cheveux,
La tresse de ton front, la taille que tu cambres...
C'est ta dent du fond que je veux !
Ton corps, banquet d'amour, met la chair en déroute :
C'est un repas voluptueux.
D'aucuns s'arrêteraient pour y casser la croûte !!!
C'est ta dent du fond que je veux !

Quand tu parles, on croit un oiseau qui gazouille;
 L'amour me brûle de ses feux !
A tes côtés je sens que je deviens gaz... houille :
 C'est ta dent du fond que je veux !
Verse-moi des baisers, ma gorge se dessèche.
 (Je suis sincère en mes aveux !)
Me faudra-t-il crier : « A la fraîche... à la fraîche ? »
 C'est ta dent du fond que je veux.

Sous les lambris rosés du palais de ta bouche,
 Palais buccal et somptueux,
Si même je trouvais quelque chose de louche
 Dans ta dent du fond que je veux,
Un flocon de coton doux au mal qui t'oppresse,
 Je m'écrierais encor joyeux :
« Qu'importe le flocon pourvu qu'on ait l'ivresse » !
 C'est ta dent du fond que je veux !

Georges Arnould a fait représenter, seul ou en collaboration, plusieurs pièces au café-concert : *La Sainte-Barbe*, *La Bain-Marie*, *La Petit Aiglon*, *La Nuit du 8 Octobre* et *L'Ecole des Clairons*. Mais il a depuis un an répudié toute collaboration et fabrique absolument seul ses chansons et ses pièces.

Il est actuellement à Cluny, où son engagement vient d'être renouvelé à de très belles conditions.

Albert CHANTRIER

Auteur, acteur, chansonnier et compositeur de musique, Chantrier est né à Paris en 1874. Il a gardé de cette origine un accent normand dont il sait se débarrasser au besoin, mais qu'il accuse chaque fois qu'il aborde un de ses amis pour prendre de ses nouvelles.

Elève de Paul Vidal et de Gabriel Fauré, il suit les cours du Conservatoire et débute à dix-neuf ans à l'Auberge-du-Clou, en qualité d'accompagnateur ; il devient ensuite organiste de l'église de Clamart, retourne comme pianiste à l'Ane-Rouge, passe au Carillon, aux Quat'-z-Arts, au Conservatoire de Montmartre, à la Boîte-à-Fursy ; quitte cette dernière pour prendre le poste de maître de chapelle à l'église Saint-Joseph. Entre temps, il accompagne Rodolphe Salis dans quelques tournées. Piqué de la tarentule chatnoiresque, il se met à composer des fantaisies rimées et, comme les camarades, il fait son « numéro » en s'accompagnant au piano. Chantrier a une véritable nature de comique ; et si ses productions versifiées n'ont qu'un très éloigné cousinage avec *L'Art poétique*, l'audition en est hilarante au plus haut point. Je me rappelle m'être bien amusé à lui entendre interpréter avec force grimaces :

DÉMÉNAGEMENT

« Chambre à louer présentement,
Grands et petits appartements
    Ornés de glaces. »
Plus de cent fois, sans sourciller,
« J'ai lu : « La concierge est dans l'escalier
    En face. »

O l'adorable phrase câline :

« Combien la chambre et la cuisine ? —

« Monsieur, elle est de trois cents francs

« Au deuxième, sur le devant »... !

On monte, puis l'on redescend,

Et ça se reproduit souvent.

J'ai vu de jeunes concierges mélancoliques

Et, par contre, des vieux qui semblaient alcooliques,

Puis d'autres qui, d'un air banal,

Savouraient le *Petit Journal*,

Et tous les gens que l'on dérange

Terribles ! surtout quand ils mangent ;

D'autres, couchés, ne faisant rien

(Après ces derniers temps chauds, ça fait du bien),

Vous reçoivent comme des chiens

Si l'on trouble surtout quelques doux entretiens.

    « Dis-moi, Jules,

     « Sommes-nous dans la canicule ? »

Vous ne trouvez jamais le nid que vous rêvez :   .

C'est trop cher, trop petit, trop grand, ou pas assez.

Alors, la veille du terme,

En vous levant, vous dites d'un ton ferme :

« Maintenant que je n'ai plus le choix,

« Je vais louer n'importe quoi. »

Vous changez pour beaucoup plus mal :

Quand on est pressé, c'est fatal !

Et la concierge, au physique arrogant,

N'est pas un beau cadeau à faire à un enfant.

. . . .

    Vous passez près d'un mois

    A reclouer vos bois,

Qui ont eu à subir l'étreinte, parfois rude,

De ces braves déménageurs

    De mon cœur !...

A eux toute ma gratitude !

Une fois tout rangé selon votre bon goût

(Que de mal! ça peut se dire entre nous),

Vous la trouvez bien mauvaise...

Vous vous apercevez qu'il y a des punaises !

Comme compositeur, Chantrier a écrit plusieurs messes

et motets — qui forment le répertoire de sa maîtrise — et fait la mélodie d'une quantité de chansons pour ses camarades de Montmartre. Il a fait représenter aux Funambules, sous la direction Séverin, *Le Souper du Notaire* et *Le Roi Charmant*, opéra-comique, livret de J.-L. Croze et Marcel Debare. Il a en ses cartons plusieurs pièces achevées dont il est en même temps le librettiste et le musicien ; entre autres, *Moissons*, pièce d'ombres lyriques que Georges Oble doit représenter au Petit-Théâtre.

Chantrier était dernièrement aux Noctambules, où il tint le piano et... un rôle dans *L'Affaire Boutavant*. Il est aussi bon camarade que talentueux compositeur.

Manie particulière. — Ne manque jamais, au piano, de commenter digitalement, par le rappel d'un air approprié, l'incident qui se produit, ou d'indiquer l'allure de la personne qui entre, du chansonnier qui va opérer, etc. Le divertissant de la chose est que ses allusions varient à l'infini et que la même personne est souvent saluée par un air nouveau ; exception faite pour Xavier Privas, à qui il applique invariablement *L'Expulsion des Princes*.

Edmond TEULET

De même que Trimouillat présenta au lecteur des *Chansons et Monologues illustrés* son camarade Lemercier, celui-ci, à son tour, écrivit en ces termes la biographie de Teulet :

« Edmond Teulet est né à Paris, le 23 février 1862.

« Ce fut à la Lyre Bienfaisante — société chansonnière qui servit de tremplin à presque tous les maîtres actuels du couplet, voire même à quelques chansonniers du Chat-Noir — que Teulet chanta sa première œuvre, *La Jeune Fille au Jupon bleu*. Il avait composé la musique de cette romance, mais il ne s'intitula pas compositeur pour cela. Il préféra mériter le titre de chansonnier en écrivant : *Pauvre Suzanne*, *La Chanson du Poète*, *La Bouquetière*, *Chanson de Printemps*, *L'Hiver est dur au pauvre Monde*, *Chanson du Vieux Temps*, *Les Robes*, *La Nièce*, *Les Yeux*, *La Chanson de Pierrot*, etc..., et justifier son titre de poète en rimant : *Fripouille*, *Œufs de Pâques*, *En pleine Folie*, *Jeanne d'Arc*, etc., cultivant ainsi, avec persévérance, un genre malheureusement tombé, de nos jours, en désuétude, et faisant entrer dans ses œuvres toute son âme de poète romantique.

« Il publia un premier volume : *Fleurs d'Ignorance*, aujourd'hui épuisé, pour lequel le chansonnier Eugène Baillet avait écrit une préface pleine d'encouragement. Son deuxième volume, *La Chanson du Grillon*, justifia les prévisions du maître. Cette fois, une délicieuse préface de Félix Pyat servait merveilleusement de prélude à *La Chanson du Grillon*. Edmond Teulet prépare un troisième volume, *La Chanson légendaire*.

« Il fonda les soirées du Grillon et procura ainsi à ses collègues l'occasion de se produire à ses côtés, du Tonneau-de-Diogène, rue des Lavandières, du café où est actuellement l'Epi-d'Or, du café de la Presse à la salle des Capucins et à la Galerie-Vivienne.

« A quand la Bodinière ?

« Quel que soit le côté critique que semble comporter l'épithète de chansonnier 1830 appliquée à Edmond Teulet comme un cliché, c'est peut-être à cause du caractère romantique de son œuvre que, plus tard, — alors que les chansons dites « Fin de Siècle » seront devenues plus surannées que ne le sont, de nos jours, les chansons mythologiques, — certaines chansons de Teulet resteront, émergeront, défendues par la grâce de leur poésie et par la fraîcheur de leur naïveté. »

Pour subvenir aux besoins des premières années, Teulet fut tour à tour commis de librairie, secrétaire de l'exposition des artistes indépendants, imprimeur typographe, chanteur, acteur, etc. C'est dans *La Tribune*, d'Eugène Imbert, qu'il publia son premier sonnet ; il fit insérer sa première prose, *Contes à Mignonne*, dans le *Quartier-Latin*, que dirigeait alors le frère du député Maujan ; il collabora ensuite à *La Revue critique*, au *Courrier français*, au *Rapide*, où il fit la critique dramatique et le courrier des théâtres; à *La Famille*, à *L'Attaque* d'Ernest Gégout,—actuellement rédacteur au *Drapeau*,—au *Supplément du Petit Parisien*, au *Siècle typographique*, au *Nouveau Journal*, etc. Il fonda deux feuilles littéraires, *Le Farfadet* et *Le Grillon*, où il organisa des concours littéraires et poétiques dont les résultats furent souvent intéressants. Sous le titre *La Chanson à Montmartre*, il a donné dans le *Supplément*, avec des portraits-charges de Grün, une monographie restée inachevée, et *L'Enquête de La Chanson*, à la suite de laquelle le sceptre de Prince des Chansonniers échut à Xavier Privas; enfin, il a fait au *Petit National* La Chanson française, et, pendant trois ans, *La Chanson de la Semaine* à la *Paix*; il donne actuellement une chanson par semaine au *Supplément*, sous cette rubrique : *La Chanson qui passe*, et envoie aux *Tablettes marseillaises* un mensuel *Courrier de Paris*.

Outre *La Chanson du Grillon*, il a en librairie *Chansons du Siècle dernier*, avec préface de Jules Claretie (Coutarel, éditeur), et *Pierrot Mendiant*, une fantaisie en un acte en vers. Il a en préparation deux autres volumes : *Chansons à Mignonne*, préface de Maurice Boukay, musique de F. Le Rey (Fromont, éditeur), et *Chansons de Trianon*, musique de H. Brelles, chez Coutarel.

Au théâtre, il a fait représenter *Une Coutume espagnole*, un acte en collaboration avec J. Ulrich, musique de Me-secki, aux Folies-Belleville ; *On fait c' qu'on peut* pour la Société des Enfants d'Appollon ; *Smart et Marquise*, fan-taisie mêlée de chant en collaboration avec Monjardin, musique de Le Rey, où l'auteur donnait lui-même la réplique à Mlle Flor' Albine, la gracieuse pensionnaire des Bouffes ; *La Lavandière*, musique de Hess, et *Chez la Muse*, musique de Marietti.

Edmond Teulet a interprété ses œuvres sur différentes scènes de concert ; d'abord aux vendredis classiques de l'Eden-Concert, au Concert-Parisien, puis à Ba-ta-Clan, au Moulin-Rouge, à la Splendide-Taverne (aujourd'hui Pari-siana), au Vingtième-Siècle, au Divan-Japonais sous la direction Sarrazin ; dans les cabarets : le Chien-Noir, les Quat'-z-Arts, le Carillon, le Conservatoire de Montmartre, les Noctambules, le Grillon ; et sur de nombreuses scènes de province, notamment à Marseille et à Lille, où il fit des séjours prolongés.

La critique s'occupa fréquemment d'Edmond Teulet et fut toujours pour lui bienveillante. Francisque Sarcey déclara charmante la voix et impeccable la méthode du chansonnier. Le labeur fourni par Teulet est énorme, et si — comme il le dit lui-même — sa gloire est relative, son mérite peut-être discutable, et sa fortune aléatoire, sa sincérité est certaine.

Voici une de ses dernières chansons inédites :

LES ATTENTATS

L'heure est pénible aux potentats,
A leur front pèse la couronne...
Ceux que la misère éperonne,
Que la famine tue en tas,
Croyant leur geste légitime,
Au meurtre poussent l'un des leurs...
Et le sang coule avec les pleurs...
L'histoire ne va pas sans crime.

Le geste est prompt comme l'éclair ;
Il déconcerte, ainsi, les sages ;
Il se répète dans les âges
Et le pain est toujours trop cher.
Le sang ne peut combler l'abîme.
Mais le cœur de l'humanité
Saigne depuis l'antiquité.
L'histoire ne va pas sans crime.

Et le monde nouveau, rêvé
Par des penseurs au front tenace,
Exempt de crainte et de menace,
L'Idéal étant arrivé,
N'évitera pas la victime,
Holocauste du genre humain...
Et verra qui vivra demain :
L'histoire ne va pas sans crime.

Je terminerai en disant qu'Edmond Teulet est officier
d'Académie depuis un an.

———————

Paul DAUBRY

Daubry m'a supplié de ne point dévoiler son véritable nom. Est-ce parce que ce nom désigne une voie mal famée des environs de la gare de l'Est? — Je ne sais. Néanmoins, mon devoir étant d'éclairer le lecteur, je dirai que le chansonnier qui nous occupe s'appelle de même que le calligraphe célèbre qui exécuta pour le duc de Montausier la *Guirlande de Julie* et que le Roi-Soleil gratifia du titre de « Maître Ecrivain ». Daubry est né le 4 novembre 1871, au Mans. Son père, officier de cuirassiers, lui fait faire de sérieuses études pour le préparer à Saint-Cyr. Mais le jeune homme a un goût prononcé pour la musique et le théâtre; il suit les cours du Conservatoire, en sort lauréat de la classe de piano et se fait engager... pour jouer les grands premiers rôles de drame aux Bouffes-du-Nord, direction Abel Ballet ; il passe à Beaumarchais, où il joue aux côtés de Dumaine, de Taillade et de Lacressonnière. Après avoir décroché un second prix de tragédie à l'unanimité, il va dire des vers aux vendredis classiques de l'Eden-Concert. Puis il entre comme pianiste accompagnateur au Divan-Japonais, direction Sarrazin; il compose là ses premiers morceaux sur des vers de Noël Villard. L'idée lui vient bientôt d'écrire lui-même ses paroles ; et les chansons qu'il fait alors décèlent la naïveté et l'inexpérience de leur auteur. Je me rappelle le commencement de la première d'entre elles :

> Je suis un poète,
> Hélas! sans galette,
> Comme la belette
> Seule en son grenier...

Ces essais, dont quelques-uns eurent, on ne sait pourquoi, un certain succès, ont été depuis baptisés par Daubry *Chansons infâmes*. Petit à petit cependant, notre chansonnier se rapproche de la note montmartroise ; il fréquente les caveaux de la Ville-Japonaise, de la Gauloise, de l'Epi-d'Or, des Adrets et les soirées de la *Plume;* il se fait entendre pendant quelque temps, dans ses œuvres, aux Nouvelles-Folies (ancien Alcazar d'Hiver) ; enfin, il entre au cabaret de la Butte et, peu avant la mort d'Hector Sombre (janvier 1894), il succède à celui-ci dans la direction du caveau du Clou. A cette époque, il crée un journal, *Montmartre artiste*, se lie avec les chansonniers du Chat-Noir, et Jules Jouy le prend bientôt avec lui aux Décadents. Dès ce moment, il s'adonne à la chanson politique et satirique et interprète avec succès *Challemel-Lacour à l'Opéra, L'Incident Thivrier, Le Logis de Poubelle, Perquisition, La Chanson de Zoladetto, L'Odyssée de l'Agent Poisson, et Les Présidences de Casimir.* Cette dernière occasionne la fermeture temporaire de l'établissement.

A la suite de cet incident, il entre à la *Cocarde*, de Maurice Barrès, y publie quelques chansons et y rédige une série d'articles sur les vieilles chansons de France. Engagé aux Quat'-z-Arts, il y fait, de 1895 à 1900, de longues stations, paraissant entre temps aux Eléphants, aux Coucous, au Carillon, à la Bohème, au Chien-Noir, aux Noctambules, au Théâtre-Salon et à la Feuille-de-Vigne, chantant parfois dans trois ou quatre établissements dans la même soirée.

Ses chansons politiques, qu'il réunit sous le titre *Les Frondeuses*, lui ont valu d'être maintes fois appelé à la préfecture de police pour y subir de vertes admonestations. Daubry ne s'attache pas seulement à blaguer nos gouvernants, il produit aussi des fantaisies : *Soirée mondaine, Sermon de Carême, A l'Exposition féline, Petit Ménage parisien* (affaire Bianchini), *Les Salons à prix fixes, La Femme galante, Les Spécialistes, Les Fils à Papa, Le Duel à l'américaine, Lorsque ma Femme cherche ses Puces,* et ces couplets qui faisaient délirer l'auditoire — *otempora!*

MADAME CARDINAL AU CHAMPIONNAT DE LUTTE

Aussitôt qu' j'ai z'évu dans le *P'tit Journal*
Qu' du championnat d' lutt' c'était l' combat final,
      Ah! mes enfants!
A mon homm' j'ai dit : « Gard' la log', mon coco,
Ce soir, j' vas fair' mon persil au Casino! »
      Ah! mes enfants!

A peine arrivé', les yeux s' fixent sur moi,
Si tant que j' rougis de pudeur et d'émoi,
      Ah! mes enfants!
Au fond, j' pensais : « Si j' trouve un type au pognon,
Je plaque illico mon homme et mon cordon! »
      Ah! mes enfants!

....Mais v'là qu' sur la scèn' les deux lutteurs sont v'nus.
J' m'écri' : « Qu'ils sont beaux! J' voudrais les voir tout nus! »
      Ah! mes enfants!
Là-d'ssus, un monsieur m' dit, la mine étonnée :
« Oh! la polissonn', la petit' passionnée! »
      Ah! mes enfants!

J'y réponds : « Toujours, c'est pas pour ton museau;
« Chez des gas comm' ça, moi, j' viens chercher c'qu'i' m' faut. »
      Ah! mes enfants!
Savez-vous c' que m' répond c' vilain dégoûtant?...
— Qu' chez eux, lui aussi, vient en chercher autant!
      Ah! mes enfants!

Puis il ajout', comm' si qu' j'avais pas compris :
« La femm' ça n' vaut rien; j' n'y attache aucun prix, »
      Ah! mes enfants!
« Tandis qu' ces homm's-là, c'est musclé, c'est cambré,
« Du haut en bas c'est merveilleus'ment membré! »
      Ah! mes enfants!

A peine achèv't-il ce discours trop vécu,
Qu'un autre monsieur lui flanqu' son pied au cul.
      Ah! mes enfants!

Mais lui se retourne et dit, dans un sourir' :
« Oh! merci, monsieur, vous m'avez fait plaisir! »
　　　Ah! mes enfants!

— Soudain l'on annonc', sans que d'abord je l' crusse,
Que l'un des champignons de la lutte est russe,
　　　Ah! mes enfants!
Je mont' sur un' chaise en gueulant : « Viv' le Tzar! »
— Un pompier me d'mand' si j'ai le feu quèqu' part.
　　　Ah! mes enfants!

Les lutteurs se prenn'nt, se p'lot'nt!... Ah! quel tableau!...
Ça m'passionn' si tell'ment qu' ma ch'mise est en eau,
　　　Ah! mes enfants!
« — Ça s'appell' des pass's, me murmure un grand roux, »
Puis il ajout' : « J'en f'rais bien une avec vous! »
　　　Ah! mes enfants!

Mais Pons, tout à coup, saisit Pytlasinski
Par la gorge, et crac!... il lui serr' le kiki.
　　　Ah! mes enfants!
J' crie : « A l'assassin! i' va l' détériorer! »
— « Ta gueul'! » me fait un vieux monsieur décoré
　　　Ah! mes enfants!

J'étais, en sortant de la r'présentation,
Dans un tel état de surexcitation,
　　　Ah! mes enfants!
Qu' j'ai dit à mon homme, en nous fourrant au pieu :
« Mets-toi z'à poil, on va lutter tous les deux. »
　　　Ah! mes enfants!

— En un' second', nous étions en position...
Tell' Vénus face à face avec Apollon!...
　　　Ah! mes enfants!
Mon homme m'attaque... et comme je m'affaisse,
I' m' rattrape, illico, par la peau des... jambes!
　　　Ah! mes enfants!

Jusque-là, donc, l' résultat est incertain...
Nous regigotons... La lamp' tombe et s'éteint...
　　　Ah! mes enfants!

A tâtons j' veux saisir mon homm' par les ch'veux,
I' gueul' : « C'est trop bas !... Tu m' fais mal, nom de Dieu ! »
    Ah ! mes enfants !

Au bout d'un instant, tout était sens d'ssus d'ssous...
Moi j'avais l'dssus... et mon homme était d'ssous !,..
    Ah ! mes enfants !
J'i f'sais toucher les deux épaules, oui-dà !...
J'y ai mêm' fait toucher bien autre chos' que ça !
    Ah ! mes enfants !

Après avoir fait des efforts superflus,
A la sixièm' reprise, il n'en pouvait plus ;
    Ah ! mes enfants !
Maint'nant c'est lui qui me tombe à tout moment,
Tout ça, voyez-vous, c'st une affair' d'entraîn'ment.
    Ah ! mes enfants !

Aussi j' conseille aux femm's sans tempérament
D'aller voir les lutt's, c'est vraiment excitant,
    Ah ! mes enfants !
Avant, chez nous, ça s' passait à la papa !
Maint'nant, j'en d'mand', j'en veux... j'en ai.., oh là là !
    Ah ! mes enfants !

Le chansonnier se double parfois d'un poète. Le vers
est alors mieux tenu, la forme plus châtiée et le fond plus
délicat, comme dans les *Sanglots* et les *Persifleuses*, qui
forment deux groupes de petits poèmes dont quelques-uns
sont charmants. Daubry, qui fait souvent lui-même la
musique de ses chansons, a publié plusieurs marches,
polkas et valses et composé la musique de quantité de
romances. Il a fait représenter six revues : *Paris-Bohème*
(cabaret de la Bohème, 1894), *Coups de Botte* (Bodinière,
1896), *Ah ! Berck, alors !* avec Yon Lug (Casino de Berck,
(1897), *Coups de Patte* (Grand-Guignol, 1898), *Mets-y un
bouchon,* en collaboration avec Léon de Bercy et J. Mévisto
(Quat'-z-Arts, 1898), *Les Coups de Pied de l'Ane,* en collaboration avec Roux (Ane-Rouge, 1901) ; deux mimodrames
et une pantomime-ballet sans aucune collaboration : *Le*

Rêve du Poète et *L'Idiot* (Théâtre Montmartre) et *Rédemption*
(Concert Parisien). Il a, en outre, en cartons ou en préparation, une vingtaine d'actes, soit en prose, soit en vers.

Paul Daubry abandonna Montmartre, il y a deux ans,
pour aller fonder à Asnières des soirées littéraires. A cet
effet, il acquit un café, y fit construire une salle de spectacle et, tout en s'occupant de l'élément « limonade », fut
à la fois directeur, régisseur, pianiste, chef d'orchestre,
machiniste et comédien. L'affaire n'apportant que des
bénéfices restreints, il revint à Paris et se fit engager aux
Bouffes-du-Nord, où il tient depuis les premiers rôles de
drame et de comédie. J'ajouterai que, depuis cinq ans,
Daubry organise la soirée des Saint-Maixentais au Cercle
Militaire, et qu'il chante annuellement au mess des officiers de la Garde, en présence des préfets de la Seine et
de police, qui ne s'effraient aucunement de la hardiesse
de ses satires.

Jules MÉVISTO

Plus communément dénommé Mévisto aîné pour le distinguer de son frère Auguste, le très consciencieux artiste du Théâtre-Libre, de l'Odéon, de la Porte-Saint-Martin et autres scènes.

Jules Mévisto — Wisteaux de son véritable nom — est né à Paris le 14 novembre 1857. A douze ans, il déclame des vers de Victor-Hugo en présence de Pierre Véron, qui lui conseille de lâcher immédiatement son professeur. Enthousiasmé par la lecture des *Chants du Soldat* de Paul Déroulède, il s'engage dès sa dix-huitième année au 13e régiment de chasseurs à cheval. Mais houspillé, tarabusté et malmené par l'adjudant Schluck, — que le génie de Courteline a rendu légendaire sous le nom de Flick, — il quitte la cavalerie légère et va terminer son service au 1er cuirassiers, où il conquiert les galons de fourrier. A sa libération, il entre à la Compagnie Générale Transatlantique, démissionne au bout d'un an, part avec une troupe de comédiens, parcourt l'Egypte, l'Indo-Chine, le Tonkin, l'Annam, le Japon, la Chine, jouant la comédie, l'opérette ou disant les vers de ses poètes préférés. De retour en France, il entre, en 1891, au Concert de l'Horloge et s'y compose un répertoire très en dehors, avec des œuvres de Charles Quinel, d'Ibels, d'Hector Sombre et de Montoya ; il y crée la chimérique Pierrot de Xavier Privas et se taille un joli succès avec l'interprétation du *Testament de Pierrot*. Dégoûté de certaines promiscuités, il quitte définitivement le café-concert en 1894 et se fait engager au Carillon. Il passe ensuite au Tréteau-de-Tabarin, au Conservatoire de Montmartre, à la Boîte-à-Musique, aux Quat'-z-Arts, à la Boîte-à-Fursy, disant ou chantant tour à tour des choses tendres, philosophiques ou satiriques, mais plus spécialement des couplets de Dominique Bonnaud, de qui il devient bientôt le collaborateur. Dès lors, comme les camarades, il se produit dans ses œuvres et se place à un excellent rang parmi les chansonniers. Il se souvient néanmoins des poètes qu'il interprétait autrefois et en récite de temps en temps quelques strophes.

Jules Mévisto collabora comme revuiste à *Mettez-y un Bouchon !* qui fut représenté aux Quat'-z-Arts en 1898, et donna lieu à un incident tragico-comique que je relaterai dans ma monographie des cabarets. Mévisto a écrit seul plusieurs chansons et monologues. Voici de lui quelques couplets, qui sont de circonstance à la veille des élections.

C' QUE NOUS L' SOMMES...!

. . . .

Allons! les paris sont ouverts;
Candidats bleus, blancs, roug' ou verts,
Mettez-vous la tête à l'envers,
    Pour nous convaincre.
Socialistes et radicaux,
Partisans du petit chapeau,
Bataillez, cardez-vous la peau,
    Car il faut vaincre!

« Mon concurrent est un voyou!
Un ancien failli! un filou!
Qui mérite la corde au cou,
    Ah! la canaille!
Quant à Machin, c'est un escroc,
Dont l'honneur a plus d'un accroc.
Dans l' quartier on l' trait' de... merlan,
    De rien qui vaille! »

Nommé député, l' candidat,
Désormais fort de son mandat,
Envers celui qu'il insulta
    Devient aimable;

Chose, qu'il traitait d'assassin,
Devient aussitôt son cousin,
Et tous deux, réputés malsains,
    S' trait' d'honorable!

Admirez-le, la bouche en cœur,
Toisant de haut ses électeurs
Avec un p'tit air protecteur,
    Plus un monocle...
N' dirait-on pas, positivement,
Que cett' fraction de parlement,
Figé', guindé', dans son vêt'ment,
    Attend son socle?

Faut-il que nous soyons fourneaux,
En votant pour ces étourneaux,
De croir' que des progrès nouveaux,
    — Coûte que coûte —
Soulageront les malheureux,
Diminuant l' nombre des gueux!
Un' fois nommés, ces beaux messieurs,
    Ce qu'ils s'en foutent!

Et c'est ainsi tous les quatre ans :
On nous r'sert les mêm' boniments,
Et nous coupons toujours dedans.
    C' que nous sommes poires!
Tant que la Chambre existera,
Le bon suffrag' l'entretiendra,
Et pour nous toujours ce sera
    La même histoire!

Mévisto chante avec science la chanson satirique ; sa diction est nette et son articulation parfaite ; il sait varier le port de la voix et l'accent selon les personnages qu'il fait parler ; seul le geste dont il souligne certaines de ses chansons semblé exagéré et rappelle un peu trop la pantomime. Il est, depuis quelques années, directeur d'un cours de déclamation ; et cette fonction lui a valu le ruban violet.

JEHAN RICTUS

C'est en 1885, à la Bosse, société ouverte qui réunissait
les jeunes poètes et artistes de la rive gauche, auxquels se
joignaient de rares étudiants en droit et en médecine, que
je vis et entendis pour la première fois Jehan Rictus.
C'était un grand jeune homme de dix-huit ans, pâle,
maigre, imberbe et timide, que semblait gêner la longueur
de ses membres grêles ; il descendait parfois des hauteurs
de Montmartre, où il habitait, et venait se mêler aux
« Bossus » afin de leur soumettre le fruit de ses élucubrations poètiques ; sa voix était blanche ; et son débit,
lent et douloureux, exposait déjà des « doléances » ; mais
rien dans le fond, ni dans la forme ne laissait prévoir les
Soliloques du Pauvre. Les déceptions et les rancœurs de
Gabriel Randon (il n'avait pas alors de pseudonyme)
n'étaient occasionnées que par de malheureuses amours,
ainsi qu'il ressort des strophes ci-dessous :

L'ÉTOILE

C'était un soir pareil à celui de ce soir ;
Je te lisais des vers éclos pour toi, maîtresse !
Je regardais la vie à travers ma détresse,
Car j'avais bu le vin grisant du désespoir.

L'horizon vaguement s'estompait de brouillard ;
Comme une plaie ouverte au flanc du grand mystère,
Une étoile saignait dans l'immense parterre
Troué comme une chair par un coup de poignard !

Hélas ! j'attendis bien longtemps silencieux ;
Et toi, n'ayant qu'ému ta fibre maternelle,
Une larme éclaira la nuit de ta prunelle
Comme l'astre naissant qui tremblotait aux cieux.

Tu raillas cependant ; et ton rire léger
Impitoyablement tua ma peine amère !...
L'étoile qui brillait d'un éclat éphémère,
Ce soir-là, ne fut pas l'Etoile du Berger.

Je fus dix ans sans le revoir.

Un soir de 1896, au Chat-Noir, — où je disais mes vers — Salis, à brûle-pourpoint, me demanda :

« — Quelle est votre opinion sur Rictus?

« — Je vous avouerai, répondis-je, que je ne m'en suis fait encore aucune, attendu que je ne connais pas un vers de lui.

« — Vous allez l'entendre, car il est dans la salle et il ne refusera certainement pas de nous dire quelques vers. »

Salis ne s'était point trompé. Rictus se fit prier pour la forme, puis il gagna le fond de la salle, récita *L'Hiver*, *Déception*, *Le Revenant* et obtint un immense succès.

« — Eh bien ! votre avis ? interrogea le gentilhomme-cabaretier.

« — De l'eau sucrée au caca », répondis-je brutalement.

J'ignorais alors ce vers de Rictus :

Ça sent la merde et les lilas !

répété une demi-douzaine de fois dans son poème *Le Piège*, dont la philosophie, à mon sens, n'aurait rien perdu à se priver de ce bouquet.

« — Mais *Le Revenant?* demanda à son tour le compositeur André Colomb, qui était alors accompagnateur au Chat-Noir.

« — Je veux, avant de me prononcer davantage, répartis-je, lire attentivement l'œuvre de Rictus. »

Hélas ! je reconnais que la lecture des *Soliloques du Pauvre* (1) et de *Doléances* (2) (à tort sous-titrées *Nouveaux Soliloques*) n'a que peu modifié mon premier jugement.

(1) Edition du Mercure de France. MDCCCXCVII.
(2) Id. MCM.

Non par bégueulerie, fichtre ! — dont me gardent à jamais les dieux — mais parce qu'il porte chapeau et redingote bien à lui, parce que, aussi, il décèle mainte fois son éducation et son instruction bourgeoises, je reproche au *Pauvre* de Rictus sa trivialité trop souvent ordurière. Cet « homme moderne, qui pousse sa plainte » contre les injustices du sort et les malveillances sociales, qui crie à l'aide, appelle au secours, son auteur le fait amer, mélancolique et pleurard :

> « On réfléchit, on a envie
> D' beugler tout seul « *Miserere* »,
> Pis on dit : Ben quoi, c'est la Vie !
> Gn'a rien à fair', gn'a qu'à pleurer. »

Passif, il se lamente et geint, sans que s'éveille en lui le moindre instinct de lutte, sans qu'il esquisse un geste de révolte ; il prie :

> « Pardonnez-nous les offenses
> Que l'on nous fait et qu'on laisse faire,
> Et ne nous laissez pas succomber à la tentation
> De nous endormir dans la misère,
> Et délivrez-nous de la douleur.
>
> *(Ainsi soit-il)* »

Une chose encore me choque en lui. Pourquoi ce miséreux qui parle d' « égérie », d' « entité », de « parabole » et qui discerne que ses palabres à lui-même sont des « soliloques », pourquoi, dis-je, emploie-t-il *cravailler, cravailleur, grapeau, goigt, amé, Guieu, cérémognie, méquier, mason, meillons, crottoir, oneiller,* pour : travailler, travailleur, drapeau, doigt, aimer, Dieu, cérémonie, métier, maison, millions, trottoir, oreiller ? Pourquoi encore cette dilection quasi-parternelle pour la violente interjection du général Cambronne ? Cet adornement coprogène de la navrance résignée de ce gueux refoule ma sympathie. Et

cependant, comme il est beau, parfois et superbement
lyrique, le Pauvre en son oariste à la mort !

> «... la Femme en Noir,
> La Sans-Remords... la Sans-Mamelles,
> La Dure-aux-Cœurs, la Fraîche-aux-Moelles,
> La Sans-Pitié, la Sans-Prunelles,
> Qui va jugulant les plus belles
> Et jarnacquant l' jarret d' l'Espoir :
> Vous savez ben... la Grande en Noir
> Qui tranch' les tronch' par ribambelles
> Et dans les tas les plus rebelles,
> Envoye son tranchoir en coup d'ailes
> Pour fair' du Silence et du Soir ! »

Ah ! s'il s'exprimait toujours ainsi, que je lui pardonne-
rais sa lamentable passivité et son argot — pittoresque
sans doute, mais trop *chiqué* — et nombre de grossièretés
qui font rire, quand le fond du discours semble tendre à
éveiller la trop léthargique pitié ! Mais aussi, voilà ! les
lettrés seuls et les dilettanti y trouveraient leur compte ;
et le gros public n'aurait plus lieu de s'esclaffer à la présentation :

> « Des candidats au copahu,
> Des jeun's genss' qui fait dans l' commerce
> Et qui s' sont dit : « Faut qu'on s'exerce
> A la grand' noce, au grand chahut ! »

et dont, après cotisation pour s'offrir une fille,

> « Un seul couch'ra... hein ! quel succès !
> Les aut's y s' tapront... sans personne
> (Ah ! c' qu'on est fier d'être Français
> Quand on se r'garde la colonne !) »

Je dois reconnaître cependant que le second volume de
Rictus dénote un sensible progrès, encore que l'auteur y
entretienne quelques scatologies et de menues ordures
dans ce *Piège* qui est d'une peinture vraiment saisissante.

Pourquoi l'a-t-il ainsi embrenné ? Je prise également très fort la *Complainte des Petits Déménagements parisiens* qui mériterait d'être citée toute entière. J'aime moins l'éloge de Bibi-la-Purée et *Pierreuse*, qui manque de conclusion...

Au moment de la déposition du chansonnier breton Théodore Botrel devant la Haute-Cour, Dominique Bonnaud et Numa Blès ont composé l'amusant pastiche que voici :

LA DÉPOSITION DE JEHAN RICTUS

Soliloque.

Eh ben ! oui, c'est moi Jehan Rictus,
L' poèt' de ceuss' qui n'ont pas d' pain !
Je n' suis pas v'nu dans un sapin :
J'ai mêm' pas d' quoi prendr' l'omnibus !
On est v'nu, c' matin, au p'tit jour,
Un d' la Préfectanc', dans ma piaule,
Me dir' d'aller à la Haut'-Cour !
I' m' prenait p't-êtr' pour eun' cass'role !
Mais i' s'a trompé ! que j' vous dis !
Car les complots d' Mossieu Philippe,
Ce que j' m'en bats l'œil, par principe !
J' m'en fous : il n'est pas d' mes amis.
 Mais j' m'en vas profiter d' l'occase
Pour vous dir' ce que j'ai su' l' cœur,
Et la détresse et la rancœur
Qui mett' eun' larme à tout's mes phrases.
Ah ! j'en ai trop su' l' palpitant !
J' m'en vas fair' mon p'tit Jérémie :
J'en ai p't-êtr' pour une heure et d'mie,
Mais ça n' fait rien ! nous avons l' temps !...
J'en entends qui murmur'nt, pleins d' morgue :
« Quoi qu'i' nous veut, c' macchabé'-là ?
Pour sûr qu'il arriv' de la Morgue
Avec la gueul' d'empeign' que v'là ! »
Je l' sais, vous êt's les pèr's conscrits !
Vous vous les roulez dans d' la plume,
Et tout's les gonzess's ed' Paris,
Quand a vous voient, leur œil s'allume !

À vous r'luqu'nt et jaspin'nt tout bas :
« C'est beau, c'est blanc, c'est gras, c'est blême!
Quand i' crach'nt, on dirait d' la crème !
I' boiv'nt du vin à tous les r'pas! »
J'en connais, moi, des sénateurs ;
Mêm', j'en voyais un à Montmartre,
Engoncé dans sa p'liss' de martre,
En hiver, il pétait d' chaleur !
Des fois qu'il avait bien dîné,
Qu'il avait bu des litr' à seize
Et boulotté des portugaises,
En passant, i' m' rotait dans l' nez !
Et moi qui p't-êtr' n'avais bouffé
D'puis sept ans qu' la peau d'eune orange,
Fallait encor que j' me dérange
Pour y laisser l' haut du pavé!

Ah! c'en est trop, en vérité!
A va crever, la société ;
A va crever, crever tout' seule!
A crèv'ra comme un panaris !
Et j' s'rai son nouveau Jésus-Christ :
On sait qu' j'en ai déjà la gueule!
Gueul' de poète et gueul' d'artiste,
Gueul' de prophète et gueul' de Dieu!
En dépit de tous les envieux
Qui m'appell'nt *Jésus-Christ dentiste!* (1)
On va tailler en plein dans l' vif,
On va r'faire un' société sainte !

. . . .
Mais voilà qu' sonn' l'heur' de l'absinthe,
Et j' vais prendre un apéritif!

La misère que subit Rictus en son adolescence a eu pour
résultat de le rendre timide et légèrement ombrageux. Il
a, ces derniers temps, introduit une action en justice
contre Ernest Gégout, qui, prétend-il, a voulu exploiter son
idée du *Revenant.* Il perdit son procès et — ce que nous

(1) Le mot est de Laurent Tailhade.

déplorons tous — opposition est mise sur ses droits, chez son éditeur et à la Société des Auteurs, jusqu'à complète couverture des frais et dépens.

L'auteur des *Soliloques du Pauvre*, contrairement à ce qu'on pourrait supposer, travaille en conscience tous ses poèmes et ne les livre au public qu'après les avoir revus avec soin et mis au point. Il réunit actuellement la matière d'un troisième volume dont la note sera — m'a-t-il assuré — toute différente de celle de ses deux premiers.

Bien que sa diction soit monotone, — atone même, pourrait-on dire, — ce qui fait que ses interprètes font souvent valoir son œuvre mieux que lui-même, Rictus a toujours beaucoup de succès sur les scènes où il porte sa plainte. Les intellectuels applaudissent la philosophie qui découle de ses rancœurs et le reste du public, c'est-à-dire le plus grand nombre, hélas ! trouve son compte dans les images réalistes qui couvrent trop absolument la pensée, ainsi rejetée à l'arrière-plan.

———

Eugène PONCIN

Né à Paris le 25 janvier 1860. Ses parents le destinant au dessin industriel pour meubles, il entra au Conservatoire de Musique à l'âge de quatorze ans ; passa à la Ville quatre concours, d'où chaque fois il sortit premier.

En 1877, lauréat du Conservatoire, il entre dans la carrière comme baryton d'opérette et d'opéra-comique ; il quitte la scène trois ans plus tard et embrasse la profession de... photographe. Cependant, en 1882, il devient chef-d'orchestre et parcourt en cette qualité la province pendant sept ans. De retour à Paris, il fait pour le café-concert des mélodies et des arrangements que signent des compositeurs en vogue ; il fait ainsi le « nègre » de 1889 à 1891. Combien, hélas ! furent et sont dans ce cas, tant en art qu'en littérature, dont le public ne connaîtra jamais le labeur et le talent ! — Mais il secoue le joug et travaille pour son propre compte ; pendant trois ans, il tient la corde avec les musiques que lui chantent Yvette Guilbert, Anna Thibaud, Polin, Maurel, Sulbac, Marius Richard et Fragson. Parmi ses succès d'alors, je me rappelle : *La Soularde, La Goule, Les Mioches, Les Pécheurs d'Islande, Les Brunes et les Blondes, Ce que chantent les Vagues* et *La Pierreuse*, avec Jules Jouy pour les paroles ; puis *Le Chemineux, La Marche des Vieux-Beaux, Quand je suis une Modiste, Brin de Vie, Le Baiser au Régiment*, etc., etc.

Après avoir été chef-d'orchestre à Ba-Ta-Clan et au Petit Casino, il décide d'interpréter lui-même sa musique dans les cabarets en s'accompagnant au piano. Il fait l'ouverture du Conservatoire de Montmartre, de la Feuille-de-Vigne, vient grossir la fournée des chansonniers à Trianon, chante ensuite aux Quat'-z-Arts, aux Noctambules et au Grillon ; fait de fréquentes disparitions pendant lesquelles il court la province et l'étranger, tantôt comme chef-d'orchestre, tantôt comme interprète de ses œuvres, visitant ainsi Saint-Etienne, Marseille, Cherbourg, Berck, Nancy, Bruxelles, Gand, Anvers, etc.

Poncin a composé plusieurs opérettes et un grand nombre de morceaux d'orchestre. Sa musique est généralement gaie, bien scandée et se retient presque toujours dès la première audition. Sa note est personnelle, sa voix est sonore et juste, et sa diction ne laisse rien à désirer.

Signes particuliers : affirme qu'il n'est pas convaincu le moins du monde ; blague beaucoup autrui et lui-même ; adore la bicyclette, les gros cigares, l'hydrothérapie et les petites femmes ; a la manie du calembour ; se dispute tous les jours avec son excellent camarade Jehan Rictus ; jalouse Dhervyl, qui le dépasse en myopie ; et s'intitule fièrement « le seul chansonnier qui ne soit pas de Montmartre ».

Théodore BOTREL

Taille moyenne, démarche élégante, physionomie ouverte et souriante, l'œil vif et franc, le nez busqué légèrement; la voix douce, sans grand éclat, mais claire et d'un timbre agréable ; tel est le « barde breton » Théodore Botrel, né à Dinan (Côtes-du-Nord), en 1870, d'une famille qu'avaient ruinée des spéculations malheureuses et qui ne put que l'envoyer à l'école primaire. C'est dire qu'il est fils de ses œuvres.

Après avoir accompli son service militaire à Rennes, dans un régiment de ligne, il entra comme employé à la Compagnie des chemins de fer Paris-Lyon-Méditerranée. Il fit ses débuts comme chansonnier, en 1895, au Chien-Noir, et n'abandonna son emploi que lorsqu'il eut acquis la certitude de pouvoir vivre de sa plume. Il a l'amour de son pays natal ; et il l'exalte dans ses chansons, qui célèbrent presque exclusivement la Bretagne, la mer et les Bretons. Chacun connaît *La Paimpolaise*, qui a fait le tour du monde, *Les Terr'-Neuvas, Noël à bord, Dors, mon Gars, La Vilaine, La Jalouse, Mon Pen-Bas, Le Vœu à Saint-Yves, Les Gâs de Morlaix, La Voix des Cloches, La Complainte du Roi d'Ys, Les Gars de Saint-Malo.*

Il a déjà plusieurs volumes ou albums en librairie. *Les Chansons de chez nous*, qui en sont à leur trentième mille, ont été couronnées, en 1899, par l'Académie française, qui décerna à leur auteur le prix Montyon, alors que deux ans auparavant elle avait refusé le legs Montariol que, par testament, le donateur la chargeait de consacrer à la constitution d'un prix à accorder au chansonnier le plus méritant. La docte assemblée expliqua son refus en déclarant que la chanson est un art trop inférieur. O sainte logique !

Voici la préface du livre couronné :

CHEZ NOUS (1)

Chez nous, le « chez nous » de là-bas,
C'est Toi, cher petit coin de terre,
Qui part d'Ille-et-Vilaine et vas
Finir avec le Finistère,

C'est Toi, l'aïeule aux grands yeux doux
Des Celtes aux larges épaules,
Au cœur fort, aux longs cheveux roux,
Premiers fils des premières Gaules,

C'est Toi, la terre du granit
Et de l'immense et morne Lande,
Pieuse Armor au sol bénit
Par les grands saints venus d'Irlande ;

Où l'on rencontre à chaque pas
Des menhirs près des croix de pierre,
Où le ciel est si bas, si bas...
Qu'on y voit monter sa prière !...

Et c'est pour tes fils que j'écris:
Pour tes filles rudes et belles,
Pour tes gâs, rêveurs aux yeux gris,
J'ai rimé ces chansons nouvelles ;

Pour eux, les matelots hardis,
Qui les chanteront à la lune
En songeant à ceux du pays
Le soir, au bout de la grand'hune ;

Pour les douaniers qui, la nuit,
Durant leur garde monotone
Afin de charmer leur ennui
Les diront au grand vent d'automne;

(1) Préface de « *Chansons de chez nous* », 1 vol. chez Ondet, éditeur.

Pour les tricotteuses de bas,
De même que pour les fileuses
Qui, pour bercer leurs petits gâs,
Leur fredonneront mes berceuses ;

Pour le laboureur dans son champ
Qui, rêvant aux moissons superbes,
Les dira de l'aube au couchant
Pour rythmer la coupe des gerbes !...

Elles sont aussi pour tous ceux
Sur qui l'air des grand' villes pèse
Et qui, les murmurant chez eux,
Croiront respirer plus à l'aise...

Mais à ceux qui, sévèrement,
Jugeront ma « Littérature »
Je dirai que chez moi vraiment
L'esprit n'eut guère de culture ;

Que chez le pauvre, il faut pouvoir
De bonne heure aider père et mère,
Et que, dès lors, tout mon savoir
Me vient de l'école primaire ;

Et qu'enfin, les gâs de « chez nous »
Tel qu'il est, trouvent bon leur chantre :
Pour sonner dans nos binious
Suffit d'avoir du cœur au ventre !

Théodore Botrel publia ensuite *Chansons de Jacques-la-Terre* et *Chansons de Jean-la-Vigne*, illustrées par Steinlen ; puis *Chansons pour Lison*, poèmes d'amour rustique illustrés par Lucien Métivet et mis en musique par Désiré Dihau ; *Chansons de la Fleur-de-Lys*, avec une préface de Georges d'Esparbès et des lithographies hors texte de E.-H. Vincent, qui signa antérieurement les dessins des *Chansons de chez nous* ; *Contes du Lit-Clos*, légendes et récits en vers, illustrés par D.-O. Widkopf, et suivis de *Chansons à dire*, avec dix dessins d'Abel Truchet ; *Coups de Clairon*, une série de chants de guerre. Ces différents ouvrages ont été édités par Georges Ondet. Il a en préparation chez Gallet un nouveau volume qui réunira sous ce titre : *Les Chansons de Jean-qui-Chante*, trois séries déjà parues séparément : *Chansons de Jean-le-Rêveur*, *Chansons de Jean-le-Marin* et *Chansons de Jean-le-Terrien*, qui ont toutes été mises en musique par André Colomb. Il travaille actuellement à une série nouvelle : *Chansons humaines*, également avec André Colomb. Je prends au hasard parmi les plus récentes :

LA VEUVE

Mon homme est mort à Terre-Neuve
Voici déjà plus de sept ans.
Déjà sept ans que je suis veuve,
Moi qui n'ai pas trente printemps !

Tombant dru comme fait la pluie,
Mes pleurs ont noyé mes amours...
Mais à la longue l'on oublie :
On ne peut pas pleurer toujours.

Le brigadier de la douane
Depuis longtemps m'aime en secret :
Si j'épousais le bel Antoine,
Qu'est-ce que le pays dirait ?

Les vieilles filles du village
Me verraient, d'un œil dépité,
Goûter deux fois au mariage
Dont elles n'ont jamais goûté !

Je sais fort bien qu'au clair de lune,
— Si je prends un nouveau mari, —
Les bonnes gens de la commune
Me feront un charivari :

Bon ! préparez vos casseroles,
Trépieds, pincettes et chaudrons ;
Plus nous serons de fous, de folles,
Plus nous rirons et chanterons !

Criez et cognez sur ma porte,
J'épouserai, dès la Saint-Jean,
Le beau douanier qui m'apporte
Son cœur et ses galons d'argent ;

Oui, ma foi ! j'accepte ses offres,
Narguant les jaloux assemblés
Qui voudraient qu'on brûle les coffres
Quand on en a perdu les clés.

Enfin, il vient de faire paraître chez Ondet un ravissant album illustré comprenant quinze chansons d'enfants : *Les Chansons des Petits Bretons.*

En fait de théâtre, Botrel a écrit une douzaine de petites comédies de salon dont quelques-unes furent représentées à la Bodinière et au Cercle Funambulesque.

Le barde breton a chanté au Tréteau-de-Tabarin, aux Quat'-z-Arts, au Pa-cha-Noir, à la Guinguette-Fleurie et aux Noctambules, partout avec un égal succès. Il a aujourd'hui définitivement abandonné Montmartre et Paris, et habite en Bretagne. Il y est adoré des malheureux, dont il est la providence. Sa plus grande joie est de soulager ceux qui souffrent et il sait être mieux que charitable : il n'humilie pas et le sourire nait avec l'aide qu'il apporte.

Néanmoins, il continue à chanter dans des tournées qu'il organise lui-même et où l'accompagnent Mme Botrel, qui interprète avec grâce certaines chansons de son mari, André Colomb, qui est devenu son compositeur et accompagnateur attitré, et quelquefois un baryton qui est chargé des chansons d'une trop grande importance mélodique. La troupe ainsi formée se fait entendre dans les cercles aristocratiques, dans les châteaux, et aussi dans les salles de spectacle.

Au moment où se jugea le « complot » Déroulède-Buffet-Guérin, Théodore Botrel faillit être compris au nombre des conjurés et poursuivi.

Songez donc ! on avait découvert qu'il avait été en correspondance avec le duc d'Orléans, chez qui il était allé,

vers la fin de 1898, en compagnie de Charles de Sivry,
chanter ses chansons bretonnes. Il ne fut cité que comme
témoin. Qu'eût-ce été si l'on avait su que le prétendant
lui avait remis en souvenir de sa visite un écrin contenant... une croix de chevalier de Saint-Louis avec ruban ?
Peut-être aurait-il aussi été banni ?... Quelle douce et
belle chose que la politique !

On a reproché à Botrel quelques termes impropres ou
faiblards. J'ai dit qu'il n'était jamais allé qu'à l'école
primaire ; tout ce qu'il a acquis qu'on n'y enseigne pas est
le résultat de son travail personnel, et je considère que ce
qu'il a produit en tant que chansonnier est, comme valeur,
bien au-dessus de la moyenne ; certaines pièces que je
pourrais citer sont impeccables et l'ensemble, en tout
cas, prouve le versificateur méticuleux, le penseur et —
je dirai plus — le poète.

Dominique BONNAUD

En parlant de Bonnaud, Numa Blès, qui est son collaborateur et son ami, s'exprime de la façon suivante :

Bonnaud, que ses parents nommèrent Dominique,
A conquis à Montmartre un renom d'homme inique
Pour avoir quelquefois piqué jusques au vif
Plus d'un concitoyen de son style incisif !
Tout jeune, il eut l'honneur, qui certes n'est pas mince,
En de lointains pays d'accompagner un prince !
Il visita l'Asie et l'Inde et le Brésil ;
Et déjà, s'il n'avait pas beaucoup de braise, il
Se consolait gaîment d'une chanson badine.
Aujourd'hui qu'il a pris du ventre, il tabarine
Et vient, sur les tréteaux, apporter chaque soir
La contribution directe du Chat-Noir.

D'autre part, ses camarades du Cabaret des Arts indiquent ainsi son domicile :

« L'été au château de Saint-Pont, près Gennevillers (Seine).
L'hiver au Casino de Fresnes-les-Rungis. »

Et ils ajoutent :

« Dominique Bonnaud, célèbre explorateur et chansonnier, d'origine corse, né à Paris, rue Vineuse, en 1864.
Fit une partie de ses études au collège de la Martinique et
l'autre à celui de Tananarive (Madagascar) par amour des
voyages. Avait fait à onze ans plusieurs fois le tour du
monde. Il découvrit en 1876 la rue Boudreau et le théâtre
de l'Athénée-Comique, que beaucoup de gens s'obstinaient
à placer en Suède. L'année suivante, il parvint, après des
difficultés inouïes, jusqu'à l'Odéon, expédition qui lui valut,
du reste, la médaille d'or de la Société de géographie.

Enfin, mis à la tête d'une mission spéciale par le gouvernement, il détermina la position exacte du Théâtre Cluny, que Malte-Brun déclarait n'avoir jamais existé.

« Mais ces succès ne lui suffisaient pas et, sur les instances de Rodolphe Salis, il s'adonna à la poésie. Il fut nommé bientôt poète officiel de la Compagnie de l'Ouest et composa le quatrain demeuré célèbre qui brille d'un éclat incomparable aux parois de nos wagons :

> Pour que nul voyageur ne puisse, un jour, prétendre
> Que c'est faute d'avis qu'il s'est cassé les reins,
> Il est expressément défendu de descendre
> Des voitures, avant l'arrêt complet des trains !

« Puis il fit des chansons qui furent bientôt populaires, au point que Stanley les entendit fredonner au cœur de l'Afrique par des peuplades inconnues. *L'Expulsion d'Otero, Le Député soldat, Le Mariage du Sâr Péladan, L'Alliance franco-russe, Le Czar à l'Académie, La Prudence de M. Méline, Histoire d'un grand Complot*, etc. Bref, il a mis en couplets satiriques et verveux tous les événements marquants de ces dernières années.

« Deux chansons, en collaboration avec Numa Blès, lui valurent les rigueurs de la justice et le firent condamner à la peine de mort d'abord, à six ans de réclusion ensuite. C'étaient *Les Stances à Émile* et *Le Chapelet de l'Élysée*. Bonnaud ayant retiré ces chansons de son répertoire, ses peines furent commuées en l'obligation d'écouter successivement huit revues de café-concert. On espérait ainsi le rendre complètement idiot. Heureusement sa robuste constitution triompha. Il survécut.

« Dominique Bonnaud est chevalier du mérite horticole et — depuis deux ans seulement — pédicure honoraire de M. Paul Deschanel. »

Avant de chansonner, Dominique Bonnaud fut rédacteur au journal *la France*, aux côtés de Millerand et de Lanessan, ministres actuels de la Défense républicaine, dont il met aujourd'hui les actes en couplets. Ce n'est qu'en 1895 qu'il

entra au Chat-Noir, à la prière du gentilhomme-cabaretier.
Un an plus tard, il appartient à la troupe du Chien-Noir
et au Cabaret de la Chanson, qu'avait installé M. Dartenay
au petit théâtre situé au fond du passage de l'Opéra. En
1896 et 1897, il chante chaque soir dans quatre ou cinq
cabarets ; au Tréteau-de-Tabarin, au Violon, aux Noctambules, au Théâtre Pompadour et ailleurs. Lorsque Salis,
après la fermeture du Chat-Noir, organisa ses dernières
tournées, il rappela Bonnaud et l'emmena à sa suite. Au
cours du dernier voyage du célèbre cabaretier, les chansonniers, inquiets de l'état de santé de leur directeur et
craignant qu'il ne fût contraint de se reposer, invitèrent
Bonnaud à se préparer à le remplacer. Le chansonnier
s'appliqua à retenir les boniments du patron, ses gestes
et jusqu'à son organe, sonore encore, mais enroué ; si bien
que lorsqu'il se trouva dans l'obligation de présenter le
spectacle, certains qui connaissaient la voix de Salis
et samanière de dire, crurent la reconnaître dans
l'obscurité pendant le défilé des héroïques silhouettes de
L'Épopée.

Pendant deux ans, il courut la France, l'Algérie, la
Tunisie, la Belgique comme directeur, présentateur, bonimenteur, commentateur et chansonnier, ne s'interrompant
que pour se produire à Trianon parmi la pléiade qu'avait
réunie M. Chauvin. Après une longue tournée organisée
par Mᵐᵉ Salis, il contracta une violente fièvre qui le tint
huit mois au lit. Son absence fut vite remarquée et le
bruit se répandit de sa folie et de sa mort ; un journaliste,
M. Schneider, s'en fit même l'écho et consacra à Bonnaud
des articles nécrologiques dans *le Soleil* et dans *la Paix.*
Comme son camarade Montoya, Bonnaud ressuscite et
paraît un béau soir, à la stupéfaction de quelques-uns,
sur la scène des Mathurins. Depuis, il a fortement contri-
bué à la joie des soirées du Tréteau-de-Tabarin, au Cabaret des Arts et de la Boîte-à-Fursy. Pendant l'Exposition
de 1900, M. Juven, directeur de la Maison du Rire, engagea Bonnaud, à raison de quinze cents francs par mois,

pour présenter les ombres qui avaient autrefois figuré
sur l'écran du théâtre du Chat-Noir.

La manière de Dominique Bonnaud procède de celles
de Mac-Nab et de Jacques Ferny ; il atteint souvent à la
cocasserie du premier, mais reste bien inférieur au second
quant à la forme. Ce qui le différencie surtout de Ferny,
c'est qu'il veut faire trop vite ; non seulement il ne prend
pas le soin de mûrir sa conception, mais encore veut-il la
mettre à jour avant terme : il la confie prématurément au
papier, puis, s'apercevant alors qu'elle est incomplète et
dans la crainte d'être devancé par un confrère, il a recours
à un collaborateur. Du moins est-ce ce que je déduis en
voyant un grand nombre de ses chansons signées : Dominique Bonnaud et Numa Blès, ou Dominique Bonnaud et
Mévisto aîné. Il se peut également que les collaborateurs
lui apportent des idées qu'ils désirent traiter à sa manière.
Quoi qu'il en soit, l'œuvre de Bonnaud est empreinte du
véritable esprit chatnoiresque, et j'ai toujours pris beaucoup de distraction à les entendre. Voici un « petit sonnet
sauce Coppée » qu'il improvisa un soir en collaboration
avec Montoya dans la boutique d'un potard montmartrois :

CHOSES VUES DANS UNE PHARMACIE

Entre les deux bocaux, ces phares du codex,
Près d'un ver solitaire accordéoniforme,
Long comme un jour sans pain, long comme Hugues Delorme,
Le Potard a surgi, solennel pontifex.

De ses doigts fuselés tachés d'iodoforme,
Pieusement entre son pouce et son index,
Il saisit dans la montre un clysopompe énorme
Et le remplit jusques au bord d' « aqua simplex ».

Narquois observateur, aussitôt je devine
Qu'une femme, là-bas, au fond de l'officine,
Rougissante, retrousse un coin de son jupon

Et découvre l'envers de son minois fripon
Pour l'offrir au baiser pointu de la canule,
Et je n'ai pas trouvé cela si ridicule.

Bonnaud exploite plus spécialement la chanson politique et j'aurai à traiter longuement de son œuvre dans
une très prochaine monographie de la satire politique à
Montmartre.

ZAMACOÏS

Fils d'un peintre espagnol, peintre lui-même, élève de
Gérome, bachelier ès lettres, Miguel-Luis-Pascual de Zamacoïs abandonna un jour la palette pour la lyre, qu'il vint
pincer en fantaisiste au Chat-Noir (1895-1896). Collabora
à diverses publications périodiques, tantôt comme rédacteur, tantôt comme illustrateur; appartint dans ces derniers temps au journal *le Gaulois;* revuiste spirituel et
adroit, a détenu dernièrement le record du succès avec
une revue représentée au Concert-Européen.

Zamacoïs est né à Louveciennes (Seine-et-Oise), en 1866.

Gaston RICHARD

Parisien au physique extrême-oriental, surnommé par
Rodolphe Salis le poète japonais; ne fit, comme le précédent et vers la même époque, qu'un court passage au Chat-
Noir; a disparu depuis, et est peut-être retourné au
commerce, d'où il s'était échappé pour essayer l'ascension
de l'Hymette montmartroise.

Richard venait d'atteindre sa vingt-cinquième année
quand se leva l'aurore du présent siècle.

Antoine BRUN

Grand, beau et bon garçon, justifie par la teinte de sa chevelure et de ses moustaches le nom qu'il tient de sa famille. Doué d'une voix superbe de baryton, il s'en sert de la façon la plus agréable pour interpréter ses compositions musicales dont quelques-unes sont véritablement délicieuses. Entendu par hasard par Salis, celui-ci l'engagea au Chat-Noir et l'emmena en tournée pour chanter les pièces d'ombres de Georges Fragerolle et se produire dans ses propres œuvres. De celles-ci je mentionnerai tout spécialement *Ma Promise*, un petit chef-d'œuvre de grâce et de joliesse, *Prière d'Amour, Fou, Nos Démons, Je passe* et *Amor*. En 1897, Brun fit une passagère apparition au Cabaret du Monôme, rue Champollion ; et depuis, nul ne le revit à Paris sur aucun tréteau.

Brun est originaire de Bordeaux, où il naquit en 1865.

CLÉMENT-GEORGE

Souriant, aimable, prévenant et coquet, bien pris et de taille moyenne, Abel-Georges-Clément Moulin, dit Clément-George, semblerait un petit abbé, n'était la barbe qu'il porte entière, très brune et très soignée. Il est né à Rochefort-sur-Mer, le 19 mai 1874.

C'est comme chanteur qu'il débute à l'âge de vingt ans en s'enrôlant dans une tournée dont font partie Lucas-Strofe, Lassailly, Dalbert, Lavater et Jean Varney, visite avec elle plusieurs villes du centre et du sud-est de la France, rentre à Paris et se fait engager à l'Ane-Rouge par Gabriel Salis en 1895; l'année suivante, on l'accueille au Chat-Noir. Il accomplit ensuite de nombreuses tournées avec l'impresario Baret, avec la compagnie du Chat-Noir et celle de la Roulotte. En 1897, il se fait applaudir à la Roulotte pour la souplesse de sa voix et la délicatesse de son jeu dans *Les Chansons animées : Berceuse triste*, de Xanrof; *La Ballade du Désespéré*, de Marcel Legay, etc. C'est à cette époque qu'il se révèle poète et écrit une série de romances ; il les édite à son compte et en publie quelques-unes au *Gil Blas illustré* et à *La Vie illustrée*. Je mentionne : *Le Miroir, Pastorale, Stances, Rondel d'Avril, Sur la Grève, Apaisement, Métamorphoses, Etrennes d'Amour, La Clairière, Tristesse hivernale, Matutina* ; et je cite *Le Peignoir :*

> Rehaussant d'un ton violet
> L'éclat de tes cheveux d'or fauve,
> Sur ta nuque, le peignoir mauve
> Met la douceur de son reflet;
> Autour de ta chair qui s'irise
> Des lueurs tendres du matin,
> Son frêle tissu de satin
> Vole comme souffle de brise.

Dans ce troublant déshabillé,
Tu parus, vision fleurie,
Illuminant ma rêverie,
De ton sourire ensoleillé ;
Et sous l'étoffe vagabonde,
Mes yeux grandis par le Désir,
Vainement cherchaient à saisir
Les splendeurs de ta Beauté blonde.

Et j'ai maudit le fin tissu,
Dont les plis ondoyants de vagues
Dérobaient en des contours vagues
Ton corps à mon regard déçu,
Rêvant, pour d'intimes ivresses,
De couvrir tes charmes rosés
D'un peignoir... tissé de baisers,
Tramé du frisson des caresses.

En 1898, au retour d'une tournée avec Mme veuve Salis, il entre au Conservatoire de Montmartre et chante en même temps aux Noctambules ; il fait ensuite de nouveaux voyages en France et à l'étranger, se produisant dans ses œuvres avec l'ancienne troupe de la Roulotte ou interprétant, comme récitant, les *Cantomimes*, de Xavier Privas.

Le chanteur et le poète sont en Clément-George doublés d'un dessinateur de mérite. En cette dernière qualité, il a illustré pour Hachette, Ondet, Grus, Meuriot, Coutarel, Fromont, etc., des quantités de chansons ; enfin, il vient de peindre, pour le Petit-Théâtre, les décors d'une pièce d'ombres : *Moissons*.

Ajoutons que Clément-George est élève de Cormon.

Gaston PERDUCET

Chansonnier-compositeur, né à Rouen le 7 avril 1871 ;
commence à apprendre seul la musique et se fait de bonne
heure admettre comme violon dans un orchestre. Après
avoir été cinq ans employé dans une étude d'avoué, il vient
à Paris en septembre 1895 et chante successivement au
Chien-Noir, au Tréteau-de-Tabarin, à la Boîte-à-Musique,
à la Roulotte, à l'Exposition de 1900 et crée les *Cantomimes* de Xavier Privas en province et à l'étranger. Ses
principaux collaborateurs pour les paroles sont : Botrel,
avec *Amours défuntes* et *Berceuse du Violoneux ;* Léon
Durocher, dont il met en musique *Guitare fleurie, Pourquoi bouder, Pudeurs tardives, Soldat Louis XV, Manette,
Romance d'Automne, La Sonnette d'Alarme* et *Chanson de la
Loire ;* Maurice Boukay, avec *Interrogation ;* Caldine, avec
Désespoirs de Pierrot, Madrigal timide, Triolet à la Marquise
et *Qu'importe à l'Amour ;* Hugues Delorme, avec *Maîtresse
d'Hiver ;* Lucien Boyer, Clément-George, Ruffier, René
Ponthière, George Docquois, Quinel, Jules Lafforgue, etc.

Perducet, dont la voix de baryton-martin est d'un timbre
agréable, chante avec goût ses jolies mélodies et ajoute
ainsi un charme de plus aux poésies qu'il choisit en véritable artiste.

Emile BESSIÈRE

Né à Montsalès (Aveyron), le 15 août 1860. Entre à l'âge
de quinze ans, en qualité de comptable, aux magasins de
nouveautés du Petit-Saint-Thomas ; mais porté à aligner
plutôt des rimes que des chiffres, il ferme un beau jour le
grand-livre et donne sa démission. La modestie de son
pécune l'oblige à se débrouiller. Il apprend quelques
romances et, comme sa voix est jolie, il va demander audition à Ba-Ta-Clan. On l'engage, à cette condition, toutefois,
qu'il prenne un nom de concert. Il choisit le pseudonyme
de Darvel et passe de Ba-Ta-Clan à l'Eldorado, puis à l'Eden-
Concert, au Concert-Parisien et à l'Alcazar. Afin d'aug-
menter ses ressources, il résout de faire des chansons et
se fait admettre à la Société des Auteurs, Compositeurs et
Editeurs de musique. Servi par l'expérience et sachant le
goût du public, il acquiert promptement le tour de main
nécessaire et ne tarde pas à cueillir, comme auteur, des
succès égaux à ceux qu'il a connus comme chanteur.

La Môme aux grands Yeux, qui est une de ses premières
chansons, fut tirée à des milliers d'exemplaires et *Les Ingénues*, remarquées par Yvette Guilbert, rapportèrent à leur
auteur des droits considérables.

A trente ans, Bessière quitta les planches pour se marier
et fonda à la porte de Châtillon un établissement où il
faisait concert une fois par semaine donnant de sa personne autant comme limonadier que comme chanteur. En
1895, il vint sur la Butte et se fit engager par Martin au
Conservatoire de Montmartre. Il partagea là, avec le compositeur Eugène Poncin, la charge de faire comprendre
au public que certaines chansons écrites en vue du café-
concert peuvent avoir droit de cité dans les cabarets ; et
je puis dire que tous deux y réussirent.

Pourtant, Emile Bessière ne demeura que peu de temps à Montmartre ; il alla installer, avenue La Bourdonnais, un concert et y institua des vendredis *select* où il fit défiler tout ce que la Butte Sacrée compte de poètes et de chansonniers. Depuis la dernière exposition, ce concert est devenu un petit théâtre où l'on joue la comédie, le vaudeville et l'opérette.

Citer tous les succès de Bessière au café-concert serait impossible. Après avoir dit qu'il sait être tour à tour tendre, aimable, rêveur, satirique et réaliste, je me bornerai à mettre sous les yeux du lecteur les strophes de son

MADRIGAL DE PIERROT

Ma Colombine! si tu veux
Me laisser baiser tes cheveux
Auréolant ta chair de brune,
Pour l'enrichir immensément
Je pars de suite au firmament
Faire de grands trous à la lune.

Avec mes lèvres je prendrai
Mesure du lobe nacré,
Coquille rose sans pareille !
Et des étoiles, palsambleu !
Clignotant dans le zénith bleu
Je ferai tes pendants d'oreille...

Pour voir, dans un sourire exquis,
Tes quenottes, blancs grains de riz,
Faudra-t-il que je te promette
De ravir aux cieux en suspens,
En guise de plumes de paons,
La toison de quelque comète ?

Et si tu me donnes l'espoir
Que je pourrai peut-être voir
Tes genoux à l'heure nocturne,
Leur jarretière, en bracelet,
Sera, si ça ne te déplaît,
Grâce à moi, l'anneau de Saturne !

Bessière a collaboré à plusieurs journaux et revues, entre autres au *Journal des Beaux-Arts*, au *Radical*, à l'*Evénement*, aux *Annales littéraires et artistiques*.

En dehors de ses chansons et de ses monologues, dont un premier volume est paru : *Autour de la Butte*, préface d'Yvette Guilbert, et dont un second est en préparation : *Vaines Chansons*, il a fait représenter : *Maire et Martyr*, opérette, musique de Paul Marinier ; *La Môme aux grands Yeux*, opérette, en collaboration avec Aimé Ruffier ; *Paris retroussé*, grande revue à spectacle ; *L'Evangile moderne*, au théâtre Antoine ; *Les Stances à Manon*, à la Bodinière ; *L'Ami Vandière*, opérette, à Ba-Ta-Clan; *Après le Combat*, drame militaire en trois actes ; *Vanité*, comédie en trois actes, au Vaudeville ; *Le Vert-Galant*, opéra-comique en trois actes.

Il a, en outre, un acte reçu au Français : *Le Déserteur*, et trois actes à Déjazet : *La Petite Balthazar*.

Disons enfin que Bessière a les palmes d'argent depuis janvier 1896.

Fernand CHÉZELL

Mon camarade Chézell me prie de ne dévoiler ni son nom, ni sa profession, de peur que cela lui attire quelque désagrément en l'étude de M⁰ ***, son austère patron. Je ne serai donc qu'à demi indiscret et dirai que le véritable nom de Chézell est celui d'un oiseau qui n'est ni échassier, ni gallinacé, ni grimpeur, ni rapace, ni nageur. Cependant Chézell n'est, en aucune façon, l'homonyme de Courteline. Recourons, si vous le permettez, au latin qui brave tant de choses ; écrivons *passerellus...* et passons.

Fernand Chézell est originaire de la Charente-Inférieure, où il naquit à Pons, le 16 février 1870. Donc, trente-deux ans, pas de corset ; mais l'air d'en porter un, afin de ne pas perdre un pouce de sa taille (1ᵐ,62). Il est, dit le compositeur Poncin, le seul chansonnier qui blanchisse en ne vieillissant pas. Son aspect est froid, sa bouche gourmande, et son œil malin et fouailleur abrite derrière un binocle l'acuité de son regard.

Au collège, il pastichait Lamartine et Alfred de Musset, et à la Faculté de Bordeaux, l'étude du droit le porta inévitablement... à écrire des chansons. Mais la vie de province lui pèse et, malgré les objurgations de sa famille qui lui prédit une fin déshonorante, il débarque un beau jour à Paris et va le même soir se mêler à la troupe des Quat'-z-Arts (1895). Quand sa froide ironie n'était pas comprise (ce qui arrivait quelquefois), il s'amusait à abrutir les profanes en leur servant une longue série de rimes millionnaires dans le genre de celle-ci :

ORIENTALE (?)

Comme un wagon qui va bondir hors de ses rails,
Yousouf, un jour, songeait à forcer le sérail

Pour calmer les transports de sa fureur jalouse :
Car il aimait la favorite, une Andalouse.
Son orgueil en souffrait et trouvait insultant
De se sacrifier au plaisir d'un sultan.
Mais il eut peur d'être empalé par la police
Et de sentir peut-être entrer en sa peau lisse,
Par derrière, un engin de supplice pointu
Pour expier un bonheur qu'il n'aurait point eu.
Certes, pour poser un baiser sur une nuque,
Il est dur de risquer le sabre d'un eunuque
Ou de faire connaissance avec les bastilles
Du sérail, l'enfant serait-elle de Castille.
Je veux bien, disait-il, enlever la patronne ;
Mais je crains le pouvoir, j'ai la foire du trône !
Pour un regard de femme, un sourire, un appeau,
J'irais me faire un jour rompre les os ? La peau !
Malgré tout mon amour, je suis encor trop homme.
Mais je connais la canne et le chausson... aux pommes !
Je lutte aussi fort bien. Par le courrier français
Prochain, je vole à Paris cueillir des succès !
Car quoi ? Qu'est-ce que ce qui m'écherrait me fiche
Si la presse m'annonce et si Chéret m'affiche ?
Le sultan a toujours quelque dessein de pal ;
J'aime mieux inspirer quelque dessin à Pal.
Motif pour une fantaisie à la Willette,
Je serai connu de Montrouge à la Villette.
Paris n'aura jamais applaudi mon égal :
Je serai son lutteur naturel et légal.
Et c'est ainsi qu'Yousouf, ne se fiant aux rites
De la loi turque, avait lâché la favorite ;
Et le hasard aussi bizarre que divers
Fit engager Yousouf par le Cirque-d'Hiver.

Une drôlerie d'actualité lui ayant attiré une critique
acrimonieuse de M. Adolphe Brisson, Fernand Chézell
connut le succès. Il en profita pour affronter la rigueur de
l'auteur de ses jours dont le front s'empourprait de honte
à l'idée que son fils était sur les planches.

« — Qu'est-ce que c'est que le bouge que tu fréquentes,
gronda le paternel. Il paraît qu'un grand christ y est
exposé et qu'il n'y vient que des juifs ! »

Vainement Chézell chercha-t-il à défendre son cabaret. Le père avait été renseigné par... un commis-voyageur antisémite.

De 1897 à 1900, Chézell appartint au Conservatoire de Montmartre, qu'il n'abandonna que pour revenir aux Quat'-z-Arts, où il dirige actuellement le spectacle en qualité de « bonnisseur ».

En dehors de quelques chansons fort bien tournées pour le café-concert, Chézell n'a encore publié que peu de chose : *Le bon Côté, La Scène à faire, Orientale* (?), *Sur un Signe, Plaidoyer sur la Jupe, Les Fiacres* (1); mais son bagage est lourd autant qu'intéressant et nous aurons très prochainement de lui, sous le titre *Chansons aigres-douces*, un fort volume où seront réunies ses meilleures productions. Je cite au hasard : *L'Homme civilisé, Mariage bourgeois, Les Parvenus, Les Hommes du Monde, Les Divorcées, Les Cérébrales, Les Soiristes, Lassitude, En Province, Les Stations de l'Amour*, fines satires d'où est proscrite toute acrimonie ; *Rimes sans Raison*, tout un bouquet de drôlatiques fantaisies ; puis encore — car derrière le blagueur qu'est Chézell, se cache un sentimental et un amoureux — *Lettre d'Amour, Pour te plaire, Quand je te vois, Dans la Rosée, Après, Retour* et vingt autres délicieuses bluettes encore inconnues du public ; et enfin une poignée d'actualités comme : *La Séquestrée, Deschanel est marié, Les Deux Présidents, Le Suspendu*, en un mot tout ce qu'applaudissent chaque soir les habitués des Quat'z-Arts.

Comme la plupart de ses camarades de Montmartre, Chézell joue volontiers la comédie et je l'ai vu tenir, dans une revue de Lemercier, *Ça Dewet réussir*, un rôle de pince-sans-rire avec l'assurance d'un vieux comédien.

Il vient de s'improviser revuiste avec *Pierrot-Barnum*, la revue actuelle des Quat'-z Arts.

(1) Librairie Daragon.

Hugues DELORME

Très pur et très sincère poète ; versificateur impeccable
et charmant ; tendre, galant et talon rouge dans ses
madrigaux ; passionné et sensuel jusqu'à la licence en ses
odes badines ; satirique, frondeur et finement irrévérencieux dans ses épigrammes, Hugues Delorme s'exprime
en une langue riche et châtiée ; et son verbe conserve
jalousement l'élégance parfaite, l'aisance et le grand air
avec quoi les impertinents de bon ton savent dorer les
pilules, qu'on avale le sourire sur les lèvres.

Hugues Delorme, de son véritable nom Georges Thié-
bost, est né à Avize, dans le département de la Marne.
Voici en un quatrain son autobiographie :

« Je naquis vers l'an mil huit cent soixante-neuf.
Je ne suis employé dans aucun ministère.
Mon vers est sans pudeur ; ma vie est sans mystère ;
En mon torse éprouvé palpite un cœur tout neuf. »

Mais le lecteur ne se contentera sans doute pas de ce
sobre et laconique portrait, esquisse que, pour sa satisfaction, — et pour la mienne, — j'essaierai de compléter
en la « poussant » aussi loin que possible.

Hugues Delorme se défend d'être chansonnier ; et cela
pour deux raisons : il ignore la musique et il chante faux.
Mais s'il ne chante pas, on le chante ; et je connais de lui
quantité de couplets pleins de verve mordante et gracieuse
dont les rimes ont fleuri tels vaudevilles et revues.

Après une assez longue résidence à Rouen en qualité de
journaliste, Delorme vint s'installer à Paris, où Bertrand
Millanvoye — qui s'y entend en poètes — se l'attacha
comme pensionnaire. Cinq années consécutives (1896-

1900), le public du Carillon et de la Roulotte lui fit fête, applaudissant alternativement et parfois simultanément le poète, l'auteur dramatique et l'acteur ; car Delorme réunit ces trois talents qu'il exerce avec une égale maëstria. C'est lui qui créa le rôle du président dans *Un Client sérieux*, la désopilante comédie de Georges Courteline ; dans ses propres pièces, il interpréta le vieux faune de *La Lisière d'un Square* (un acte en vers), reprit le pierrot de son *Pierrot financier* (un acte en vers représenté pour la première fois sur le Théâtre Français de Rouen, le 21 février 1891 ; Em. Dehayes, édit. à Rouen), composa dans sa revue *Ligues, Ligues, Ligues !* un matamoresque et grandiloquent cadet de Gascogne du plus réjouissant aspect, et joua également le Spamanto de sa *Marchande de Pommes*.

Outre les pièces ci-dessus citées, il a écrit pour le théâtre un nombre considérable de prologues, de parades, de boniments, d'à-propos en vers, de vaudevilles et de revues pour le Carillon, le Grand-Guignol, le Tréteau-de-Tabarin, le Théâtre Français de Rouen, l'Alcazar, les Ambassadeurs, l'Eldorado, la Scala, la Bodinière, les Capucines, les Mathurins. Je mentionnerai, entre autres, *La Mort d'Orphée*, légende en un acte en vers éditée chez Schneider, à Rouen ; *Le Coup de Minuit* et *Chez l'Habitant*, en collaboration avec Gally, répertoire de Polin, Flammarion, édit. ; *Encore une Erreur judiciaire*, un acte en vers ; *Au Fort Chaptal*, revue montmartroise en un acte, etc., etc...

Delorme a fait en province et à l'étranger des tournées avec l'imprésario Baret... Il s'est un jour improvisé conférencier et a très brillamment présenté au Grand-Guignol et à la Bodinière le merveilleux mime Séverin et le prestigieux poète-chansonnier Xavier Privas... Il a publié des vers et des fantaisies en prose dans *L'Illustration*, *Le Sourire*, *Le Cocorico*, *Le Supplément*, *Le Gavroche*, *Les Quat'-z-Arts*, et plus spécialement dans *Le Courrier Français*. Si ma mémoire est fidèle, un numéro de ce journal fut un jour saisi pour avoir inséré un sonnet érotique que notre poète avait intitulé *Les Aisselles* et dont le fin libertinage avait eu le don d'effaroucher la pudeur de certain sénateur trop connu. Ce sonnet — que je n'ose reproduire dans la crainte de voir saisir à son tour le présent ouvrage — était conçu dans la note de ce petit poème qui est du même auteur :

PASSIONNÉMENT

Alternant avec soin nos savantes caresses,
Nous nous sommes aimés cette nuit longuement ;
Mes baisers ayant su réveiller tes paresses,
Les hésitations n'ont duré qu'un moment.

Ta franchise a vaincu l'épouvantable doute ;
Je t'aime, tu le sais ; je sais que tu me veux.
Pour la première fois tu t'abandonnas toute ;
Puis j'ai rêvé de toi dans l'or de tes cheveux.

J'ai mis de longs baisers sur ta gorge qui tremble.
Enfin je puis chanter la gloire de tes seins,
Dont les sommets fleuris riment si bien ensemble,
Et ta hanche robuste et souple aux purs dessins.

Ma lèvre triomphante eut droit de s'attarder
Aux intimes recoins où la pudeur se cache.
— Je ne fumerai pas aujourd'hui, pour garder
Le parfum de ta chair qui fleure en ma moustache.

Les amis d'Hugues Delorme attendent avec impatience qu'il réunisse en volume les poésies qu'il a semées un peu partout. Et je suis de ceux-là ! En dehors des pièces dont j'ai plus haut indiqué les éditeurs, je ne sais de lui en librairie que *Quais et Trottoirs* avec lithographies de Heidbrinck, un volume imprimé par les Cent Bibliophiles en 1898, et quelques chansons et romances, *Les Chansons en l'air*, mises en musique par V. Charmettes et éditées par A. Bosc. Je dois dire pourtant qu'on parle de la prochaine apparition d'un volume de vers : *Le Poing sur la Hanche*, d'un recueil de contes en prose : *De la Flûte au Tambour*, et d'une série de silhouettes contemporaines : *De Viris Illustribus*, trois livres qui seront, j'en ai la certitude, un régal pour les curieuses et pour les dilettanti. La place me manque pour donner ici des extraits de toutes ces œuvres. Toutefois, après avoir dit — à l'intention de ceux qui ne le connaissent point — qu'Hugues Delorme mesure plus d'un mètre quatre-vingts, qu'il a de longues jambes, de longs bras, un long buste, un long cou, un menton long, un front long qu'allonge encore une calvitie avançant à longs pas, un regard long qui longtemps s'attarde à la contemplation des charmes des jolies Parisiennes ; quand j'aurai rapporté que les crocs de sa moustache en fourche crèvent les yeux de ses interlocuteurs ; que son abord est souriant, sa poignée de main franche et son amitié solide, je me ferai un plaisir de déployer sous les yeux du lecteur ce délicieux triptyque Louis XV :

LA MORT EN DENTELLES

A mon ami d'Esparbès.

I

Madame de Méryan va mourir. Désirant
Entrer au Purgatoire en digne et noble allure,
Elle a fait crêpeler au front sa chevelure.
Des *engageantes* en dentelle à triple rang

Sortent ses frêles bras d'un laiteux transparent.
Un couple de ramiers s'ébat sur la moulure
Du grand lit clair où l'or brode sa ciselure...
Elle oppose au trépas le dédain conquérant

De ceux qui savent bien lui ravir quelque chose ;
Car, hautain, son regard fixe au mur le pastel
Où Liotard le Turc a su rendre immortel

Le bonheur de sa lèvre immuablement rose...
Dans un hoquet discret, madame de Méryan
Sourit à son sourire, et meurt en souriant.

II

Madame de Méryan est morte. Ce n'est plus
Qu'un cadavre fluet que le froid violacé.
L'abbé Griseul (il fut beau comme Lovelace)
Marmonne au pied du lit des rythmes superflus.

Ils se sont adorés à quinze ans révolus ;
Ensemble on les surprit, lui timide, elle lasse,
Ce qui divertit fort parmi la populace
Filles de cabarets et bourgeois goguelus.

Ce souvenir, qu'il veut rejeter en arrière,
Trouble perversement l'abbé dans sa prière.
Sur le pastel il voit les lèvres de jadis ;

Il baisse le regard sous l'éclair des prunelles,
Et, craignant pour tous deux les flammes éternelles,
Mêle un *Confiteor* à son *De Profundis*.

III

Madame de Méryan repose en paix. Sa tombe
Se dresse au fond du parc, proche le boulingrin.
Quatre saules, courbant leur vieux torse chagrin,
S'inclinent, courtisans pleureurs, quand le soir tombe.

La tour du colombier domine, où la colombe
Et le ramier s'en vont se gaver de bon grain.
Du village lointain, la chanson d'un crincrin
Soupire, et rit, et crie, et nasille, et succombe.

Vêtu d'ombre, pensif, monsieur l'abbé Griseul
Auprès du monument vient s'agenouiller seul.
« La marquise, ayant fait son sourire à saint Pierre,

Est au ciel !... » se dit-il. Mais soudain il pâlit :
Lui rappelant les deux colombes du grand lit,
L'oiseau du Saint-Esprit est sculpté dans la pierre !

Je dois mentionner, pour finir, que Delorme écrivit, sur
des ombres en couleurs du très talentueux dessinateur
Charles Huart, une satire en vers : *Soirs de Province*, dont
je fus le récitant à la Maison du Rire, où ombres et poème
obtinrent un éclatant succès. Le public sera désormais
privé de cet exquis spectacle, un châtelain de province en
ayant fait l'acquisition dès la fermeture de l'Exposition
de 1900.

Jules MOY

Bien que paraissant un pseudonyme dicté par la fatuité, c'est bien là le véritable nom de celui qui le porte, moins toutefois le s qu'il comporte sur les actes de l'état civil.

Jules Moy, alors qu'il était encore M. Moys, exerçait, dans le quartier du Sentier, le commerce en gros de plumes pour modes. Des spéculations malheureuses l'ayant obligé à céder sa maison, des amis lui suggérèrent l'idée de tirer parti de ses qualités de pianiste et d'imitateur qu'il avait déjà maintes fois mises en valeur dans des soirées intimes. Il suivit ce conseil et demanda audition à Salis, qui l'engagea sur-le-champ (1896).

Le public du Chat-Noir, que la retraite de Marcel Lefèvre avait privé de la note bouffonne, accueillit avec joie le nouveau venu.

Cinq Minutes à l'Armée du Salut, Le Concert tunisien, Nourice sèche, La Poule, Le Piano mécanique, scènes d'imitations d'une désopilante drôlerie, furent ses débuts et établirent d'emblée sa réputation de chansonnier comique. Le cabaretier de la rue Victor-Massé sentit tout de suite l'avantage qu'il pouvait tirer de son nouveau pensionnaire. Chaque fois que le public montrait un peu de fraîcheur, il envoyait Jules Moy au piano, et la salle était instantanément reconquise.

D'abord appointé à raison de cent sous par jour, Jules Moy demanda vainement de l'augmentation. Il demeura cependant, rentra son dépit et attendit patiemment l'heure des représailles. Elle ne tarda point à sonner. Salis, en organisant ses deux dernières tournées, avait pressenti Moy ; celui-ci n'avait dit ni oui ni non, mais laissé prévoir son acceptation. Au moment de régler les conditions, le gentilhomme fit ses offres : vingt-cinq francs par représentation; Jules Moy refusa, indigné. Salis monta à trente francs : nouveau refus. Il fléchit ainsi graduellement jusqu'à cinquante francs, sans plus de succès.

« — Mais combien voulez-vous donc que je vous paie? s'écria-t-il impatienté.

« — Soixante-quinze francs par jour, répondit froidement Jules Moy; pas un fifrelin de moins ! »

Le directeur du Chat-Noir poussa les hauts cris et résolut que Moy ne serait pas compris dans la tournée. Bref, le lendemain, il lui offrait soixante-dix francs du cachet et gagnait ainsi la partie... mais à quel prix !

Le Chat-Noir fermé et achevées ses tournées, je fis engager Jules Moy à raison de vingt francs par soirée à la Boîte-à-Musique, où je cumulais — pour quatre cent cinquante francs mensuels — les fonctions de régisseur, de récitant, de présentateur et de poète-chansonnier. L'amusant fantaisiste eut là plus de succès encore qu'au Chat-Noir. Il avait demandé au directeur, qui y avait immédiatement consenti, à installer dans la salle de spectacle un piano-quatuor Baudet — le seul qui soit encore en France, paraît-il. Moy obtenait sur cet instrument, qu'il connaissait à merveille, des effets absolument étourdissants. Je me rappelle notamment son *Chef d'Orchestre* et son *Concert de Tziganes*, qu'il exécutait avec une maëstria surprenante.

Il fut ensuite au Tréteau-de-Tabarin, où il tint la vedette — derrière Fursy, comme bien l'on pense. Il me revient, touchant son passage au Tréteau, une bien divertissante histoire. C'était au moment de l'effervescence suscitée par l'affaire Dreyfus. Un grand seigneur, le marquis de X..., après avoir assisté à une soirée à Tabarin, fit appeler Fursy et le pria de lui composer un spectacle pour une fête qu'il désirait donner dans son hôtel. Fursy proposa plusieurs de ses camarades au nombre desquels Jules Moy. En entendant prononcer ce nom, l'aristocrate sursauta :

« — Ce youpin ? s'écria-t-il. Tout ce que vous voudrez,

mon cher Fursy, mais surtout pas de juifs, pas de juifs!

« — Il sera fait selon votre désir, monsieur le marquis », répondit Fursy, en souriant d'un rire entendu.

Et quelques jours après, une partie de la troupe du Tréteau, Fursy en tête, allait réjouir les invités du noble antisémite, qui ne sut que plus tard qu'un Dreyfus (Fursy) avait chanté dans ses salons.

C'est au Petit-Théâtre qu'est actuellement attaché Jules Moy. Bien qu'il s'y trouve encore des choses datant de plusieurs années, son répertoire est heureusement et considérablement augmenté. Je mentionnerai entre autres: *Une Enchère à l'Hôtel des Ventes*, et une histoire d'œil de verre d'une cocasserie vraiment désopilante.

Cet endiablé fantaisiste, qui sait rendre les sons de presque tous les instruments, qui imite le cri de bon nombre d'animaux et contrefait tous les accents, mais dont la farce manque parfois de bon ton et de légèreté, est également un chansonnier habile. Il écrivit un jour une petite satire sur la vanité : *Les Palmes académiques*. On s'aperçut, au Ministère, qu'il ne les avait pas, et M. Leygues les lui octroya.

J'allais oublier de dire que Moy est né à Paris en 1862.

Henri des SAULES

Henri Buathier prit ce pseudonyme du nom d'une des pittoresques petites rues du vieux Montmartre, qu'il a célébrée en des vers sans prétention que je retrouve dans *Montmartre Artiste*, feuille éphémère fondée par Paul Daubry. Il se produisit pendant quelque temps comme amateur — il était alors représentant en vins et alcools — au sous-sol de l'Auberge-du-Clou, à l'Ane-Rouge et dans divers autres caveaux. En 1897, il demanda à Salis la permission de soumettre ses élucubrations au public du Chat-Noir. Sa demande fut agréée ; et Salis accordait de temps en temps un cachet de cinq francs au poète, qu'il annonçait aux spectateurs de la façon suivante : « Et maintenant, messeigneurs, vous allez entendre notre bon camarade Henri des Saules, le dernier génie sorti du flanc de la Butte-Sacrée, lequel est également l'arbitre de toutes les élégances. » Et l'entrée de Buathier faisait sensation. Sa mise sans recherche et d'aspect villageois, son nez qu'avaient à la longue coloré les fréquentes dégustations, sa démarche lourde et timide et sa mine de chien battu provoquaient l'hilarité ; et il amusait le public avec *Les Vieux Boulevards*, l'intéressait avec *Les Vieilles Eglises, Les Vieilles Maisons*, et le stupéfiait avec

LES MARCHANDS D'OLIVES

Dans Montmartre, terre bénie,
Que Dieu, dans sa grâce infinie,
Sema de délic's et d'amour,
On voit, à la chute du jour,
Deux fantôm's au visage dur
Qui se suivent le long des murs,

14

Murmurant d'une voix plaintive :
« Voulez-vous manger des olives ? »

Y en a un qu'est gras, l'autr' qu'est maigre.
Ils vont tous deux d'un pas allègre,
Juifs-Errants du pavé en bois.
On les voit partout à la fois ;
Boulv'ard de Clichy, ru' Laval,
En plaine, en amont, en aval,
Murmurant d'une voix plaintive :
« Voulez-vous manger des olives ? »

Aux Quat'-z-Arts, au Coq-d'Or, — ce bouge —
A Fontaine, au céleste An'-Rouge,
Chez Lisbonne et ses suav's Pip'lets,
A la Cigal' pleine d'attraits,
Au Chat-Noir, — pâl' contrefaçon
De ces excellentes maisons —
On entend la mêm' voix plaintive :
« Voulez-vous manger des olives ? »

C'est un cauch'mar, un' maladie !
Y a d' quoi avoir des insomnies ;
Les marchands d'olives, toujours !
J'en rêve la nuit et le jour.
L'autr' fois, j'en suis tout ébaubi,
J' réveill' ma maîtress' dans la nuit,
Et j' lui murmur' d'un' voix plaintive :
« Dis, veux-tu manger des olives ? »

Victime de la suppression des octrois et de la mévente des vins, Henri des Saules dut abandonner la représentation. La gêne s'ensuivit ; la maladie survint, et le pauvre se vit forcé de se faire traiter à l'hôpital, où il est demeuré... en qualité d'infirmier.

Léo LELIÈVRE

A depuis cinq ans déserté Montmartre, où il a tenu, pendant quelque temps, le sous-sol de l'Auberge-du-Clou, pour fonder le Cabaret de la Bohème et diriger les Noctambules, puis le Caveau du Cercle, que l' « hydropathe » Lacoste a installé au-dessous de son café, 119, boulevard Saint-Germain, à côté du cercle de Librairie.

Au physique, Léo Lelièvre est d'une taille moyenne ; sa figure, aux traits légèrement tourmentés, aux rides précoces et au teint hâlé, est celle d'un lutteur et d'un tenace ; de grands cheveux, une moustache légère, une fine barbiche et des yeux malicieux derrière un immuable binocle, lui donnent l'aspect d'un bouffon rusé qui aurait quitté le pourpoint pour la redingote 1830.

Lelièvre est né à Reims le 1ᵉʳ avril 1872. C'est un travailleur acharné ; il a déjà écrit près d'un millier de chansons tant pour le cabaret que pour le café-concert ; c'est dire qu'il sait traiter tous les genres. Les œuvres qu'il interprète lui-même se divisent en *Chansons de Bohème*, *Chansons d'Etudiant et du Quartier-Latin* et *Chansons amères*. Parmi ses succès de café-concert, je mentionnerai *La Valse des Gigolettes*, *La Valse des Confetti*, *La Valse des Mondaines*, *La Saison des Poires*, *Vadrouille d'Etudiants*, *Voyage en Chambre*, *L'as-tu-vu l'a Ferme*, *Redonne-moi-z-en* ; mais je préfère de beaucoup *La Question du Pain*, *L'Ingrat parvenu*, *L'Armure du Président*, *l'Incinéré*, *Caprice de Princesse*, *Souvenirs de dèche*, *Les Lamentations du Bourreau*, *Un vrai Libre-Penseur*, conçus dans un esprit tout à fait montmartrois. La note dominante chez Lelièvre est plutôt pessimiste, ainsi que le démontre ce sonnet inédit :

L'HABITUDE

Voilà déjà dix ans que nous vivons ensemble,
Dix ans que nous souffrons de cette liaison ;
Le soir, sans nous aimer, quand le lit nous rassemble,
Nous étreignons nos corps sans la moindre raison.

Lorsque, pour me tromper, elle part, il me semble
Que le vide se fait dans ma triste maison ;
Je cours la rechercher, car, hélas ! je ressemble
A l'hypocondriaque avide de poison.

Elle ne m'aime pas, et moi... je la déteste.
Son cynisme hypocrite inspire le dégoût.
Je voudrais la quitter, et cependant... je reste.

Il me faudra traîner le boulet jusqu'au bout,
Endurer ses défauts en esclave docile,
Pour ne pas déranger l'habitude imbécile...

Jules GONDOIN

Dans les derniers temps de son existence, le Chat-Noir comptait au nombre de ses habitués un tout jeune homme long et mince, au visage agréable, à l'œil ingénu, qui, à cause de ses trop fréquentes visites aux cabarets montmartrois, faisait le désespoir des siens. C'était Léon Ohnet, — le fils du romancier, — qui rêvait de demander à l'art (il ne savait au juste lequel) une existence aussi luxueuse qu'indépendante. Il était quelquefois accompagné d'un homme de vingt-cinq à trente ans qui lui donnait des leçons particulières pour le préparer au baccalauréat ès lettres. Nous apprîmes un soir que, à la suite d'une pique avec l'auteur du *Maître de Forges*, le professeur avait résigné ses fonctions. C'est alors que son élève le présenta à Salis comme chansonnier.

Le maître du lieu demanda quelques renseignements, puis il annonça au public : « Jules Gondoin, messeigneurs et nobles dames, que vous allez entendre et applaudir, avant qu'il nous quitte pour traverser le pont des Arts, était hier encore le professeur de philosophie, de français et de maintien de M. Georges Ohnet, dont l'indécrottabilité l'a dégoûté au point qu'il s'est vu forcé de venir demander au Chat-Noir, ce refuge de tous les talents, de mettre en relief ses brillantes qualités poétiques. J'ai dit ! La parole passe, messeigneurs, à Jules Gondoin ! »

Le succès du débutant s'affirma d'emblée ; Salis se l'adjoignit définitivement et l'emmena en cette tournée fameuse dont Montoya a écrit la relation (1).

Gondoin (Jules-Alfred-Alexandre) est né à Nonancourt

(1) Le Roman Comique du Chat-Noir. Flammarion, édit.

(Eure) le 4 août 1869 ; il est licencié ès lettres et président du comité de Paris de la « Concordia », société d'études et de correspondances internationales. Entré au Chat-Noir à la fin de 1896, il ne chansonna guère que deux ans ; sa production cependant est nombreuse et pourrait fournir amplement matière à deux volumes. Ses premières chansons sont bien montmartroises, et leur causticité n'a rien de violent ni d'outrageant ; elles semblent être sorties de la collaboration de Mac-Nab et d'Eugène Lemercier et demeurent cependant bien personnelles. Je me rappelle de lui, parmi les plus amusantes : *La Chanson à l'Académie, Lamentations d'un Médecin, Mariage de convenance, Une Histoire de Palmes académiques* (1), *Les Malheurs de Francisque, Un Discours du Père La-Pudeur, Les Restes de Voltaire et de Rousseau.* Il a également écrit des vers sérieux, comme *Mes Baisers sont des Papillons, La Nuit descend des Cieux, Réveil, Dormez ma Mie* (2), *Je t'adorais* (3), *Soirs d'Eté, Un peu, beaucoup, passionnément* (4), et une trentaine d'autres jolies romances de salon. Avec *L'Enlèvement de Gyp, Le Dernier article de Séverine, La Crète de Sarah, Les Projets de Liane de Pougy, Congrès féministe* et *La Journée de Sarah Bernhardt,* il donna une note anti-féministe, qui le conduisit... au mariage.

Actuellement, Gondoin s'occupe de critique littéraire et de composition dramatique. Il a passé des articles dans divers journaux, notamment au *Figaro,* au *Journal pour tous* et au *Gil Blas illustré ;* il fait la chronique à *Concordia* et collabore à la *Revue Eolienne,* à la *Mode,* et à la *Revue Cartophile ;* il a déjà fait représenter *Une Ancienne,* comédie en un acte, et *La Mort de Pierrot,* mimodrame mêlé de chant. Il a en cartons une comédie en cinq actes : *Les Débrouillards ;* une en quatre actes : *Bengaline ;* un acte

(1) Ondet, édit.
(2) Baudoux, édit.
(3) Ricordi, édit.
(4) Joubert, édit.

d'opéra-comique : *La Leçon de Chant*, musique d'Esteban Marti, et trois actes d'opérette : *Le Roi de Carton*, avec musique d'Irénée Bergé.

Malgré qu'on ne le voie plus à Montmartre, le camarade Gondoin chansonne encore de temps en temps ; à preuve cet *Esthète* tout récemment né et qu'il m'autorise à reproduire :

> Avec ses longs cheveux, sa longue redingote,
> Poussant de longs soupirs tout le long du trottoir,
> L'esthète à pas très lents piétine dans la crotte,
> Les yeux perdus au loin dans la brume du soir.
>> Il semble marcher dans un songe,
>> Loin de la terre et près des cieux :
>> Sans doute un sourd travail le ronge,
>> Enfantement laborieux !
>> Sans doute il parle avec sa Muse,
>> Il cherche le Verbe idéal,
>> Sans voir que sa chaussure s'use,
>> Que son chapeau se trouve mal !

> Mais non : la Muse chère à son rêve d'esthète
> N'est pas dans le ciel bleu, près des étoiles d'or !
> Ecoutez les doux mots que sa lèvre répète,
> Pendant qu'il déambule en soupirant plus fort :
>> « Qu'elle soit vierge ou demi-vierge,
>> « Quart de vierge ou bien moins encor ;
>> « Qu'elle soit mince comme un cierge,
>> « Décharnée ainsi que la Mort ;
>> « Qu'elle soit grasse comme une oie
>> « Et gonflée ainsi qu'un ballon,
>> « Peu me chaut, pourvu que je voie
>> « Beaucoup d'écus dans un blason !

> « Puissé-je rencontrer la compagne idéale,
> « Celle qui vous soutient tout le long du chemin,
> « Celle qui chaque jour vous remplume et vous cale,
> « Un sourire à la bouche et de l'or dans la main !
>> « Et qu'importe qu'elle soit laide
>> « Comme le plus laid des chameaux,
>> « Aveugle ou borgne sans remède,
>> « Qu'elle ait toutes sortes de maux !

« Elle sera la Muse chère
« A mon cœur de poète errant,
« Car son argent saura me plaire,
« Et le reste est indifférent ! »

Avec ses longs cheveux, sa longue redingote,
Poussant de longs soupirs tout le long du trottoir,
L'esthète à pas très lents piétine dans la crotte,
Les yeux perdus au loin dans la brume du soir !

J'ajouterai que Gondoin a actuellement deux livres en préparation : *Lermontoff et la Poésie byronienne en Russie*, ouvrage de critique littéraire, et *Rimes sans Raison*, recueil de poésies.

———————

Georges OBLE

Chanteur, compositeur, poète, journaliste, auteur dramatique et directeur de théâtre, Georges Oble est né à Vivone (Vienne), le 3 septembre 1863.

Amené au Chat-Noir en 1896 par le compositeur André Colomb qui l'avait rencontré et entendu chez l'éditeur Joubert, il fut engagé par Salis pour chanter en tournée les pièces d'ombres lyriques de Fragerolle. En 1897, Colomb et moi le fîmes entrer à la Boîte-à-Musique, où il nous créa d'une façon remarquable notre pièce d'ombres *Feu de Chaume*. Il fit ensuite partie de la pléiade montmartroise de Trianon. Après une tournée qu'il conduisit en Belgique, et durant laquelle j'eus la charge de présenter le spectacle, il entra au Conservatoire de Montmartre (1898). Il dirigea à l'Exposition universelle de 1900 le Vieux-Poitou, et obtint à la distribution des récompenses une médaille d'argent. Enfin il a ouvert au commencement de l'année 1901 le Petit-Théâtre, dont l'attrayant spectacle est composé de comédies, de vaudevilles, de drames et de revuettes en un acte, de pièces d'ombres lyriques ou humoristiques et de chansons et monologues présentés par leurs auteurs. Avant d'appartenir à la Butte, Georges Oble, qui possède actuellement la plus jolie voix de Montmartre et y est un des rares qui sachent chanter avec méthode, a joué l'opéra et l'opéra-comique sur les scènes les plus importantes de la province et au théâtre de la Monnaie à Bruxelles. Il a collaboré au *Courrier de la Vienne* et fait représenter à Tours et à Poitiers plusieurs pièces de théâtres : *La Mort de Claude, A l'Anglaise, Dans la Réserve et Les Tribulations d'un Auteur.*

Comme compositeur, il a écrit de charmantes mélodies sur des poèmes de Charles Cros et d'Henri Dargis : *Promenade*, *Rancœur lasse*, *Berceuse*, *Le Cœur immortel*, *Dette sacrée*, *Sérénade du Cœur fol*, et mis un air très adéquat sur cette poésie attribuée à Henri IV :

> Viens, aurore,
> Je t'implore !
> Je suis gai quand je te voi :
> La bergère
> Qui m'est chère
> Est vermeille comme toi.

> Elle est blonde
> Sans seconde ;
> Elle a la taille à la main ;
> Sa prunelle
> Etincelle
> Comme l'astre du matin.

> Pour entendre
> Sa voix tendre,
> On déserte le hameau,
> Et Tityre,
> Qui soupire,
> Fait taire son chalumeau.

> De rosée
> Arrosée,
> La rose a moins de fraîcheur ;
> Une hermine
> Est moins fine ;
> Le lys a moins de blancheur.

Il fait aussi paroles et musique, comme dans *Confiteor d'amour* ; d'autres fois, il confie le soin de la mélodie à son ami André Colomb, comme pour *Amour fragile*, *La Douce Épreuve*, et le petit poème suivant qui vaut chaque soir à son auteur les unanimes applaudissements du public du Petit Théâtre :

PASSION.

Le fol amour qui m'entraîne
Et me courbe sous ta loi
Sut me river à la chaîne
Que je porte malgré moi.
Tu me tiens par tant de charmes
Que je ne sais plus, vraiment,
Si je dois verser des larmes
Ou rire de mon tourment.

Comme une fleur, sur sa tige,
Que balancerait le vent,
Je sens croître ton prestige
A ton moindre mouvement.
Ton subtil parfum m'enivre
Lorsqu'à moi tu viens t'offrir!..,
Sans toi je ne pourrais vivre;
Pourtant tu me fais souffrir!

Je l'adore et te méprise;
Mais, parfois, je te bénis,
Et je ne veux pas qu'on brise
Le lien qui nous unit.
Et voilà mon cri suprême,
Le dernier de mes aveux :
Puisque malgré tout je t'aime,
Fais-moi mourir si tu veux !...

Excellent camarade, directeur aimable et joyeux co
pagnon, Oble est, au physique, de taille bien prise
dessus de la moyenne, de belle tenue, avec une ba
châtain de ligueur; mais l'aspect sévère de la physiono
est corrigé par l'extrême douceur du regard.

André BARDE

« Un poète, un vrai, un bon. » Ainsi s'exprima Jean Richepin à la lecture des premiers vers d'André Barde. Et je m'enorgueillis d'avoir formulé semblable opinion avant le puissant auteur des *Blasphèmes*. Un jour de 1894, je rencontrai chez Marcel Legay le jeune auteur qui apportait à mettre en musique sa dixième chanson ; il voulut bien me la soumettre et me demander mon appréciation.

« — Vous savez, lui dit Legay, l'ami de Bercy est sévère : il va vous chercher la petite bête.

« — Mais tant mieux ! » dit Barde.

Je lus :

SUJÉTION.

Quand je partis avec ma mie,
Ma vieille mère a tant pleuré,
Que sous sa paupière endormie
La nuit, toujours, a demeuré.
Alors, ma mie éblouissante,
A l'œil énervant de houri,
M'a dit, de sa voix caressante :
« Je veux te voir rire »... Et j'ai ri.

Et ma mère a joint, suppliante,
Ses deux mains qui m'avaient bercé,
Priant, comme une mendiante;
Et j'en avais le cœur percé.
Mais ma mie eut, dans ses doigts roses,
Comme un geste impatienté.
Et, sur son front, deux plis moroses,
Elle dit : « Chante! »... Et j'ai chanté.

Et maman mourut de sa peine,
Et mourut en me pardonnant.
La mort suspendit son haleine
Sur un sourire rayonnant ;
Mais le soir qu'elle fut en terre,
Ma mie, au regard insensé,
M'étreignit comme une panthère
Et me dit : « Danse! »... Et j'ai dansé !

« — C'est parfait, m'écriai-je enthousiasmé. La forme
est exceptionnellement soignée et le fond me plaît énor-
mément. Et je vous souhaite, monsieur, d'écrire beaucoup
de vers semblables à ceux-ci. »

Bourdonneau (André), dit André Barde, est né à Meudon,
le 17 juillet 1874. Il fit de très brillantes études au lycée
Michelet.

En 1893, il débute à la *Paix*, où il écrit les « Au jour le
jour » ; il est un moment correspondant dessinateur du
Petit Bleu, de Bruxelles.

En 1895, paraît son premier volume (Ollendorff, éditeur), *Chansons cruelles, Chansons douces*, musique de Marcel
Legay, préface de Jean Richepin — préface que Barde a été
quérir en pleine mer, à Saint-Jacut, comme le raconte le
poète de la *Chanson des Gueux*, qui s'y trouvait à cette
époque. Cet ouvrage est un des meilleurs parmi ceux qu'a
enfantés la pléiade montmartroise ; il est à lire et à conserver.

En 1897, il raconte ses vers à Trianon, dans la grande
fournée des chansonniers, où l'a incorporé Legay.

En 1898, il entre au Tréteau-de-Tabarin, où il reste
deux ans à interpréter lui-même ses pièces de vers, parmi
lesquelles *La Charcutière* et *L'Employé des Postes* furent
surtout appréciées du public. Il a réuni toutes ces pièces
en un volume, *Jeu de Massacre*, paru chez Ollendorff
en 1899, avec, pour couverture, une charge de l'auteur, par
Léandre.

Ce volume paru, il renonce pour toujours à dire en

public et entre comme secrétaire à la Scala et à l'Eldorado, en janvier 1900.

En janvier 1901, Barde a fait représenter au Grand Guignol *Un Vol*, pièce en deux actes, qui fut très favorablement accueillie de la presse et du public.

Encouragé par de si brillants débuts dans la carrière théâtrale, il fait jouer, sur ce même Grand-Guignol, en mai 1901, une pièce en un acte : *Maison de rendez-vous*, qui eut un succès littéraire et de curiosité.

Dans ce même mois de mai, il a fait paraître chez Simonis Empis, *Au bord de la Folie*, un volume de nouvelles, dont quelques-unes ont été publiées dans la *Nouvelle Revue*. Le docteur Maurice de Fleury, en une préface d'un haut intérêt scientifique, dégage le côté médico-légal de ce livre d'une très belle tenue littéraire.

André Barde est diplômé des Langues orientales et l'arménien n'a plus de secrets pour lui.

Outre ces diverses occupations, il est secrétaire, depuis 1894, de Félix Duquesnel — le critique du *Gaulois* et le chroniqueur bien connu — qui vient de lui faire obtenir le poste de chef échotier au journal de M. Arthur Meyer.

A une pièce en trois actes, *La Dot*, qui doit passer chez Gémier ; en préparation : *Le Cas du Docteur Chalgrin*, roman, *L'Ingénu*, pièce en trois actes, et *Régularisons*, un acte.

J'ai en cartons une comédie en quatre actes qui porte ce dernier titre. Cela n'implique pas que nous ayons, Barde et moi, traité le même sujet ni le même genre. Quoi qu'il en soit, je suis convaincu qu'aucune difficulté ne surgira de cette rencontre.

Paul MARINIER

Trente-cinq ans, une moustache noire de lieutenant de gendarmerie, des cheveux en brosse, l'œil doux, la lèvre sensuelle ; est natif de Rouen ; a autrefois fait de la bourse et de la banque, et ne chansonne que depuis 1894. Il a commencé par la composition en écrivant la musique de *La Môme aux Grands Yeux*, qui eut un immense succès au café-concert, fit ensuite *Mandoli-Mandola*, *Une Noce à la Cascade*, *Idylle normande*, *C'était deux Amoureux*, *Bonsoir*, *Madame la Lune*, *Enfin seuls*, *Y a des Choses qu'une Femme n'oublie pas*, *Les Plaisirs du Dimanche*, *Névrose* et les fameuses *Ingénues* qui triomphèrent avec Yvette Guilbert.

Paul Marinier fait tantôt la musique, tantôt les paroles de ses chansons ; souvent aussi, il compose paroles et musique. C'est en 1897 qu'il prit rang parmi les chansonniers de la Butte en se faisant entendre dans ses œuvres, à la Muse de Montmartre. *Une toute petite Bombe* et *Les Demoiselles qui font de la Peinture* lui valurent, tant comme auteur que comme chanteur, un fort joli succès.

Il appartient à la troupe des Mathurins depuis bientôt trois ans.

De même que Privas, Daubry, Tiercy et Poncin, Marinier s'accompagne lui-même au piano. Sa voix de baryton-martin est chaude, harmonieuse, souple, bien timbrée; il la manie fort joliment et sait à propos en modérer l'éclat. Il monologue aussi parfois avec finesse, comme dans *Le Monsieur qui dit des Vers*.

FERMONS NOS GUICHETS
(Meuriot, édit).

Chanson somnolente de MM. les employés des postes et télégraphes.

Fermons nos guichets quelques heur's encore :
Je m' sens pas dispos.

Hier, c'était la fêt' de ma Léonore :
      J'ai besoin d' repos.
Mais j'entends frapper au grillag'. Sans doute,
      Des gens indiscrets.
Laissons-les frapper! Qu'ils aill'nt se fair' fout'e!
      Fermons nos guichets!

C'est peut-êtr' quéqu'un qui voudrait (c'te bourde!)
      Un timbre, oh la la!
Il pouvait donc pas en ach'ter, la gourde,
      Au bureau d' tabac?
  Cogne aux vitr's, mon vieux, fich' leur des taloch's!
      Un timbr'?... des navets!
N'a qu'à fair' comm' moi, j'en ai plein mes poches,
      J'en achèt' jamais.

C'est peut-êtr' quéqu'un qu'a un' chos' pressante
      A me demander;
Ou tout simplement un' lettre importante
      A recommander.
S'il veut êtr' bien sûr qu'elle arriv' quand même,
      Sans fair' tant d'apprêts,
Ben! il n'aura qu'à la porter lui-même...
      Fermons nos guichets!

Zut! on frappe encor? Vraiment ils m'assomment!
      J'en ai tout mon saoul.
L' public, aussi bien les femm's que les hommes,
      Ça vaut pas quatr' sous.
Ces gens-là, c'est en vain qu'on les engueule;
      J'crois qu'ils l' font exprès.
Je n' peux pourtant pas leur casser la... tête.
      Fermons nos guichets!

Ah! qu'est-c' que j' vois? j'ai la berlu', sans doute :
      Ils sont au moins vingt.
Faut-y qu' ces gens-là, ils n'ai'nt rien à fout'e
      Pour poser en vain.
Encor, si y avait une ou deux personnes...
      Non, c' que j' vais m' gêner!
D'ailleurs, à l'horlog' v'là midi qui sonne :
      J' m'en vas déjeuner!

MANESCAU

Eugène-Jean-Camille Manescau est né à Pau le 7 septembre 1869. Bien qu'issu d'une famille plus qu'aisée, il est obligé, dès l'âge de seize ans, de subvenir lui-même à ses besoins. Très jeune, il apprend la peinture et enlève un premier prix d'anatomie à l'Académie des Beaux Arts de Bordeaux, sous la direction de MM. Braquehaye et Lauriol. A dix-neuf ans, il débarque à Paris et choisit Montmartre comme résidence. Pour vivre, il se livre à la confection de dessins de broderie pour la maison Emery et Leroy, de la rue de la Paix ; veut essayer pour son compte personnel le commerce de broderie ; mais sa tentative ne réussit pas. Il se remet alors à travailler pour autrui, tout en suivant les cours de Ricquier.

L'été de 1896, il débute au Divan-Japonais, sous la direction Habrekorn, avec un répertoire formé de chansons de Nadaud, de morceaux d'opéra-comique et de grandes romances ; il entre ensuite aux Bouffes-Parisiens, direction Grisier, y joue le Puycardas de *Miss Helyett* et profite des loisirs que lui laisse la scène pour prendre des leçons d'harmonie de Georges Paul et de Joë Hayden. Enfin il débute comme compositeur, en 1897, aux Noctambules avec *Mariannik*, *La Chanson du Vieil Aveugle*, *Et ton Cœur*, *Dans les Vagues*, *Chevaux fantômes*, *Les Vieilles de chéz nous* et *Credo Payen* ; monte l'année suivante au Conservatoire de Montmartre, où il produit *Au Son des Cloches*, qui obtient un gros succès, *La Légende de la Châtelaine* et *Des Hommes*. Il est, quelques mois après, engagé aux Funambules, pour être le récitant de *Panthéon-Courcelles*, de Georges Courteline. En 1899, il entre aux Quat'-z-Arts et se produit la même année aux Mathurins et à l'Ane-Rouge, où il est encore actuellement.

En dehors de ses compositions, Manescau, qui s'est fait dévoiler les mystères de la versification, écrit des chansons qui ne sont point encore des chefs-d'œuvre, mais où l'on sent déjà une inspiration poétique. Quelques-unes ont paru dans *le Triboulet* et dans *le Supplément*.

Au physique : Méténier en plus jeune et en mieux.

Jean MEUDROT

Dix ans de plus que le précédent, Dumoret, dit Jean Meudrot, est né à Paris, à l'ombre de la colonne Vendôme, ce dont il est très fier. Il débuta comme chansonnier, vers la fin de 1897, à la Boîte-à-Musique, passa ensuite au Carillon, puis aux Mathurins.

S'inspirant de la manière de Ferny et de Bonnaud, Meudrot traite surtout la satire politique ; et il sait s'y montrer tout aussi « rosse » que Fursy. Avant de chansonner, il a fait représenter plusieurs pièces ou petites revues à l'Horloge, à Parisiana, à la Roulotte et à la Bodinière : *Paris-Gala, Paris-Pompier, Paris-Shocking, Paris-Frondeur, Sandwich-Revue, La Niche de Nichette, Un Lendemain de Première, Eusses.*

Bien taillé, le front développé, un lorgnon derrière lequel sourient deux petits yeux paillards, il donne l'impression d'un défroqué qui aurait laissé pousser sa moustache.

Jean BATTAILLE

Battaille (Jean-Louis) est né à Paris le 7 février 1863; il est le fils du docteur Charles Battaille, qui abandonna la médecine pour l'art lyrique et mourut, il y a une vingtaine d'années, professeur au Conservatoire.

Après avoir fait son droit, Jean Battaille se fit inscrire au barreau de Paris et plaida de 1884 à 1897, époque à laquelle il jeta la robe aux orties — *talis pater !* — pour se consacrer à la chanson.

On l'engagea au Tréteau-de-Tabarin. Ce n'était pas là, à proprement parler, un début; car de 1889 à 1892, alors qu'il était secrétaire particulier de M. Constans, ministre de l'intérieur, il avait déjà composé et interprété lui-même, en amateur, des chansons d'actualité qui furent fort goû- tées aux soirées intimes du ministère. Le public mont- martrois accueillit très aimablement le nouveau venu, dont la verve bon enfant et la satire sans méchanceté tran- chaient sur la « rosserie » de son camarade Fursy.

A côté des chansons d'actualité, Battaille a composé quelques types fort amusants : *Les Bonnes Grosses Dames, Les P'tits Messieurs au Gros Bedon, Les Grandes Dames Maigres* et quelques autres qui, passant des tréteaux aux scènes de cafés-concerts, obtinrent sur celles-ci un succès mérité. Il se fit applaudir successivement aux Mathurins, aux Capucines, aux Noctambules et à la Maison du Rire (Expo- sition universelle de 1900), dont M. Juven lui avait confié la direction artistique. Il appartient actuellement à la Boîte-à-Fursy et au Cabaret des Arts, qui le présente à son public de la manière suivante :

Jean BATTAILLE O 🔱 ✳ N C (1)

Lauréat de l'École supérieure de Pharmacie d'Enghien
8 ter, rue Pierre-Charron, de 4 h. à 7 h.
Consultations gratuites pour les dames. — Discrétion.

Jean Battaille a cinq pieds six pouces ;
Sous un vague nez rigouillard,
Des moustaches vaguement rousses,
Jean Battaille a cinq pieds six pouces.
Les femmes disent : « Quel gaillard ! »
Les maris vous ont de ces frousses
Devant son petit air paillard,
Et, sentant leurs cornes qui poussent,
Rêvent d'en faire un Abélard,
Jean Battaille a cinq pieds six pouces.

« C'est en ces termes virulents que Sainte-Beuve (3e lundi) commence l'étude de critique des chansons de notre éminent camarade. On ne saurait mieux dire.

« Battaille, né à Paris en 1863, débuta dans la carrière des lettres en collaborant à la « Cuisinière bourgeoise », à « l'Art d'accommoder les aubergines » et à divers « Magazines » culinaires. C'est de cette situation modeste qu'il s'éleva, en 1889, à celle de secrétaire particulier du terrible Constans. L'aida successivement dans ses divers assassinats, et passe même pour avoir supprimé, en le coupant en morceaux et en le dévorant à la sauce poulette, le fameux Puig y Puig.

« La chanson l'attirait irrésistiblement ; c'est pourquoi il se hâta d'entrer à la Cour des comptes comme conseiller référendaire et peu après aux « 100,000 Chemises » comme lampiste...

« A chanté à Tabarin, aux Mathurins, aux Capucines, et finalement a été engagé au Cabaret des Arts, aux conditions brillantes de 80,000 francs par mois, logé, nourri, chauffé (par les clientes), blanchi et soigné. Pédicure et tabac.

(1) Battaille est en réalité officier de l'Instruction publique depuis 1895.

« A représenté la France au dernier congrès des oculistes
à Romorantin (Loir-et-Cher). »

Je citerai parmi ses chansons d'actualité les plus appréciées : *Il pense à la Mort de Louis XVI*, *Le Dernier Discours
de M. Loubet à Kruger*, *Le Maire de Kremlin-Bicêtre*, *La
Réforme de l'Orthographe*, *Histoire de Cour d'Assises*, *Le
Vase de Compiègne*, *Présentations officielles*, et cette joyeuse
fantaisie sur l'air de Cadet-Roussel :

LE RÉVEIL DU PÈRE LA PUDEUR

ou De l'influence que peut avoir sur la chasteté d'un sénateur une visite
à l'Exposition.

La prudenc' de M'sieur Bérenger
Vient encor' d'être dérangé'
Par toutes les exhibitions
Qu'on s' propose à l'Exposition.
Il n' veut pas qu' les messieurs d' son âge
Soient exposés... à n' plus êtr' sages.
    Comm' si les sénateurs
Sentaient encor vibrer... leur cœur !

Il s'en va, d'un pas virginal,
Trouver l' commissair' général,
Qui lui dit : « Faisons tout au long,
« A pied, l' tour de l'Exposition.
« Des ponts nous verrons tout's les arches ;
« Je n' suis content que quand je marche. »
    Bérenger dit : « Malheur !
« V'là Picard qu'est un vieux marcheur ! »

Puis il ajoute : « Il faut d'abord
« Sauv'garder la vertu dehors.
« Faudra chasser tous les moineaux ;
« Car si dans les arbr's ces oiseaux
« Font zizi quand on les écoute,
« Ils ajout'nt pan ! pan ! sur les routes.
    « Ils n'y mett'nt pas longtemps,
« Mais ça n'en est qu' plus inconv'nant !

« Si l'on expos' des animaux,

« Faudra pas admettr' de taureaux.

« Dans l'enceinte il n' faudra pas d'chiens,

« Car ces bêt's-là, chacun l' sait bien,

« Ont l'habitud', très peu farouche,

« D' s'embrasser toujours... sur la bouche.

    « Les Anglais pudibonds

« Prendraient ça pour une allusion.

« Faut attentiv'ment surveiller

« La culture et ses dérivés ;

« Faut supprimer les arbres verts ;

« D' peur qu'on r'tourn' la feuille à l'envers ;

« On tolèr'ra, ça n'a rien d'louche,

« Les melons, parc' qu'ils sont en couches :

    « D' ceux-là, l'exemple est bon

« Pour la repopulation. »

Arrivant aux objets d' piété,

Il n' croyait pas d'voir s'arrêter,

Quand tout à coup, se frappant l'front,

Il s' dit : « A quoi pensé-je donc ?

« On ne peut pas laisser des vierges

« Contempler ces énormes cierges.

    « Ah ! Ah ! Ah ! nom de nom !

« Ma pudeur en a fait un bond.

« Quant aux sauvag's d' tout's les nations,

« Faudrait bien leur mettr' des cal'çons ;

« Mais ça va peut-êtr' les gêner,

« Eux qui n' port'nt qu'un anneau dans l' nez.

« Il suffirait d' mettr' aux négresses

« Un pain à cach'ter sur les... joues.

    « On n' dira pas vraiment,

« Cett' fois, que j' suis trop exigeant. »

Puis il ajouta, tout flambard,

Dans l'oreill' de monsieur Picard :

« Vous savez, moi, tout ça, j'en ris ;

« Ce n'est que pour la galeri'.

« Montrez-moi donc où l'on peut s' mettre
« Afin d' voir la lune à un mètre ! »
Et v'là, parole d'honneur,
Comment Bérenger d'vint voyeur.

Battaille n'interprète pas seulement ses propres œuvres.
Fanatique de chansons anciennes, il en émaille agréablement le répertoire qu'il fait applaudir dans les salons
parisiens.

Odette DULAC

La plus jeune et la plus mignonne des chansonnières ; débuta à Montmartre en 1897 en interprétant à la Boîte-à-Musique — où j'eus le plaisir de la présenter au public — *Les Chansons de la Chanoinesse*, répertoire finement grivois dans le goût des badinages en honneur au dix-huitième siècle.

Odette Dulac, qui avait antérieurement fait quatre années de théâtre, détaillait, avec un talent très délicat et une science très entendue, ces exquises polissonneries, soulignant malicieusement les sous-entendus de l'auteur et atténuant avec un tact parfait les situations trop risquées. Aussi remporta-t-elle un succès justement mérité.

Alphonse Franck, alors secrétaire du Vaudeville, faisait à cette époque représenter à la Boîte-à-Musique *La Loi de l'Ombre*, revue en collaboration avec Armand de Caillavet ; il remarqua la gracieuse artiste et quand, plus tard, il prit la direction du Théâtre des Capucines, il s'empressa de lui offrir un engagement. C'est sur cette scène qu'Odette Dulac commença à se produire dans ses œuvres : *Le Photographe Amateur*, *Le Français tel qu'on le parle*, *Leçon de tactique d'une Femme du Monde à un jeune Officier de Cuirassiers*, fantaisies d'un élégant parisianisme écrites d'une plume légère, dans un langage clair et facile. Depuis, son bagage s'augmente chaque jour ; et nous avons applaudi déjà : *Tout passe, tout casse, tout lasse*, *Les derniers Conseils*, *Féminisme*, *Les Chrysanthèmes*, *Conseils à une Femme honnête*, *La Vieille Marcheuse*, *Les Décorations* et *Chanson câline*.

Je cite cette dernière :

Puisque ce soir j'ai l'âme triste,
Sois le voluptueux artiste
Dont la voix saurait apaiser
Mes pauvres nerfs brûlants de fièvre ;
Je veux la fraîcheur de ta lèvre,
Je veux ton plus savant baiser.

Ne dis pas de mots inutiles
Et laisse aux amoureux futiles
Les grands gestes et les serments.
Que ton étreinte soit farouche,
Mais que le rire de ta bouche
Découvre l'éclair de tes dents !

J'aime la caresse frôleuse —
Si douce que j'en suis rêveuse
Et tremblante le lendemain !
Emprisonne mes seins rebelles ;
Allons, fais la guerre aux dentelles !
Je mourrai gaîment de ta main.

Tu pars, m'ami, ta chair est lasse,
Ton bras plus mollement enlace.
Regarde-moi ! Non, pas d'adieux.
Dans tes prunelles, je m'irrite
De me trouver toute petite.
Je veux m'embrasser... sur tes yeux.

Après une triomphale tournée en France et à l'étranger,
Odette Dulac est entrée tout dernièrement au Tréteau-de-
Tabarin, où elle vient de créer avec un égal bonheur *Civi-
lité puérile et honnête* et *Les M'as-tu-lu ?* ses dernières productions.

Puisque aussi bien je me pique d'être documenté, je terminerai par une indiscrétion dont ma toute charmante
camarade ne me gardera certainement pas rancune : elle
est née dans la patrie d'Henri IV quelques jours avant la
proclamation de la Troisième.

———————

JIHEL

Né à Paris en 1871 de parents angevins, Jihel — Marteau de son véritable nom — fit ses études alternativement au lycée Hoche et à Poitiers. Malgré ses dispositions assez sérieuses pour l'armée, le barreau et le théâtre, il ne consentit, dit-il, à cabotiner dans aucune de ces carrières ; il préféra se livrer à la littérature. En 1896, il remporta un prix aux Jeux Floraux, puis fut, six mois durant, secrétaire d'un député socialiste du Nord, qu'il planta là à la suite d'une discussion.

Décidé à vivre dorénavant de la chanson, il se présenta aux Quat'-z-Arts en 1897 et y remplaça Xavier Privas pendant que celui-ci accomplissait, comme officier de réserve, une période d'instruction militaire. Cet essai lui ayant été favorable, Jihel alla frapper à la porte du Conservatoire de Montmartre, où il fut admis. Abordant tour à tour tous les genres, il écrivit de petites satires politiques, des chansons angevines, des parodies, des « rosseries » pour Yvette Guilbert, des paysanneries pour Ouvrard et des romances que musiquèrent Ch. de Sivry, Esteban Marti, Marcel Legay, Charbonnier, Jean Huré, Mario, Albert Chantrier, voire le maître Massenet ; mais il se confina plus spécialement dans l'actualité.

En quittant le Conservatoire de Montmartre, il fit en Belgique, en Hollande et en Angleterre un voyage d'études au retour duquel il adressa au Ministère des Beaux Arts un rapport sur les *Procédés d'exposition et de conservation des Musées* des contrées qu'il venait de visiter. En récompense, M. Leygues lui accorda les palmes d'Officier d'Académie (1899). La boutonnière ornée, il revint au Conservatoire de Montmartre et se dénomma définitivement le « chansonnier Jihel » ; il retourna ensuite aux Quat'-z-Arts (dont Trombert lui confia la régie), puis se produisit au

Grillon et aux Noctambules, où il est encore actuellement.
J'oubliais de mentionner qu'il avait fait partie de l'éphémère Tremplin, où il donna une revue qui réussit assez
bien : *Revue sans Titre*. En 1899, il se risqua à envoyer à
M. Jules Claretie un acte en vers, *La Vierge*, qui fut reçu...
à correction. Il a écrit l'an passé, en collaboration avec
Henri Gréjois, *Dame sérieuse*, comédie de mœurs en un
acte dont Louise France créa, avec son talent si personnel
et si puissant, le principal rôle sur la petite scène du Cabaret des Noctambules. Il est également l'un des auteurs de
L'Affaire Boutavant, l'actuel succès de cet établissement.

Jihel — il le reconnaît d'ailleurs lui-même — est hési-
tant, instable dans ses tendances, dans ses désirs, dans
ses sélections et aussi dans sa manière ; et son œuvre se
ressent de ces fluctuations. Un poème commencé par lui
de façon galante et passionnée tournera tout à coup au
pessimisme le plus cruel. Il passe son temps à brûler ce
qu'il a adoré ; et il a chaque jour une adoration nouvelle.
Quoi qu'il en soit, je suis persuadé que, avec l'esprit d'observation, l'humour et la science qu'il possède, Jihel, une
fois débarrassé de ses indécisions, se créera promptement
une personnalité parmi les chansonniers montmartrois.
Il excelle déjà dans ses chansons patoises ; et je me suis
franchement amusé à lui entendre chanter — fort joliment, ma foi — sa paysannerie *Pif, Paf, Pouf!* Ce genre
n'était point encore cultivé au cabaret, où il s'acclimate-
rait rapidement, en contraste et en complément des durs
poèmes beaucerons de Gaston Conté. Mais je me mêle là
de choses qui ne me regardent pas : quelle que soit la
veine qu'il veuille exploiter, Jihel réussira, s'il le désire.
J'en donne pour preuve les deux exemples ci-dessous :

LE TAPEUR

C'est lui qui vous découvre, assis à la terrasse,
Et même à l'intérieur d'un café du boul'vard.
Gracieus'ment, il vous offre un' boisson à la glace ;
Mais quand il faut payer, i' s'auve : il est en r'tard.

C'est lui qui vous cramponn' pendant toute un' journée
Pour vous fair' des emprunts plus ou moins importants :
Il doit vous rendre ça vers la fin de l'année. —
Comme i n' dit pas laquell', ça peut êtr' dans cent ans.

C'est lui qui s'introduit dans l' salon à la mode
Pour étendre, dit-il, le cercle d' ses r'lations ;
Taper à domicil', c'est beaucoup plus commode...
Et puis y a tant d' gobeurs dans les haut's situations.

C'est lui qui fait la cour à deux ou trois jeun's filles ;
Comme il chante assez mal et qu'on lui croit du bien,
Ça lui procur' l'hiver quelques soirées d' famille :
La famill', c'est si beau, quand ça n' vous coûte rien.

C'est lui qui rest' dîner plusieurs fois par semaine
En v'nant exprès vous rendr' visite à l'heur' du r'pas.
L'intrépid' « Vid'-bouteill's » resterait en haleine
Tant il boit, tant il mang'; mais tout ça ne compt' pas.

C'est lui, si vous quittez votre table à la hâte,
Qui s' lève ; et vous lui dit's : « Restez donc et jasez ! »
Lors, il conte à Madam' comment l' terrain se tâte
Quand on fait les manœuvr's dans un pays boisé.

C'est lui qui vous prend tout : votre argent, votre épouse;
Mais vos yeux sont ouverts, et c'est tout déconfit
Qu'il lui faut accepter de votre humeur jalouse
Un combat singulier ailleurs que dans vot' lit.

C'est enfin lui qui r'çoit quelques pouc's de vot' lame.
Blessé mortellement et près de se roidir,
Il perd la connaissanc' de tout c' qu'on lui réclame
Et n' rendra seulement... que le dernier soupir.

SONNET

Un champ vide, entouré de ronces épineuses,
Telle est mon âme et tel est mon cœur délirant :
Les amours sont passées, laissant plus douloureuses
Ma force et ma jeunesse à leur songe navrant.

Et je traîne mon corps, cette loque honteuse,
Sur le sentier aride à mon orgueil mourant,
Sans entendre jamais de parole flatteuse
Pour bercer mon espoir... si faible qu'il se rend.

Vais-je *La* regretter et rejoindre la route
Où, dans un effort, hier, je l'abandonnai toute ?
Sera-ce là le but des bonnes volontés ?...

Non ! Je suis libre et veux garder libre cette âme
Arrachée au Désir, à son gibet infâme !...
Ris, mon cœur triste, ris ! Et vous, Muses, chantez !

Louis MONCET

« Est né place Clichy, au pied de la statue du général qui lui a donné son nom, tandis qu'il tenait son prénom enfermé dans un porte-monnaie que ses parents lui avaient laissé en l'abandonnant aux caprices de la fortune, qui lui apparut sous les traits de l'agent 759 du XVIIIᵉ arrondissement.

« Ceci se passait à Montmartre en 1874 (musique de Jean Varney). Son père adoptif ayant voulu en faire quelque chose, nous n'avons jamais su quoi, il tourna mal et se mit à composer des chansons après avoir essayé de différents moyens pour arriver à un but mal défini.

« Est l'auteur d'un travail très documenté sur la *Recherche de la Paternité*, qui lui valut quelques articles élogieux dans la *Revue grise* et six mois de prison pour outrages aux mœurs, après une dénonciation anonyme de M. Bérenger visant quelques passages mal fréquentés de son œuvre.

« Est sûr d'arriver maintenant avec une telle recommandation ! »

Se laisse ainsi présenter par ses camarades du Cabaret des Arts afin de laisser ignorer qu'il naquit seulement le 14 janvier 1876 sous le nom de Louis Feugère et qu'il dut attendre sa majorité pour, après deux ans d'architecture, comme Yon Lug, oser affronter le public montmartrois.

Débuta en 1897 à la Boîte-à-Musique après toutefois s'être fait la main, si j'ose dire, auprès de Tiercy, au Sans-Souci ; passa ensuite aux Quat'-z-Arts et au Théâtre-Salon.

Je me rappelle qu'alors ce grand garçon à la taille de cuirassier, aux muscles d'athlète, à la moustache auda-

cieuse, était d'une timidité de demoiselle. Il a maintenant
une belle assurance et l'emploie à l'exposition de fantaisies rimées : *Lamentations d'un Cheval de Fiacre, Les trois
Lettres d'un Étudiant,* — que le nain Delphin fait applaudir
chaque soir aux Noctambules, — *Près du Bal, La Confes-
sion, Tes Pieds, Fin de Bail, Tondeurs de Chiens, Projets
d'Amour, Le Critique, Pardonnez-moi ! Demande en Mariage,
O Poésie ! Ingratitude, Les Rendez-vous d'Amour* et *Le plus
beau Jour*, dont voici les couplets — sur l'air de *Ton Cœur*,
de Victor Meusy :

Entre deux sandwichs, pendant la soirée,
    Maman m' prit la main,
Et m'entraînant dans un' pièc' retirée,
    Ell' me dit : « Demain,
« Ma pauv' chéri', tu n' s'ras plus la jeun' fille
    « Qu' t'étais jusqu'ici ;
« Allons... bonn' nuit et surtout sois gentille
    « Avec ton mari ! »

Puis nous somm's partis, tous deux à l'anglaise ;
    T'avais l'air éteint...
Je n' me sentais pas très bien à mon aise
    Près d' toi dans l' sapin.
Si tu m'avais dit des parol's câlines
    Pour me rassurer...
Mais, vrai, tu faisais un' si triste mine
    Qu'alors j'ai pleuré.

Chez nous, quand tu vis mes yeux tout humides,
    Tu m' dis brutal'ment :
« Comment, vous pleurez ? Non... mais c'est stupide,
    « Vous êt's une enfant ! »
Puis (c'était bien l' moins) tu juras : « J' t'adore ! »
    Et m' mis un baiser...
Il était si froid, qu' ça m'en donne encore
    Froid, rien qu' d'y penser.

Et pourtant Dieu sait qu' c'eût été facile
    De t' faire adorer !
Je n' demandais qu' d'être un' p'tit' femm' docile,
    Docile à t'aimer.

Pour ça, fallait qu'un peu d' délicatesse
    Et beaucoup d'amour ;
Y avait pas d'amour, y avait pas d' tendresse,
    C'était un peu court !...

Pour toi, le cœur frais d'une enfant aimante
    N'avait pas d'attrait ;
C'était tout au plus une dett' rasante
    Dont tu t'acquittais ;
Ah ! j'aurais voulu, pauvr' petit' victime,
    Fuir bien loin de toi ;
Mais la loi m'avait livrée à ton crime,
    L'implacable Loi !

Sans un' caress' vrai', quand fut terminée
    La corvée — enfin ! —
Tu m' dis : « Dormons, car vous d'vez êtr' vannée,
    « Chacun dans notr' coin ! »
Tu tournas l' dos et de suit' résonnèrent
    Tes bêt's ronflements,
Tandis que près d' toi, seul' dans ma misère,
    J' pleurais tout douc'ment.

Je pensais qu' parfois certain's gens proclament
    Que leur plus beau jour
Est celui d' leur noce, et j'enviais les femmes
    Qui trouv'nt de l'amour ;
Et puis j'invoquais, le cœur en détresse,
    Les amants... Déjà !...
Je songeais sceptique — avec quell' tristesse ! —
    « Vaudront-ils mieux qu' ça ? »

Mais soudain tu m' dis un tas d' chos's charmantes,
    Je n' comprenais plus...
C'était une musiqu' de paroles troublantes,
    J' t'avais méconnu.
C'étaient des baisers, des caress's sans trêve
    Et tu m' serrais fort !...
Quand j' me réveillai (car c'était un rêve)
    Tu ronflais encor...

Fernand DHERVYL

Louis-Etienne Durafour, dit Fernand Dhervyl, est né à Lyon le 19 novembre 1875. C'est à l'instigation de son compatriote Xavier Privas qu'il quitta la morne cité de « Lyon-sous-Brumes » — où il cumulait les fonctions de rédacteur en chef d'un microscopique canard, de placier en quincaillerie et de chansonnier amateur — et qu'il débarqua, un beau matin d'automne de 1897, à Montmartre, qu'il n'a plus quitté depuis.

De taille assez élevée, le corps et les membres minces, Dhervyl a la démarche un peu hésitante ; cela tient à sa myopie extrême qui l'empêche de reconnaître à un mètre son plus intime ami. D'humeur égale et douce, il rit lui-même de cette infirmité et dit que « s'il porte un lorgnon teinté, c'est pour voir les choses de la vie sous des couleurs plus gaies ». Il ne sait de quand date sa première chanson. Ses livres de classe, ses cahiers d'écolier et, plus tard, ses carnets de représentant de commerce, hospitalisèrent au hasard de l'élucubration de multiples fantaisies rimées : odes, ballades, couplets, etc., dont grand nombre demeurèrent inachevés.

Dhervyl traite ordinairement l'actualité politique et sa manière procède de Ferny et de Bonnaud, aux succès de qui il atteindrait certainement, n'était sa myopie, qui lui donne l'aspect d'un timide.

Dans une prochaine étude consacrée spécialement à la chanson politique en France, j'analyserai plus complètement l'œuvre de Dhervyl, me contentant pour aujourd'hui de la citation de ce monologue :

˙ LA DERNIÈRE ÉTAPE DU JUIF ERRANT

Le Juif Errant, poursuivant à travers le monde,
Sans trêve, ni repos, sa course vagabonde,
Marche éternellement, sans espoir de secours :
Sans cycle, ni teuf-teuf, il chemine toujours
Pedibus cum jambis, comme disait Virgile.
Il va droit devant lui, traînant de ville en ville
Ses croquenots usés déjà depuis longtemps,
Avec cinq sous en poche et la bouffarde aux dents.
Or, certain jour, — c'était la semaine dernière, —
Isaac Laquedem, fourbu, blanc de poussière,
S'égara dans un lieu jusqu'alors ignoré
Où nul homme avant lui n'avait dû pénétrer.
Pourtant, c'était une de ces cités magiques
Faite d'arbres touffus, de palais magnifiques,
De jardins embaumés, de riches monuments...
Mais le tout dans le pire des isolements :
Pas un être vivant, contre toute habitude
Pas un homme ; c'était la morne solitude ;
Un silence de mort sur toutes ces splendeurs
Avait semé l'effroi...
                              Le plus vieux des marcheurs,
Devant cet abandon et cette horreur muette,
Sentit ses cheveux blancs se dresser sur sa tête
Et recula.
                    « Dieu de Reinach et d'Ephrussi !
Où suis-je ? gémit-il. — Que viens-je foutre ici ?
Ah ! certes, j'en ai vu, durant mes longs voyages,
De grandes cités, de minuscules villages...
J'ai vu de près la mort, j'ai connu le danger ;
Cent fois l'anthropophage a failli me manger
Lorsque je me perdais dans les pampes fertiles ;
Et le civilisé de maintes belles villes,
En apercevant mon nez crochu de youpin,
Pour me casser la gueule a brandi son gourdin !
J'ai bravé les lions, les fauves des tropiques ;
J'ai traversé sans peur les meetings politiques ;
J'ai vu les grands déserts, les Saharas sans nom ;
Les steppes glacés, la salle de l'Odéon ;

Tous les lieux désolés où nul ne s'aventure,
Je les ai parcourus bravement, je le jure !...
Mais aujourd'hui, devant un tel isolement,
J'ai le trac, je l'avoue !... Où suis-je, Dieu clément ? »
Et le bon Dieu, qui n'est au fond pas mauvais diable,
Fut touché, puis, daignant se montrer pitoyable,
De son doigt de Providence il lui désigna
Un petit écriteau qui se trouvait par là,
Et sur lequel le Juif Errant lut sa déveine
En ces lugubres mots :

Annexe de Vincennes (1).

Je retiens, parmi les titres des chansons que créa Dhervyl aux apéritifs du Champ-de-Foire, à l'Alouette, au Conservatoire de Montmartre et aux Quat'-z-Arts, — où il est actuellement : — *Le Mandat-Poste, Imprécations contre la perfide Albion* (2), *La Méprise de M. Drumont, Les Réformes de l'Enseignement, Les Opinions de ma Concierge, Les Travaux de l'Amiral,* et la très fine satire sur *Les Décorations*

(1) Il s'agit ici de l'annexe de l'Exposition de 1900.
(2) Labbé, édit.

Charles GALILÉE

Ancien garçon limonadier, rendit un jour son tablier pour aller jouer la comédie en province ; y connut tous les déboires de la vie de baladin et se décida à revenir à Paris, sa patrie. Ne voulant point reprendre sa profession première, — dont il semble rougir aujourd'hui, bien qu'affichant des opinions anarchistes, — il se met alors à fréquenter les caveaux et y débite des vers de Paul Paillette. Mais, un jour, il se juge bien naïf de faire valoir le talent d'autrui quand il sent en lui-même pétiller le feu sacré ; et il se dit qu'il sera poète, ou tout au moins qu'il le proclamera. Après Boileau, — qu'il ignore, — il se rend compte que

> Ainsi qu'en sots auteurs
> Notre siècle est fertile en sots admirateurs.

Et le voilà qui se met à pondre des vers, des vers, et des vers, et toujours des vers, tant occupé par la recherche de la rime riche qu'il oublie de courir après l'orthographe et laisse passer le style sans l'arrêter. Cependant, afin de ne point dévoiler son ignorance (ô illusion !), il émaille son texte d'expressions latines et de tous les termes magnifiques et peu usités à la découverte de quoi s'écarquille son orgueil. Il collectionne ces préciosités et, sans nul souci de leur sens, il les lance au nez du bourgeois... ; et ce dernier est bigrement épaté ! Ainsi parle-t-il à Kruger :

> Tu viens, attristé, mais stoïque,
> Demander à la République
> Le « coup de main » du compagnon :
> Son giton est problématique ;
> Sa crinière est un faux chignon ;
>
> . . . .

Les potentats, que tu déranges,
— Alors qu'ils chassent, ou qu'ils mangent —
Refusent de te recevoir ?...
Cela sied bien à tes phalanges
Qu'il te faudra bientôt revoir ! —

. . . .

Puisse, au port, aborder le dogre !
... Si, cette fois encore, l'ogre
A mangé le « petit poucet » ;
Quand même la force donne aux gre-
dins les champs que tu traversais ;

. . . .

Et de la glèbe désolée,
De ta jeune race immolée
Sortiront les germes, sacrés !
De la concorde immaculée, —
Qu'on clame les *Miserere*.

Pour les victimes qui reposent ;
Pour les flibustiers qui s'exposent ;
Pour les bandits au pilori ;
Pour les peuples qui s'ankilosent,
Le destin du monde est écrit.

Quel peut bien être le poète de notre décadence qui sert
de *problématique giton* à la République ? Mais cela ne nous
regarde pas ; contentons-nous de savoir que cela *sied aux
phalanges* de l'Oncle Paul. Et réjouissons-nous que le destin du monde permette enfin une troisième rime à *ogre*.
Résisterai-je au plaisir de vous éblouir de ce joyau que
Charles Galilée me fit l'agréable surprise de me dédier ?
— C'est une ballade :

BALLADE DES TROIS COULEURS

La première, quand la nuit brève
Achève d'endeuiller les cieux,
Nous paraît être d'un beau bleu ;
D'un bleu léger, d'un bleu de rêve,
De rêve de bons petits fieus

Qui ne seront jamais nuisibles
Et deviendront plutôt risibles
A genoux devant l'ostensoir !
Mais les spectres, indivisibles,
N'aperçoivent rien que du noir.

La seconde, lorsque s'élève
Au Zénith l'astre glorieux,
Semble être blanche aux curieux
Qui s'aventurent par la grève,
Clamant, d'un ton impérieux,
Des paroles intraduisibles
Alors que s'élèvent, plausible,
Les voix discrètes du savoir
Et que les gnomes, infusibles,
N'aperçoivent rien que du noir.

La troisième, lorsque s'achève
Le jour, ressemble au merveilleux
Eclat d'un couchant radieux.
Splendide, colossale, et brève,
La rouge prête aux factieux :
Forts de leurs haines, incessibles,
Ils montent aux inaccessibles
Sommets du rêve pour mieux voir !
Mais tous les lâches, impassibles,
N'aperçoivent rien que du noir.

ENVOI

Illusion, aux gueux loisible !
Les trois couleurs, quand vient le soir,
Flottent encor, mais invisibles,
Et, les bons promeneurs, paisibles,
N'aperçoivent rien que du noir.

Et voilà ! Il y a dans ce goût-là quatre mille vers distri-
bués en quatre-vingts poèmes qui doivent former un livre
sous ce titre *Croquis*. Mais n'est-ce point tout : Galilée promet encore la réunion en volume de vingt-cinq autres
poésies sous le titre *Loques et Hochets*, sans préjudice de

cinquante chansons dont le recueil portera nom : *Chansons à Mariette*.

De plus, il publie des thèses philosophiques sous ce titre générique : *Etudes sur l'Absolu de l'Existence*, dont la première, *Dieu et notre Ame*, vient de paraître à la Librairie de Propagande Socialiste, 60, boulevard de Clichy. Il faut lire cela.

Galilée dit ses vers en convaincu : il croit que c'est arrivé ; et c'est avec fureur presque qu'il clame ceux auxquels il suppose une portée philosophique. Il a fait de fugitives apparitions aux Quat'-z-Arts, pris huit jours durant la direction artistique de l'Alouette, fondé à l'Exposition de 1900 le Cabaret de la Butte (Andalousie au temps des Maures) et régi, rue Lepic, pendant un mois, les Rayons X.

Particularités : ne veut être exploité ni par les directeurs, ni par les éditeurs, ni par la Société des Auteurs, ni par qui que ce soit. Il s'exploite lui-même. S'intitule fièrement et irréductiblement poète et se montre très vexé lorsqu'on le traite de chansonnier.

Henri GRÉJOIS

Je dirigeais le spectacle au Conservatoire de Montmartre lorsque, en 1898, s'y présenta Henri Gréjois, qui, après deux ou trois jours d'essai et sur mes instances, fut engagé à raison de 3 fr. 33 par soirée. Il débuta avec quelques satires très acerbes, mais d'une forme un peu lâchée, châtiant les sottises et le ridicule des gens du monde, le jésuitisme et l'hypocrisie politique. A la lecture de la pièce ci-dessous, qui obtint beaucoup de succès, on aura une idée exacte de la façon dont il traite ses sujets :

PATRIOTARD

C'est un dégénéré simplement veule et flasque
Qui mesure un guerrier à l'ampleur de son casque.
Son âme est de ruolz, son cœur de maillechort.
Il prend pour uriner des poses de ténor.
Son crâne est un musée où des images dorment
D'ustensiles guerriers, d'éperons, d'uniformes.
Son courage est en zinc, et son verbe brutal
A des sonorités d'un goût... municipal.
A sa littérature il n'est pas de remède ;
Il suinte des vers de monsieur Déroulède,
Où de jeunes enfants, coiffés de blonds cheveux,
Sont nommés caporaux en distiques piteux,
Pendant qu'un vieux sergent, sous des grêles de balles
Couche sur des drapeaux, mange dans des cymbales,
Ou, la main sur l'affût de deux ou trois canons,
S'asseoit sur des tambours en sonnant du clairon.
Le bouillant, le bruyant, le braillant patriote
Est un être malsain : s'y pique qui s'y frotte.
Sa marotte lui vint, un jour de revision,
Quand le major lui dit : « Remets ton pantalon.
Ta triste architecture est un bloc pitoyable,
Tu ne feras jamais un troupier convenable. »
Lors, en son cœur, le chant, russe, autant qu'usuel,
Quoique quasi anticonstitutionnel,
A dit son bon vouloir, son ivresse de vivre,
Aux sons républicains d'une musique en cuivre.
O jour trois fois heureux ! Béni soit le major
Qui préserva tes pieds des oignons et des cors.
A toi bocks et vermouths, kummel, absinthe pure,
Et les rêves d'alcool que ton esprit suppure,
Evoquant le décor des Quatorze-Juillets,
A toi pétards, fusées et coups de pistolets,
Chaussette franco-russe au parfum de pandore,
Ceinture à la moujick, caleçon tricolore !
Embrasse, coq gaulois, l'aigle dominateur !
Vive la liberté, béni soit l'empereur !

Et, fétide, il s'en va, de gargote en gargote,
Ressasser des propos de femelle en ribote,
Danser la moscovite, en songeant à Moscou,
De sinistre façon s'asseoir un peu partout,
Dans un ruisseau rêver de blondes cantinières
Posant sur ses genoux leur croupe hospitalière.
Et puis, un beau matin, la question d'Orient,
Du Niger ou d'ailleurs, aura l'inconvénient
De faire résonner la trompette de guerre.
Les simples s'en iront défendre la frontière,
Mais lui, le bon gueulard, soudainement promu
Au rang de spectateur, et gravement ému
En songeant aux malheurs qui menacent la France,
Ira dans un désert enterrer sa souffrance.
Prudent, il se tiendra loin des endroits malsains
Où d'autres, sans orgueil, sans discours, sans refrains,
Iront faire ajourer le drap de leurs capotes
Pour le compte de faux et bruyants patriotes.

C'est à Clamecy que revient l'honneur d'avoir vu naître, en 1876, Henri Mazier, dit Gréjois, qui fit ses études à Paris, à Bourges, à Blois, à Laval, au Puy, à Toulouse (où il passa son bachot) et à Paris. Afin d'esquiver le service militaire, il fait deux années de médecine interrompues, à trois reprises différentes, par des tournées qu'il fait en compagnie d'une troupe de comédie. Il entre ensuite dans la maison d'édition Picard et Kahn, à Paris, en qualité de correcteur ; il y corrige des livres de « prix » dont les auteurs nouent d'aimables idylles entre enfants de treize a quinze ans ; il revoit également un *Traité sur les Engrais naturels*, où il développe sur la respiration des plantes des théories aussi dramatiques qu'abracadabrantes. Mais une gastrite lui fait abandonner la correction. Il entre alors comme premier violon dans un quintette au café de la Cloche, rue Custine, à raison de six francs par jour. De là, il fait, avec le même emploi, plusieurs saisons dans des stations thermales.

En quittant le Conservatoire de Montmartre, où il était parvenu, non sans peine, à obtenir la pièce de cent sous quotidienne, il entre au Cabaret des Arts et simultanément aux Noctambules. Nous le retrouvons en 1899, aux Mathurins, où le public snob avale difficilement le fiel de son ironie ; aussi n'y reste-t-il que quelques mois, au bout desquels il revient à Montmartre, et grimpe sur le Tréteau-de-Tabarin. Enfin, en 1900, il prend la direction artistique du Cabaret des Noctambules, qu'il exploite aujourd'hui pour son propre compte et où il sait, par le choix de son programme de chansonniers et la représentation d'amusantes piécettes, attirer et retenir la jeune clientèle du quartier des Ecoles. Entre temps, avec Chardin comme impresario, il a fait la tournée de « La Bodinière », cumulant, avec un égal bonheur, les fonctions de présentateur, d'acteur et de chansonnier.

Gréjois a écrit le livret de deux pièces d'ombres : *Le Festin de Balthazar*, en vers lyriques, avec la collaboration de Raymond Ballu, musique de Jeanne Valentin, ombres de Auglay, représentée au Conservatoire de Montmartre en 1899, et *Le Voyage de Mimi Pinson*, revue latine avec ombres, jouée en 1900 aux Noctambules, pendant deux mois, avec un succès non interrompu. Il a également composé, pour le même établissement, *Mars en Carême*, 1901, *Dame Sérieuse*, avec Jihel, *L'Affaire Boutavant*, avec Jihel et Butot, et enfin, en collaboration avec Lucien Boyer, la revue qu'on devrait représenter en ce moment. Car, à l'heure où nous mettons sous presse, nous apprenons que, des difficultés ayant surgi entre Gréjois et le propriétaire des Noctambules, celui-ci a repris l'exploitation et composé une troupe nouvelle.

Gréjois compte de nombreux succès de cabaret; je citerai plus spécialement *L'Irrigateur*, *Les Apostrophes*, *Le Lancement du* Coppée, *L'Ecole des Journalistes*, *Confidence du Roi Edouard VII au Duc de Connaught*, *L'Homme coupé en morceaux*, *Recette pour avoir les Palmes*. Je signalerai également une nouvelle parue dans *Bono Dum-Dum* (Jeanne Landre, édit.) : *Le Cœur de la Reine*.

Signe particulier : mémoire de lièvre.

MILLANDY

Les poètes du Quartier-Latin considèrent un peu dédaigneusement Maurice Nouhaud, dit Georges Millandy, comme un chansonnier montmartrois, et les bardes de la Butte Sacrée le classent, non moins dédaigneusement, parmi les poètes de l' « autre côté de l'eau ». La vérité est que Millandy se flatte d'être des deux rives et à la fois poète, chansonnier et compositeur.

A la Bodinière, en de trop sérieuses conférences sur la *Chanson d'Art*, il a expliqué que les compositeurs-auteurs, que les poètes-mélodistes étaient les « seuls vrais poètes d'hier et d'aujourd'hui ». Cette théorie, du reste, lui attira quelques inimitiés.

Maurice Nouhaud est né à Luçon, en 1871, ce dont il ne profita pas pour se spécialiser dans la chanson vendéenne. Il faillit faire un médecin et fera peut-être un psychologue. Il a en cartons des actes, des nouvelles et un roman psychologiques. Que n'a-t-on pas en cartons ? Il fut jadis un des plus fervents disciples de René Ghil, dont la théorie sur les voyelles musicales l'amusait. Il prit après Xavier Privas la direction des Soirées Procope, et rédigea en chef le *Journal Parlé*, qui restera, au point de vue littéraire, une des curiosités documentaires de ce temps.

Après quelques apparitions à Montmartre, il fit des causeries au Théâtre Pompadour et à la Bodinière, où il traita et continue à traiter de la chanson sous ses différentes formes.

Il a publié un recueil de petits poèmes, couplets soulignés de mélodie, sous le titre : *Les frêles Chansons*, et prépare un second volume avec des illustrations de G. Dola et de H.-G. Ibels, qui comprendra : *Chansons du Temps du Rêve, Chansons du Temps d'Amour,* et *Chansons du Temps d'Automne*, dont plusieurs sont actuellement interprétées à Montmartre, notamment au Cabaret des Arts. Ce petit poème inédit donnera une idée de la manière de Millandy :

ON A TANT AIMÉ

On a tant aimé dans le temps,
Qu'à présent on ne saurait dire
Si c'est bien un nouveau délire
Qui vous affole en ces instants ;
Et si les frissons qu'une femme
Glisse en vos nouvelles chansons
Ne sont point quelques vieux frissons
Oubliés au fond de votre âme...

On a tant juré quelque jour,
Qu'on ne sait plus, l'âme inquiète,
Si les mots d'amour qu'on répète
Ne sont point de vieux mots d'amour ;
Et si la banale promesse
Que l'on fait amoureusement
N'est point ce même beau serment
Fait jadis à quelque maîtresse !

On a tant souffert une fois,
Qu'aujourd'hui l'on discerne à peine
Si l'on souffre d'une autre peine
Ou de la peine d'autrefois ;
Et si les larmes de tendresse
Qu'on verse désespérément
Ne pleurent point tout simplement
Quelqu'inoubliable tristesse !...

Au physique, Millandy est grand, mince, châtainement barbu et pourvu d'un appendice nasal fortement arqué ; il est d'un abord aimable et ses manières sont correctes comme sa tenue.

Louis AUGUIN

Débuta à peu près à la même époque et aux mêmes avantageuses conditions que Gréjois, au Conservatoire de Montmartre ; se produisit d'abord comme chanteur, avec des chansons anciennes qu'il détaillait d'une façon charmante. Il ne se livra à la composition qu'après son entrée au Cabaret des Arts, qui se l'attacha peu après la fondation. Le programme humoristique de cet établissement nous dévoile son passé dans ces lignes fumistes :

LUIS AUGUINO

« Né à Pampelune (oh ! ironie des ruines !) en 1875, francisa son nom à la suite d'une grave maladie et devint Louis Auguin, nom sous lequel il se fit une atroce réputation dans l'Université. Passa trois fois en correctionnelle et cinq fois à l'étranger.

« Fut découvert par le docteur Maclaud dans la Guinée septentrionale ; Auguin à cette époque enseignait l'art culinaire anthropophage aux indigènes de l'endroit.

« Ramené en France étroitement enchaîné, fit courir tout Paris au Jardin des Plantes, s'évada avec la fille du gardien, et privé de toutes ressources vint échouer dans un hôtel borgne de la rue de Flandre ; ne pouvant payer ses notes, résolut de les faire valoir par la souplesse de son gosier et devint tenorino léger, si léger qu'une fois encore il s'envola aux pays bleus..... ; connut alors la fortune sous les espèces d'une princesse valaque (de la famille Tanvala-Cruchaloh) ; couvert de bijoux et d'égratignures, se fit admettre au Cabaret des Arts, où il ne tarda pas à devenir la coqueluche de l'auditoire féminin.

« (Est l'auteur de mélodies charmantes qui se trouvent actuellement sur tous les pianos mondains.)

« Atteint d'une maladie de langueur, brûle la chandelle par les deux bouts et s'éclaire avec de l'huile d'olivette.

« Candidat à l'académie des Ginsodatistes..... »

Nancéen d'origine, Louis Auguin, après de brillantes études, entra dans l'Université en qualité de professeur et enseigna à Corté, à Confolens, à Commercy, puis fut mis en disponibilité à la suite d'une intrigue avec la femme d'un de ses chefs de service. C'est à la suite de cette aventure que l'idée lui vint d'utiliser son talent de chanteur. En attendant qu'il écrive lui-même ses poèmes, — ce qui lui arrivera certainement un jour, — il compose de délicieuses mélodies sous les vers d'autrui. J'ai plus spécialement remarqué *Rimes amères*, *Les Lilas blancs*, poésies d'Armand Silvestre, *Au petit Sentier*, bluette de Maurice Bouchor, *Dormeuse*, *Ce que dit le Passant*, *Partout* et *La Belle au Bois dormant*.

L'été, Auguin parfois devient impresario, et monte des troupes montmartroises qu'il produit dans les grandes villes de province. Il ne regrette point d'avoir abandonné l'enseignement, car il voit déjà lui sourire la Fortune : il est dans ses meubles depuis un an et paye son terme.

Particularités : voue une farouche inimitié à Fursy et ne croit pas aux serments féminins.

Lucien BOYER

Né à Léognan (Gironde), le 20 janvier 1876.

Ayant, à sa sortie du collège, manifesté à l'auteur de ses jours son intention de se livrer à la littérature, celui-ci lui promit de s'en occuper et lui fit obtenir la représentation de la Murphy Varnish Cⁱᵒ, importante fabrique américaine. Le placement des vernis laissant au jeune homme de grands loisirs, il les mettait à profit en composant de mauvais poèmes qu'il adressait aux jeunes revues. Il collaborait en même temps au *Carnet-Journal*, organe des voyageurs de commerce. Dès lors il n'eut plus qu'une ambition : vivre de sa plume !

Contrecarré et quelque peu blagué par son papa, le jeune aède prit la mouche et signifia sa volonté de planter là Mercure pour suivre Apollon. En 1898, un ami de Trombert l'amena aux Quat'-z-Arts, où on le prit à l'essai. On lui demanda des chansons d'une note un peu révolutionnaire. Les convictions de Lucien Boyer manquant de solidité et son allure grassouillette démentant les théories qu'il tentait d'émettre, il n'obtint qu'un très vague succès. Il lâcha donc la révolte et encensa l'amour. Engagé au Carillon, il y créa *Pigeon vole*, *Quitte ta Chemisette*, *La Légende des Grains de beauté*, *Galante Invitation*, etc.; il passa ensuite au Conservatoire de Montmartre, au Tréteau-de-Tabarin, puis aux Noctambules et au Petit-Théâtre, où il est actuellement.

A sa sortie du Tréteau-de-Tabarin, Boyer se trouva un certain temps sans engagement dans les cabarets; l'idée lui vint alors d'essayer du café-concert. Gaston Habrekorn le prit au Divan-Japonais et le remercia au bout d'un mois, à la suite d'une dispute avec le chef d'orchestre.

Lucien Boyer ne cherche pas la note philosophique; il cultive plutôt le genre romance, mais sans désespoirs, sans remords, ni menaces ; il vise plutôt à être « rigolo ». A mon avis, il devrait l'être davantage et s'adonner carrément au comique. Il est très observateur : le moindre ridicule le frappe — et il le consigne en des tablettes qui seront plus tard bien curieuses à consulter — ; il est d'esprit jovial et prompt, et sa physionomie respire la gaieté ; tout cela devrait le porter à écrire des chansons dans le genre de celles d'Hyspa plutôt que des romances, fades parfois, qu'il susurre d'une voix un peu trop volontairement éteinte et nasillarde. Il peut du jour au lendemain devenir un bon chansonnier, mais il a encore du chemin à faire avant d'être un poète accompli — ce qui ne veut pas dire qu'il manque de talent, car sa versification est presque toujours de belle tenue. Voici quelques quatrains inédits qu'écrivit notre poète un soir... douloureux :

LARMES DE RASOIR

Vous m'avez dit un soir d'ivresse :
— « Je suis la fille d'un potard. »
Je m'en ressouviens, ô maîtresse,
Et je vous écris sans retard.

Je pardonne au destin barbare
Qui m'atteint par votre canal.
Mais si la fille fit le mal,
Que le père au moins le répare.

Ainsi le bon Galiléen
Le prêcha dans les Evangiles.
Je vous adjure par saint Gilles,
Moi, le malade éburnéen.

Quand vous irez dans vos pénates
Goûter le charme du foyer,
Rapportez des permanganates
Pour ce pauvre Lucien Boyer.

P. S.

Au doux poète qui vous aime
Prenez garde de tout donner :
Un traitement bien ordonné
Commence toujours par soi-même.

C'est peut-être un peu bien osé pour être adressé à une jeune fille, mais c'est au moins aussi plausible que les *Grains de beauté*

Qui voltigeaient dans le ciel bleu
Avec les brunes coccinelles

ou le petit abbé disant à la marquise :

« Dans les draps de fine batiste
« Nous danserons le menuet! »

Mais notre chansonnier se console des critiques en avouant qu'il fait d'abord « commerçable »; l'art pur — d'un rapport moins immédiat — viendra toujours en son temps.

En dehors de ses chansons, dont les principales sont : *L'Homme Noir, Du Mouron pour les p'tits Oiseaux, La Chanson de l'Epée, L'Eternel Cantique, A la Voile du Rêve, Au Coin du Feu, Mieux vaut souvent que toujours, Le Sentiment de la Couleur, Lettre à Guignol, Madrigal d'Abbé* et *L'Auberge du Paon-Royal*, Lucien Boyer a écrit *Le Voyage de Mimi Pinson*, revue-vaudeville jouée aux Noctambules et qui obtint un très gros succès : *Le Pépin de Mandarine*, opérette en collaboration avec Gabriel Montoya. Il a, en outre, en cartons, *Le Tonneau*, opérette en un acte, *Yamaris l'Egyptienne*, opéra en cinq actes avec Montoya, musique de Letorey, et enfin, encore avec Montoya, *La Bohème en Voyage*, trois actes d'opérette.

Gaston COUTÉ

Un matin de novembre, en 1898, je longeais d'un pas pressé le boulevard de Rochechouart, regagnant le logis conjugal où m'attendait le déjeuner. En passant devant le cabaret Al'Tartaine, je m'entendis appeler. Craignant la « barbe », comme on dit à Montmartre, je fis le sourd et précipitai l'allure. Mais ce fut en vain : à peine étais-je arrivé au coin de la rue Dancourt qu'une main se posait sur mon bras. Cette main appartenait au chanteur Buffalo.

« — Bonjour, mon vieux, me dit-il. As-tu une seconde ? Je voudrais avoir ton avis sur une pièce de vers très curieuse. »

Et il m'entraîna au local où il avait coutume d'officier. On nous versa l'apéritif et je lus en hâte les strophes manuscrites sur lesquelles Buffalo et ses patrons attendaient mon appréciation. Elles étaient écrites en vers patoisés avec des termes aux articulations fortement ouvertes et des expressions paysannes fleurant le terroir chartrain. Très colorées, elles dégageaient une mélancolie un peu rude où se devinait une pointe d'amère misanthropie ; elles avaient pour titre : *Le Champ de Naviots*.

« — Mais c'est très bien ! m'écriai-je après avoir relu plus attentivement le poème. Et de qui est-ce ?

« — D'un p'tit gâs qu'arrive de son patelin, me dit Buffalo.

« — Il se nomme ?

« — Gaston Couté. Il n'a que dix-huit ans.

« — Il faut vous l'attacher, dis-je à Taffin, le directeur d'Al'Tartaine. Voilà une note nouvelle, originale, qui intéressera certainement le public ; et j'estime que ce petit bonhomme-là est un poète, un vrai, et qu'il faut l'encourager. Je serais bien étonné si, d'ici peu, il ne nous forçait à l'admirer par la production de quelque « tartine » de large envergure. Engagez-le. Vous vous en féliciterez, j'en suis sûr. »

... A cette époque, je faisais partie de la troupe des Quat'-z-Arts et, malgré mon vif désir d'entendre au plus tôt le jeune Couté, il ne me fut loisible de me rendre Al'Tartaine qu'un mois plus tard. L'auteur du *Champ de Naviots* n'y était déjà plus. Un ancien fêtard du nom de Barthélemy, qui, après avoir dissipé en peu de temps une fortune de plus d'un demi-million, chantait à l'Ane-Rouge sous le pseudonyme de Bartholo, avait entraîné Couté au cabaret de l'avenue Trudaine. J'y allai en hâte ; mais le « tour » de Couté étant passé, j'en fus pour mes pas et dus partir sans avoir eu le plaisir de l'applaudir.

Deux mois plus tard, je trouvai mon poète au sous-sol des Funambules, où Georges Oble, qui dirigeait le concert-apéritif, l'avait engagé sur audition à raison de 3 fr. 50 le cachet. Il m'apprit qu'il était né à Beaugency le 23 septembre 1880 ; que son père, qui exerçait la profession de meunier, se promettait de lui faire embrasser la minoterie ; que son peu de dispositions pour cette carrière avait suscité au percepteur de l'endroit l'idée de le préparer à un emploi administratif dans le département des Finances ; qu'avide de liberté il avait tout lâché, assurant à ses parents avoir trouvé une place à Paris ; que ceux-ci, crédules, l'avaient embarqué pour la capitale le 31 octobre 1898 avec, en poche, un billet de cent francs, bientôt dépensé ; que, enfin, ayant dit ses vers Al'Tartaine et à l'Ane-Rouge pendant six semaines, ne recevant comme rémunération qu'une consommation (un café-crème ordinairement), il avait connu les jours sans pain et les nuits sans gîte.

On l'annonça :

« — Le poète beauceron Gaston Couté, dans ses œuvres ! »

Coiffé de son chapeau mou, couvert de son mac-ferlane, il s'approcha du piano, gravit la petite estrade et, sans rien modifier de sa tenue, sans même un salut, il dit tranquillement, avec l'accent des paysans de « chez lui », trois satires d'une philosophie âpre où sont mises en relief les hideurs de la fausse charité, de la fausse raison et de la bigoterie : *Un Gâs qu'a mal tourné*, *Le Christ en bois* et *Un Gâs qu'a perdu l'Esprit*. Flegmatique en apparence, mais rougissant un peu, il regagna ensuite sa place sous les bravos... !

Jules Mévisto ayant pris la succession d'Oble aux Funambules, le cachet de Couté fut porté à cinq francs. Depuis, le poète beauceron s'est produit au Conservatoire de Montmartre, à l'éphémère Pa-Cha-Noir, au Carillon, à l'Alouette, aux Noctambules et au Grillon ; et partout son succès a été croissant. Ses œuvres les plus connues et les plus goûtées sont, avec celles que j'ai mentionnées plus haut : *L'École*, *Les Conscrits*, *Les Gourgandines*, *Les Électeurs*, *Les Cocus*, *Chanson du Dimanche*, *Les Vieux Sagouins*, *La Belle Jeunesse*, *En revenant du Bal*, *Le Doute du Malchanceux*, *Le Déraillement*, *Chanson de Chemineux*, *La Roue*, *La Commune*, *Un bon Méquier*, *Les Deux Chemineux*. Toutes ces poésies, jointes à beaucoup d'autres, formeront un volume qu'éditera prochainement Georges Ondet sous le titre : *Chansons d'un Gâs qu'a mal tourné*. J'extrais ces quelques vers de :

LES GOURGANDINES

Les garces des loué's, les souillons, les vachères,
Cell's qu'ont qu'leu pain et quat' pér's de sabots par an,
Cell's qu'ont ren à compter poure c' qu'est des parents,
Cell's-là, a' peuv'nt attend' longtemps un épouseux,
Longtemps ! en par-delà coueffé sainte Cath'rine...
Attend'?...
      Mais coumment don' qu' vous v'lez qu'a' fass', bon guicu!
Empêchez vouér un peu d' fleuri' les aubépines
Et les moignieaux d' chanter au cœur du joli Mai !...
Cell's-là charch'ront l'Amour par les mauvais senquiers.

Gna des lurons qui besougn'nt aux métari's blanches :
On s' fait ben queuqu' galant, en dansant, les dimanches.
Et pif... pouf !... Un bieau souér ousque l'on est coumm' saoule
D'avouér trop tournaillé au son des violons,
On s' laiss' chouèr, enjolé', sous les suçons d'eun' goule
Et sous le rudaill'ment de deux bras qui vous roulent
Coumme eun' gearbée à fér' dans les foins qui sent'nt bon.

Queuqu's moués après, quand gna déjà d' la barbelée
Au bout des grands chargniers et des p'tits brins d'éteule.
Faut entend' clabauder d'vant la flamm' des jav'lées
Les grous boulhoummes gaffieaux et les vieill's femm's bégueules :
— « Hé ! hé ! du coup, la michant' Chous' s'a fait enfler ! »

Et les pauv's michant's Chous's qui décess'nt point d'enfler
Descend'nt au long des champs ousqu'a trouvé linceul
Leu-z-innocenc' tombée au nez d'un clar ed' lune.
(Les galants sont partis pus loin, la mouésson faite,
En sublaillant, chacun laissant là sa chacune,
Après avouér, au caboulot, payé leu's dettes.)
« Quoué fér' ? »
           qu'a''s song'nt, le front pendant su' leu' d' vanquière
Et les deux yeux virés vars el' creux des orgnières...
Leu' vent' est là qui quient tout l'mitan du frayé !

. . . .

Ben ! pis v'là coumm' ça qu' est... Allez, les Gourgandines !
Vous yeux ont d' l'attiranc' coumme ieau qui dòrt dans l' puits,
Vous lèv'ers sont prisé's pus char qu'un kilo d' guignes,
Les pointes d' vous tetons — mieux qu' vout' cœur, vout' esprit —
Vous frayront la rout' large au travers des mépris...
C'est vout' corps en amour qui vous a foutu's d'dans ;
C'est après li qu'i' faut vous ragripper, à c'tt heure :
I' reste aux fill's pardu's pour se r'gangner d' l'honneur
Qu'à s' froutter — vent'e à vent'e — avec les hounnêt's gens.
L'hounneur quient dans l' carré d' papier d'un billet d' mille !
... Allez, les Gourgandin's, par les quat' coins d' la ville !...
Allez fout' su' la paill' les bieaux messieurs dorés !
Allumez le torchon au mitan des ménages,
Fesez tourner la boule aux mangeux d' pain gangné,
Aux p'tits gâs à popa en attent' d'héritage !
Fesez semaille d' peine et d' mòrt su' vout' passage,

Allez ! allez jusqu'au fin bout d' vout' mauvais sôrt !
Allez, les Gourgandin's, œuvrer aux tâch's du mal :
Soyez ben méprisab's pour que l'on vous adore !...
Et si vous quervez pas su' eun' couett' d'hôpital
Ou su' les banquett's roug's des maisons à lantarne,
Vous pourrez rappliquer — tête haute ! — au village
Entraînant tout l' butin qu' v' aurez raflé d' bounn' guarre.

. . . .

Vous s'rez des dam's à qui qu'on donne un certain âge :
Vous tortill'rez du cul dans des cotillons d' soué ;
V' aurez un p'tit châlet, près des ieaux ou des boués
Que v' appel'rez « Villa des Ros's » ou « des Pervenches » ;
L' curé y gueul'tonn'ra avec vous, les dimanches,
En causant d'ci et d'ça, d' morale et d' tarte aux preunes ;
Vous rendrez l' pain bénit quand c'est qu' ça s'ra vout' tour ;
L' Quatorz'-Juillet, vous mérit'rez ben d' la Patrie :
Ça s'ra vous qu' s' aurez mieux pavouésé de tout l' bourg !
Le bureau d' bienfesance vienra vous qu'ri' des s'cours ;
Aux écol's coummunal's vous f'rez off'er de prix...
Et vous s'rez prasqu'autant que l' mar' dans la coummune.

Gaston Couté dit actuellement ses vers aux Quat'-z-Arts,
où il a remplacé Jehan Rictus. Il y a entre ces deux poètes
de grandes affinités : ils sont mus par les mêmes sentiments de douce pitié ; et l'horreur des iniquités sociales
est chez eux également développée. Mais tandis que Rictus
gémit, Couté est tout près de crier ; la révolte chez lui
bout davantage. Cela tient sans doute à ce qu'il est plus
jeune, plus neuf et, conséquemment, non encore désillu-
sionné. J'ajouterai que le patois de celui-ci me semble
plus exact que l'argot de celui-là, qui sent trop le travail,
qui est trop de la « littérature ». Et je ne serais nullement surpris que le benjamin des poètes montmartrois
n'éclipsât un jour son aîné dans la faveur du public de
nos cabarets.

Paul WEIL

Coreligionnaire de Fursy et de Jules Moy, n'a pas jugé nécessaire de cacher son nom. Est né à Paris, le 13 août 1865. S'est produit pour la première fois à Montmartre, aux Quat'-z-Arts, en 1898, en compagnie de son ami Dollinet.

Avant de chansonner, avait fait représenter à la Bodinière un acte en vers : *Le Paradis gagné* et *Quatre-vingt-treize bis*, revue en collaboration avec Armand Allexandre. A la soirée organisée par le Masque, sous la présidence de Catulle Mendès, il donna un à-propos en vers : *Le Jardin de Banville*. Enfin on lui joua à ... Saint-Cloud un acte en prose : *Norette*.

C'est aux Soirées Procope et « à l'œil » que Weil débuta comme chansonnier avec *Erreur judiciaire*, *Nouvelle Complainte du Juif Errant*, *Inauguration de la rue Réaumur* et *Encore Arton*. Il fut ensuite au Chat-Rouge, cabaret situé à Plaisance, y chanta *Rochefort à Pélagie*, *La Statue de Beaumarchais*, *L'Impôt sur les Peintres*, et y présenta *La Défense de Carrara*, toujours « à l'œil ». Après un séjour à l'hôpital Saint-Louis, où il subit une opération, il revint au Procope ; après quoi, il entra aux Noctambules, et toucha enfin son premier cachet : trois francs ! Il a depuis chanté aux Quat'-z-Arts, au Cabaret des Arts, au Tréteau-de-Tabarin et au Grillon.

Émule de Dominique Bonnaud, dont il atteindra peut-être un jour le brio, Weil a déjà composé près de quatre-vingts chansons parmi lesquelles le public a spécialement remarqué et applaudi *Le Vieux Terrassier*, *Les Décorés*, *Le Chansonnier*, — parodie de *L'Escalier*, de Delmet, — *La Grève des Couturières, Pains à Discrétion, John Bull s'en va-t-en guerre*, et

LES ANGLAIS A LA RECHERCHE DE DEWET

Dans le fin fond de l'Afrique
Les Anglais sont sur les dents,
N' pouvant fair' d'un' République
Un' colonie d'Old England.
Dewet est insaisissable ;
On le croit loin, il est là.
Kitchener, ce pauvre diable,
Cherch' son adress' dans l' Botha ;
Partout il crie à tue-tête :
« Vous n'avez pas vu Dewet ?
« N' rigolez donc pas comm' ça,
« On l' rattrape, on le rattrape ;
« N' rigolez donc pas comm' ça,
        « On le rattrapera. »

Lord Kitchener crie : « Victoire !
« Des Boers nous somm' victorieux,
« Nous nous somm' couverts de gloire :
« Hier, nous en avons tué deux.
« Nous avons eu, je l' confesse,
« Trois mille homm' hors de combat ;
« Mais comme ils serraient les..... jambes,
« Les trous d' ball' ne se voient pas.
« Une seul' chose m'inquiète :
« J' n'ai pas encor vu Dewet.
« N' rigolez donc pas comm' ça,
« On l' rattrape, on le rattrape ;
« N' rigolez donc pas comm' ça,
        « On le rattrapera. »

Les Anglais ont de la veine.
Grâce à leur habile action,
Tous les jours, depuis six s'maines,
Botha fait sa soumission ;
Avec Dewet, du mêm' geste,
Ils le mangent tous les jours ;
Mais, sans dout' très indigestes,
Ces deux généraux les bourrent.

Ils câblent à Édouard VII :

« Vous n'avez pas vu Dewet ? »

Édouard répond : « Grouillez-vous,

« M' faut d' la galette, m' faut d' la galette. »

Édouard répond : « Grouillez-vous,

 Tout l' reste, moi j' m'en fous. »

Kitchener, la s'main' dernière,

Ayant fort bien déjeuné,

A l'abri d'un fût de bière,

Était dans le train... blindé.

Quand il sentit, oh ! sa mère !

Quelque chos' qui le frappa,

Il dit en s' frottant l' derrière :

« Quel fameux coup de botte !... Ah !

« Je n' sais vraiment pas pourquoi

« Dewet n'est pas devant moi.

« N' rigolez donc pas comm' ça,

« On l' rattrape, on le rattrape.

« Quand ? N' vous occupez pas d' ça,

 « On le rattrapera. »

———————

DOLLINET

Lucien Percier, dit Dollinet, est né à Paris, en 1873. Ce n'est qu'en 1897, aux Soirées Procope — où il apportait son talent de flûtiste pour l'exécution de musique ancienne reconstituée par le compositeur Alcib Mario — qu'il fut attiré spécialement vers la chanson.

Pour rompre la sévérité de soirées composées exclusivement de mélodies, il eut l'idée d'interpréter quelques chansons villageoises et populaires des xvᵉ et xviᵉ siècles ; sa face réjouie et sa gaieté communicative s'y prêtaient à merveille. Encouragé par le succès, il composa (paroles et musique) une série de chansons réunies dans un recueil ayant pour titre : *Le Bon Vieux Temps*. On y trouve : *La Chanson du Ménétrier, La Bonne Morale, Fêtes naïves, Les plus Fidèles, Musette*, etc.

Il dirigea les Soirées Procope en compagnie de son ami Paul Weil, avec lequel il composa plusieurs duos comiques : *Deux Natures, La Bonne Morale*, édités chez Ondet ; *Les Pêcheurs*, chez Gillot, etc.

Il fut engagé en 1898 au Cabaret des Noctambules, au Quartier-Latin, et, l'année suivante, à Montmartre, où on l'entendit à l'Ane-Rouge, au Conservatoire de Montmartre, à l'Alouette et, pendant la saison 1900-1901, au Tréteau-de-Tabarin.

Son passage à Montmartre lui fit côtoyer la chanson « rosse » avec ses *Chansons railleuses : Costume parfait, Doux Ménage, Photographe, Le Dentiste*, etc., etc., qu'il interprète en ce moment au Cabaret du Grillon. Les chansons de Dollinet sont simples, vives et prestes, sans prétention et sans grossièreté. Jugez plutôt :

LE DENTISTE

L'autre jour, chez le dentiste,
Je vais pour le consulter :
Une dent (j'en étais triste)
Commençait à se gâter.
Il y avait cinquant' personnes ;
Justement c'était son jour.
Au bout de deux heur's, on sonne
Et l'on m' dit : « C'est à votr' tour. »

Le dentiste prend un' glace
Et regarde attentiv'ment.
Il dit : « J'aperçois la place,
« Je vais soigner votre dent. »
Il y place un tampon d'ouate
Et dit : « Faudra revenir. »
J'étais content, je m'en flatte,
Qu'il ne m'ait pas fait souffrir.

Huit jours après, j' réitère.
Le dentist' me fait asseoir
Et, tout comm' la fois dernière,
Sur ma dent braqu' son miroir.
Il chang' le p'tit tampon d'ouate
Et dit : « Faudra revenir. »
J'étais heureux, je m'en flatte,
Qu'il ne m'ait pas fait souffrir.

Huit jours après, j' réitère.
Le dentiste était joyeux.
Il me dit : « La chose est claire,
« Votre dent va beaucoup mieux. »
Il chang' le p'tit tampon d'ouate
Et dit : « Faudra revenir. »
J'étais content, je m'en flatte,
Qu'il ne m'ait pas fait souffrir.

Huit jours après, j' réitère.
Le dentiste, en me r'gardant,
Avait un air si sévère,
Que je m'approche en tremblant.
Il chang' le p'tit tampon d'ouate
Et dit : « Faudra revenir. »
J'étais content, je m'en flatte,
Qu'il ne m'ait pas fait souffrir.

Huit jours après, j' réitère.
Le dentiste était pressé.
Il dit : « Je m'en vais vous faire
Tout comme mardi passé.
Il chang' le p'tit tampon d'ouate
Et dit : « Faudra revenir. »
J'étais content, je m'en flatte,
Qu'il ne m'ait pas fait souffrir.

Pendant six mois, je m' conforme
A suivr' ce petit trait'ment.
Auprès d'un client j' m'informe
Si, lui, venait d'puis des ans.

Il me dit : « Nous somm' cinquante
« Qui venons tous les huit jours,
« Et quand un nouveau s' présente,
« Nous le revoyons toujours.

« Heureus'ment qu' pour nous distraire,
« Il en meurt un d' temps en temps.
« Le dentiste les laiss' faire ;
« Lui, ne soigne que les dents.
« Il plac' des p'tits tampons d'ouate
« Et dit : « Faudra revenir. »
« Content, on part à la hâte,
« Car on aurait pu souffrir. »

Et c'est pour ça qu'à la ronde
On dit qu' pour les conserver,
Il n'est qu'un moyen au monde,
C'est d'aller s' les fair' plomber.

Victor TOURTAL

Est né à Nantes, le 21 octobre 1868. Orphelin de père et
mère à l'âge de sept ans, la Compagnie d'Orléans se charge
de son éducation et le confie aux soins de l'abbé Verdier,
chanoine titulaire de la métropole de Tours. Son adolescence se passe dans l'établissement de ce vénérable chanoine, jusqu'au jour où, prêt à rentrer dans les ordres, sa
vocation s'y refusant, il quitte l'étude pour la littérature,
et collabore à de petits journaux littéraires. Part au régiment, est réformé après onze mois de service. Reste malade
pendant quatre ans, est traité comme phtisique tubercu-
leux troisième période, est administré trois fois et sort de
l'hôpital mieux portant que jamais. Arrive à Paris en 1892,

fait une courte apparition dans la presse, — où il signe du pseudonyme de Georges Méridan, — quitte bientôt le journalisme pour retourner à la littérature, et redevient collaborateur assidu de plusieurs feuilles littéraires, jusqu'au jour où il laisse le rêve pour la satire. Chante ses premières chansons au Cabaret des Quat'-z-Arts et aux Funambules et, remarqué par Marcel Legay, passe au Grillon. Il y obtient un gros succès et a l'honneur d'être littéralement assommé par une bande d'énergumènes, conduits par M. de Martel fils, à propos d'une chanson intitulée : *L'Enlèvement de Mme Gyp raconté par elle-même.*

Fait plusieurs tournées en France, est actuellement de retour au Cabaret du Grillon. Il est aussi fournisseur du café-concert.

Je donne, ci-dessous, une chanson avec laquelle il se fait applaudir chaque soir.

LES PHILANTHROPES

Pour le bonheur des malheureux,
Il est des gens qui, sur la terre,
Sont toujours doux et généreux
Vis-à-vis du pauv' prolétaire :
Un manchot, ça les fait frémir,
Un aveugl' leur donne un' syncope,
Un cul-d'-jatt', ça les fait partir.
Ils sont tendres, les philanthropes.

Mais comme ils ne peuvent de près
Contempler la misère humaine,
Ils font le bien très en secret,
Car, la réclame, ça les gêne.
Tous les lundis, c'est régulier,
A douze malheureux l'on donne,
A la porte de l'escalier
De service, un sou par personne.

Quand arrivent les froids hivers,
Les deux pieds dans la cheminée,
Ils versent des pleurs très amers
Sur les pauvr's et leur destinée.

Ils donn'nt des bals de charité
En l'honneur des pauv's prolétaires ;
On bouffe, on danse à leur santé,
Paraît qu'ça soulag' leurs misères.

Les malheureux certainement
Ne sont pas leurs seules pratiques ;
Ils protègent également
Toutes les choses artistiques ;
Comm' ils sont très intelligents,
Ils ont des idé's généreuses,
Et dépensent par an cent mill' francs
Pour entretenir un' danseuse.

Si par hasard, sur leur chemin,
Un pauvre mendiant débile
Timidement leur tend la main,
Ils appellent un sergent d' ville :
C'est pour la loi, bien entendu !
Au fond, ça leur fait de la peine,
Mais, mendier, c'est défendu
Dans l' département de la Seine.

Puis, quand survient le grand départ,
Ces philanthropes admirables,
De leur fortune font deux parts :
C'est si doux d'être charitable.
D'abord ils lègu'nt une moitié
A l'Église pour des prières ;
L'autre c'est pour leurs héritiers ;
Le restant, pour les prolétaires.

Après leur mort, en notre nom,
L'Etat leur colle un joli buste.
Cett' fois-ci, c'est nous qui casquons :
Chacun son tour, c'est assez juste.
Des orateurs très éloquents
Font des grands mots à leur mémoire.
Moi, j' crois plutôt que d' leur vivant
Ces gens-là s' sont foutus d' nos poires.

Daniel CALDINE

Daniel Charpentier, dit Caldine, actuellement avocat à la Cour d'appel et secrétaire général du journal *la Nation,* a été successivement poète, comédien, avocat, bouvier dans une ferme, chansonnier dans quelques cabarets de Montmartre, jockey de plat à Juilly, auteur dramatique à Paris et en province, impresario d'une tournée de chansonniers, clown dans un cirque, éditeur de musique, agent de publicité, homme du monde et poète-salonnier, courtier en « engrais », vaguement compositeur de musique, aquarelliste, clerc d'avoué, gymnaste, photographe en Espagne, critique d'art à l'*Athénée,* orateur de réunions publiques électorales, marchand d'appareils de photographie à Toulouse.

Il a eu un duel, fut deux fois témoin, parle trois langues, joue de quatre instruments de musique, et demeure, depuis 1893, le recordman des cinq sports. Nous le retrouvons, en 1899, aficionado passionné en Espagne et rapportant d'un voyage de trois mois une collection de notes des plus intéressantes et des plus curieuses sur la tauromachie.

Il a donné, en 1899, chez Vanier, un volume de vers, *La Folle du Logis,* et fait paraître un livre de nouvelles tragiques et désopilantes, *Les Contes Briards.*

En juillet 1900, Caldine a fait paraître *Corridas de Toros,* volume de pure aficion. Enfin, il vient de publier : *Tournons la Manivelle* (Dorey, édit.), recueil de chansons et de poésies, d'où je tire :

REMONTRANCES VAINES

Ma fille! Ma fille!
Plus de peccadille
d'abord,
Et laissez ce drille
qui vous émoustille
si fort.
Restez en famille!
L'amour qu'on gaspille
s'endort. —

Ma mère! D'accord!
Point ne veux un sort
funeste.
Mais amour me mord;
et comme il est fort,
il reste.
Un tel réconfort :
l'Amour! C'est un tort
céleste. —

Ma fille! Du reste,
il est manifeste
qu'au ciel
un baiser trop leste
ce n'est pas un geste
véniel.
C'est chose immodeste
qu'un baiser! Ça reste
charnel. —

Ma mère! Au pluriel
est-ce plus véniel?
Je l'aime!
L'amour corporel
est traditionnel
système.
Crime originel!
Péché.... maternel!...
Problème? —

De ce vain blasphème
tu fais un problème
galant.
Tu me dis qu'il t'aime!
L'amour, c'est un thème
courant.
Fais comme moi-même,
qui n'ai de suprême
calmant. —

Ma mère! Tu prends
des airs triomphants
pour dire
ce que les parents
disent aux enfants
pour rire.
Peut-être tes sens
sont agonisants....
C'est pire! —

Ma fille, l'empire
sur les sens fait rire;
c'est vrai!
Mais le sot délire
qui si fort t'attire
est laid.
Et qui trop désire,
en meurt. C'est le pire
effet. —

Ma mère, l'essai
que j'ai déjà fait
m'assure
que le jeu follet
a plus d'un attrait
qui dure.
Dis-moi, quel jouet
sert sans qu'il y ait
brisure...?

D'AUTRES ENCORE

Eh ! mon Dieu, oui, d'autres ! car ils sont plus d'une trentaine encore ceux qui auraient dû prendre rang avec les camarades dans cette monographie, plus de trente qui auraient eu droit, celui-ci à son chapitre, celui-là à sa page, tel autre à quelques lignes. Mais plus j'avançais dans la rédaction de ces notes, plus je m'apercevais de la nécessité de les réduire, de les condenser encore si je ne voulais pas dépasser les limites que je m'étais tracées. Les bornes sont franchies déjà et ma tâche n'est pas complètement remplie. J'ai bien parlé des principaux que le public a eu maintes fois l'occasion d'entendre et d'applaudir. Il m'aurait fallu signaler dans ce livre tous ceux qui peu ou prou ont interprété leurs œuvres à Montmartre contre rémunération et leur consacrer quelques mots de biographie. Bien que j'aie l'absolue certitude que le nom de tous ceux-là viendra sous ma plume lorsque j'écrirai mon étude sur les *Cabarets et Théâtricules*, je vais dès maintenant, et dans la mesure du possible, réparer mon oubli. Je nommerai donc : Emile Hauton, qui passa par le Chat-Noir et fut à côté de Lemercier aux Eléphants ; Dechambre, qui fournit quelque temps une partie de son répertoire à Gavrochinette et qui fut avec moi pendant trois mois au Coup-de-Gueule ; Chartran, poète pyrénéen qui fonda le Lapin-Condamné, le Chat-Huant, Les Abbesses, le Petit-Ramponneau et la Bergerie ; Fragmann, dit Fragson, qui, amené à la Butte par mon ami Joseph Lévi, chanta au Lyon-d'Or et aux Quat'-z-Arts et interprète aujourd'hui au concert ses compositions musicales ; Léon Friedlander, surnommé Nobody, qui appartint aux Roches-Noires, à l'Ane-Rouge, au Carillon et fit cette chanson très répandue dans les caveaux : *Les Filles Soumises ;* Albert Locatelli, auteur de la *Légende du Potache* et de la *Chanson d'Infortunio* ; Jeanot, surnommé le Taureau de la Butte et qui fit au Casino des Concierges quelques amusantes fantaisies ; Dolor, devenu Decharme et qui de son véritable nom s'appelle René Delbost ; Fabre, dit Fabri, que j'eus avec moi en compagnie du précédent, — alors qu'ils débutaient à la Boîte-à-Musique — et qui, de même que Trimouillat et Armand Masson, émarge au budget de la Ville ; Raoul Viannet, chanteur agréable et compositeur délicieux, qui fut mon camarade au Conservatoire de Montmartre ; Miah, actuellement acteur aux Nouveautés, qui régit le cabaret de la Corneille ; E. Defrance, le garde-champêtre d'Eugénie Buffet à son auberge de la Pomme-de-Pin, au Vieux-Paris (Exposition de 1900), qui chante actuellement, au Conservatoire de Montmartre, des chansonnettes dont il est l'auteur; Louis Hébert, qu'on entendit pendant quelque temps au Conservatoire de Montmartre et aux Quat'-z-Arts, et qui lâcha la Bohème — à quoi il semblait irrémédiablement condamné — pour la férule du pion et les pantoufles du conjungo ; Demestre, poète de talent, compagnon de Trimouillat et de Xavier Privas, fondateur des Soirées Procope et... déserteur ; Lalande, qui essaya d'acclimater à Grenelle la note montmartroise; et Jean Duquercy, et Gerbe, et Lucas, et Mouton, et Petit-veau, et Mougel, et Saimbault, et Jacques Monis, et Jean des Vignes, et Jehan des Islettes, sans compter quelques-uns que j'oublie peut-être.

Mon devoir eût été aussi de renseigner le lecteur sur Maurice Boukay (*alias* le député Couyba, rapporteur du budget des Beaux Arts), le maître chansonnier qui a fourni à Marcel Legay et à Paul Delmet des œuvres dont le succès s'est spontanément établi. Mais que puis-je dire le concernant, plus que n'ont dit Adolphe Brisson dans *Un Coin du Parnasse* et mon camarade Vabbel, si ce n'est que le livre de Boukay annoncé *Chansons Sociales*, dans *Les Chansonniers et les Cabarets Artistiques*, a paru sous le titre de *Chansons Rouges*, chez Flammarion.

Léon Durocher, surnommé le barde Kambr' O Nikor, fondateur du Cabaret Breton, méritait une mention toute spéciale pour ses *Chansons de là-haut et de là-bas*, où, dans une forme châtiée, il sait

Mêler le grave au doux, le plaisant au sévère.

Pourquoi encore n'ai-je rien dit de Sarrazin, le poète aux olives, fort priseur de *vieil françois*, auteur des *Joyeulx Devis d'un Souffleur de Bulles* et ancien directeur du Divan-Japonais ? Que n'ai-je parlé de Charles Quinel, chansonnier lauré des concours de l'Eden, auteur des *Moutons* — que souligne si puissamment la musique de Legay — et de tant d'autres choses ou brutales ou charmantes ? Comme pour Maurice Boukay, je renverrai le lecteur au livre de Valbel, après avoir dit que Quinel se fait avec les pièces qu'il donne au café-concert et au théâtre de quoi subvenir largement aux besoins de sa nombreuse famille. Et aussi de Cazaubol, dernièrement décoré comme président de la Fraternelle et qui, sous le nom de Simon Cazal, nous donna au Chat-Noir quelques auditions de ses vers romantiques ?

Et du phalanstérien Léon Riotor, le « Fils Enfantin » ?
Et d'Edouard Bernaert, le catholique intransigeant ?

Il en existe encore à Montmartre qui, bien que ne chantant pas, sont aussi de la chanson. J'entends parler de nos compositeurs-accompagnateurs. Par gratitude pour la façon dont il a si merveilleusement mis en musique mon livret de *Feu de Chaume*, je donnerai la priorité à mon ami André Colomb.

Fils du chanteur d'opéra Vincent Colomb, il est né en Algérie en 1865. En même temps que la musique, son père lui fit apprendre la menuiserie. Après avoir fait son service militaire comme trombone dans un régiment de ligne en garnison à Montargis, Colomb entra en qualité de premier violon dans l'orchestre de Ba-Ta-Clan, dont il devint le sous-chef, puis le chef. Il succéda à Charles de Sivry au Chat-Noir, passa à la Boîte-à-Musique, au Conservatoire de Montmartre, à la Boîte-à-Fursy et enfin au Petit Théâtre. Colomb a fait représenter deux ballets : aux Folies-Bergère : *Diamant*, livret de Mise et Vivier (1898) ; aux Folies-Marigny, *La Cigale et la Fourmi*, livret d'Edmond Char. Il a, en outre, composé la musique d'un grand nombre de chansons de Botrel (1), d'Oble, de Boyer, de moi, etc.

Emile Lassailly, en ce moment accompagnateur au Cabaret des Arts, où il est depuis l'ouverture, se joignit en 1893 à la tournée qui ramena Numa Blès de Marseille ; entra ensuite aux Quat'-z-Arts, où il resta quelque temps ; passa ensuite à l'Auberge-du-Clou et dans divers autres cabarets. Compositeur aimable, il a écrit des musiques sur des chansons de Varney, de Bonnaud, de Privas, de Boyer, de Sécot, etc., et a chez Ondet un volume en collaboration avec Théodore Botrel : *Chansons en dentelles*.

Je citerai encore Maurice Petitjean, savant harmoniste, au conseil de qui ont souvent recours les camarades moins expérimentés, qui accompagna au Conservatoire de Montmartre, aux Noctambules et autres lieux et qui obtient en ce moment un gros succès avec *Valse folle*.

Puis Edouard Charton, fondateur de la Roulotte où il se produisit dans ses compositions ; et son fidèle Stanislas, compositeur de talent et pianiste accompli.

Et Daniderf (F. Niquet), compositeur angevin, organiste, auteur de messes et de chants religieux ainsi que de plusieurs morceaux d'orchestre et chansons. Parmi ces dernières : *Le Fou, Le Joueur, Les Frôleuses*, et *La Marseillaise rouge*, morceau d'une grande vigueur, très applaudi dans les cabarets et dans les milieux révolutionnaires.

Enfin, *pro domo*, et pour clore la liste, ma femme, Anne de Bercy, talent naissant, dont les compositions musicales, très joliment interprétées aux Quat'-z-Arts et aux Noctambules par Mlle Raphaëlle de Villers, artiste de grande valeur, obtiennent chaque soir un très mérité succès.

(1) Voir p. 181, Théodore Botrel.

ÉPILOGUE

Peut-être te demandes-tu, ami lecteur, — je te dois bien
ce titre si tu as l'indulgente patience de me suivre jusqu'ici ; ce dont je te remercie bien cordialement, — peut-
être te demandes-tu, dis-je, pourquoi l'auteur que les notes
précédentes désignent tour à tour en qualité de poète, de
journaliste, de chansonnier, de conférencier, d'auteur
dramatique, de régisseur et de bonimenteur, n'a pas établi pour lui-même une biographie suivie et complète ?

En toute franchise, je répliquerai que, d'abord, je n'y ai
pas songé un seul instant ; j'exciperai ensuite de ma timidité à enfoncer une porte, même ouverte, et — crois-en
ce que tu voudras — de ma réelle modestie.

Sache pourtant que je suis né à Belleville, le 10 décembre
de l'an 1857, alors que l'auteur de mes jours était lieutenant aux cuirassiers de la Garde impériale. Apprends
aussi qu'à dix-sept ans je débutai dans l'enseignement ; qu'à
dix-huit, je m'engageai pour faire ma carrière militaire ;
qu'à vingt-trois, je rentrai dans la vie civile couvert des
malédictions paternelles ; et que, enfin, j'ai sali beaucoup
de papier et usé beaucoup de salive pour n'obtenir, en
somme, que de piètres résultats.

J'ajouterai que, faisant un tri parmi les douze cents
chansons sorties de ma plume, je publierai très prochainement deux volumes de vers : *Les Chansons Noires*, musique de Jean Cerneuil, et *Chansons pour Elles* (Ondet, édit.).

Pour de plus amples détails, je t'enverrai consulter à la
librairie de Propagande socialiste l'ouvrage d'Etienne
Bellot : *Les Chansonniers socialistes.*

TABLE

Évreux, Imprimerie du Commerce, 4, rue du Docteur-Guindey.